SF
〈SF1872〉

昔には帰れない

R・A・ラファティ
伊藤典夫・浅倉久志訳

早川書房
7070

YOU CAN'T GO BACK
AND OTHER STORIES

by

R. A. Lafferty

Translated by
Norio Ito & Hisashi Asakura
First published 2012 in Japan by
HAYAKAWA PUBLISHING, INC.
This book is published in Japan by
arrangement with
VIRGINIA KIDD AGENCY, INC.
through TUTTLE-MORI AGENCY, INC., TOKYO.

目次

I

素顔のユリーマ　9
月の裏側　37
楽園にて　49
パイン・キャッスル　71
ぴかぴかコインの湧きでる泉　81
崖を登る　97
小石はどこから　111
昔には帰れない　135

II

忘れた偽足 173
ゴールデン・トラバント 197
そして、わが名は 219
大河の千の岸辺 247
すべての陸地ふたたび溢れいづるとき 283
廃品置き場の裏面史 311
行間からはみだすものを読め 349
一八七三年のテレビドラマ 389
浅倉さんのことその他／伊藤典夫 453

昔には帰れない

I

素顔のユリーマ

Eurema's Dam

伊藤典夫訳

彼は一党の最後のひとりといってよかった。

何だと？　偉大な個人主義者の最後のひとりか？　今世紀の真に創造的な天才の最後のひとりか？　まったき先駆者の最後のひとりなのか？

ちがうちがう。彼は最後のドジ、まぬけ、うすのろ、阿呆だったのだ。

彼の時代には子どもはみんな賢く生まれつくようになっており、この先も永遠にそうなりそうな形勢だった。彼はこの世に生まれた、ほぼ最後の愚鈍な子どもであったのだ。

アルバートの物覚えのわるさは、母親すら認めないわけにはいかなかった。四つまで物もろくに言えず、六つまでスプーンの使い方をおぼえず、八つまでドアのあけ方も知らない子どもを、ほかに何と呼べよう？　靴の右左をまちがえ、痛そうに歩く子どもをほかに何と形容できよう？　あくびのあと、言われるまで口もしめられない子どもを？　いつまでたっても理解できないこともあった――たとえば、時計の長い針と短い針では時間を示すのはどちらか、とか。だが、これはさほど問題ではない。彼は時間を気にする性質ではなかったからだ。

八つの年のなかばにさしかかって、アルバートは右手と左手の見分け方をおぼえ、めざましい進歩をみせた。それはいままで聞いたこともない奇想天外な記憶術を応用したものだった。手がかりとなるのは、犬が寝そべるときの体のひねり方であり、渦やつむじ風のまわり方であり、人が牛の乳をしぼったり馬に乗ったりするときの側であり、オークやスズカケノキの葉のねじれ方、岩苔や木苔の迷宮模様、石灰石の劈開、トビの輪の描き方、モズの獲物の追い方、蛇のとぐろの巻き方（ただしマウンテン・ブーマーは例外、そもそもこれは本物の蛇ではない）、ヒマラヤスギやバルサムの葉の並び方、スカンクやアナグマの穴のねじれ方（スカンクがときたまアナグマの古い穴を借用することを、これで痛烈に思い知らされた）等々だった。ともあれ、アルバートはついに右と左の区別ができるようになったわけだが、観察力の鋭い子どもなら、こんなばかげた手間はすこしもかけずに右手と左手のちがいをのみこんだことだろう。

アルバートはまた、読める字も書けなかった。学校でみんなに遅れをとらないため、彼はずるをした。自転車の速度計と超小型モーターと小さな偏心カム、それにお祖父さんの補聴器からくすねた電池を使って、自分のかわりに字を書く機械を作ったのだ。大きさはアリジゴクぐらい、ペンや鉛筆に取り付けられるので、指でたやすく隠すことができた。手本帳をなぞるようにカムをセットすると、機械は美しい文字を描いた。字がつぎつぎと変わる場合は、ほおひげほどの大きさもないキーを押せばよいのだった。インチキなやり方にはちがいない。だが、まあまあの字も書けないうすのろの子どもに、ほかに何ができたろう？

アルバートは計算のほうもからきし駄目だった。自分のかわりに計算する機械をまたひとつ作るほかなかった。手のひらにすっぽりおさまるその機械は、足し算と引き算と掛け算と割り算ができた。つぎの年、九年生になると、代数が加わった。機械に二次方程式や連立方程式を解かせるため、彼はその端っこに切り換えスイッチを取り付けなければならなかった。そういうインチキをしなかったら、アルバートはテストで一点もとることはできなかったろう。

十四の年、彼はまたひとつの困難に直面した。いや、諸君、これでは控え目すぎる。「困難」よりもっと強い語を見つけなければならない。彼は女の子がこわくてしかたがなかったのだ。

どうすればよいか？

「女の子がこわくない機械をぼくのために作ろう」アルバートはいい、仕事にとりかかった。完成に近づいたとき、ひとつの考えがひらめいた。「しかし女の子をこわがる機械なんてあるはずがない。そんな機械がぼくの助けになるのか？」

ロジックはとぎれ、アナロジーはこわれた。彼はいままでと同じことをした。ずるをしたのだ。

屋根裏にある古い自動ピアノからプログラミング・ローラーをとりはずし、手ごろなギヤボックスを見つけ、楽譜をパンチした巻紙のかわりに磁気プラスチック紙を使い、マトリックスのなかにワームウッドの『論理学』をぶちこんだのだ。すると、質問に答えるロジック・マシーンができた。

「女の子がこわいなんて、ぼくはどこかおかしいんだろうか？」アルバートはロジック・マシーンにたずねた。

「きみはどこもおかしくはないよ」とロジック・マシーンはいった。「女の子がこわいのはあたりまえだ。わたしから見ても、連中はけっこう気味がわるいね」

「しかし、どうしたらいいんだろう？」

「チャンスが来るのを待つんだな。時間はかかるだろうが。もっとも、ずるをしたければ……」

「うん、それがいいや、どうするの？」

「機械を作るんだ、アルバート、きみと見た目がそっくりで、声もそっくりな。ただし、きみより頭がよくて、内気でないようにする。それから、そうだ、アルバート、具合のわるいことがおこったときのために、特別な装置を取り付けておいたほうがいい。こっそり教えよう。これは危険だからね」

こうしてアルバートはリトル・ダニーを作った。外見も声もそっくりだが、彼より頭がよく、内気でもない身替わり人形である。彼はリトル・ダニーのなかに、マッド誌とクイップ誌からとった名文句(クイップ)を入れ、行動にうつった。

アルバートとリトル・ダニーは、アリスを訪ねた。

「まあ、彼ってすてきじゃない？」とアリスはいった。「あなた、どうしてあんなふうになれないの、アルバート？　あなたって素敵よ、リトル・ダニー。どうしてあなたってそんなにバカなの、アルバート？　リトル・ダニーはこんなに素敵なのに」

「ぼく、ええと、ええと、わからない」とアルバートはいった。「ええと、ええと、ええと」

「まるで魚がしゃっくりしてるみたいだな」とリトル・ダニー。

「ほんとよ、アルバート、ほんとにあなた、そうよ！」アリスは金切り声をあげた。「どうしてリトル・ダニーみたいに気のきいたことがいえないの、アルバート？　どうしてそんなにバカなの？」

上々の出だしとはいえなかった。だがアルバートはようすを見ることにした。彼はリトル・ダニーにウクレレのひき方と歌のうたい方をプログラムした。そして、自分もそんなふうにプログラムできればいいのだが、と思った。アリスはリトル・ダニーのすることとなすことをうっとりと見つめたが、アルバートに目をくれようとはしなかった。ある日、アルバートはついに忍耐の限度に達した。

「こ、こ、こんな人形のどこがいいんだい？」とアルバートはきいた。「ぼくはただ、きみを楽し、楽し、笑わせたくて、これを作ったんだぜ。こんなの放っておいて、どこかへ行こう」

「あなたといっしょに、アルバート？」アリスがいった。「あなたみたいなバカと？そんならいいわ。ねえ、アルバートなんか放っておいて、どこかへ行きましょうよ、リトル・ダニー。彼なんかいないほうがずっと楽しいわ」

「邪魔っけなやつだな」とリトル・ダニーはいった。「消えな」

アルバートは二人に背をむけた。ロジック・マシーンの忠告を聞き、リトル・ダニーのなかに特別な装置を組みこんでおいたことを、いまでは感謝していた。彼は五十歩離れた。百歩離れた。

「ここまで来ればいいだろう」アルバートはいい、ポケットのなかのボタンを押した。

爆発が何に由来するものか、知っているのはアルバートとロジック・マシーンだけだった。すこしして、リトル・ダニーの体内からはじけとんだ小さな歯車と、アリスの小さな肉片が降りそそいだ。だが確認に充分な量の破片は残らなかった。

アルバートはロジック・マシーンから、ひとつ教訓を学んだ——作りなおしのきかないものは作るな。

さて、アルバートもようやくおとなになった。すくなくとも歳だけは。彼にはどうしても、ぶざまなティーンエイジャーから抜けきれないところがあった。しかし彼は彼なりに、年齢的な意味でのティーンエイジャーたちをむこうにまわした戦いを続け、負けを知らなかった。そこには永遠の怨恨があった。彼の青春は、のびのびと順応した青春にはほど遠く、当時の思い出を彼は嫌悪していた。そして彼を、順応したおとなと誤解する者もまたなかった。

まっとうな仕事で生計をたてるには、アルバートは不器用すぎた。彼は自分の作ったけちな仕掛けや小細工を、山師やブローカーに切り売りするまでにおちぶれていた。しかし、ある種の名声は生まれ、富も彼の手にあまるようになった。

金銭問題を処理するには、アルバートは愚かすぎた。だが、かわりに作った計理マシーンに投資をまかせ、ふとしたことから大金持になった。彼はそんなくだらない機械をうまく作りすぎたことを後悔した。

アルバートは、有史以来われわれに数々の面倒な重荷をしょいこませてきた、うさんくさい一党の仲間入りをした。そこには、バラエティ豊かな象形文字をおぼえることができず、低能にもわかるへんちきなアルファベットを考案した例の古代カルタゴ人がいた。十以上の数がかぞえられず、赤んぼうやのろまにもわかる十進法を発明した例の無名のアラブ人がいた。手軽な活字を世に出し、美しい写本を抹殺した例のあやしげなオランダ人がいた。アルバートは、そういう哀れな一党のはしくれだった。

アルバートには、これといって得意なものはなかった。強いてあげるとすれば、何でもやってのける機械を作りだす、あまりパッとしない才能があるぐらいだった。

たしかに彼の機械は役にたつことをした。遠いむかし、都市にはスモッグがあったことを、諸君はご記憶だろう。じつはそんなものは空気中から簡単に吸いとることができたのだ。必要なのは、ティックラーだけ。アルバートはティックラー・マシーンを作った。彼は毎朝それを活動させた。それは彼の住むあばら家から半径三百ヤード以内の空気を浄化し、二十四時間ごとに一トンあまりのかすを集めた。このかすは長ったらしい名前のついた巨大分子を多量に含んでいたので、彼の作った化学合成マシーンのひとつに利用することができた。

「なぜ空気を全部きれいにしてしまわないんだね？」と人びとはきいた。

「クラレンス・デオキシリボヌークリッコニバスが一日に必要とする量は、これだけで充分なんだ」とアルバートはいった。それが彼の化学合成マシーンの名前だったのだ。

「しかし、われわれはスモッグで死にそうなんだよ」と人びとはいった。「われわれをあわれと思って助けておくれ」

「そりゃ、もちろん」とアルバートはいい、その機械を複製マシーンにかけて、必要なだけの複製を作りだした。

かつて少年の非行化が問題視されたことを、諸君はご記憶だろうか？　ちんぴらたちが手に負えない時代があったことをご存じだろうか？　アルバートもこれには閉口していた。彼らのぶざまな姿を見ていると、どうしてもむかしの自分を思いだして気が滅入ってくるのだった。彼は自分なりのティーンエイジャーを作った。それはたいへんな暴れ者だった。見た目はその連中と変わらない。左の耳たぶにイヤリング、ふさふさしたもみあげ、真鍮のメリケンサックと長いナイフ、相手の目をずぶりとやるためのギター・ピック。だが、それは人間のティーンエイジャーとは比較にならぬほどのあらくれだった。恐慌におちいった近所のティーンエイジャーたちは、ふるまいをあらため、真人間らしい服を着るようになった。アルバートの手になるティーンエイジャー・マシーンには、ひとつだけ特異な点があった。それは、ティーンエイジャーの目にしか見えない偏光金属と偏光ガラスで作られていたのだ。

「どうしてこの近所だけようすがちがうのだろう？」と人びとはきいた。「なぜこの近所のティーンエイジャーたちはおとなしくて行儀がよく、ほかのところでは、みんな性質が悪いのだろう？　まるでこのあたりの連中は、何かに化かされたみたいじゃないか」

「驚いたな、ああいう手合いが嫌いなのは、ぼくだけかと思っていた」とアルバートはいった。

「いや、そんな、とんでもない」と人びとはいった。「もしあんたにうまい考えがあったら……」

そこでアルバートは、ほぼ透明といってよいティーンエイジャー・マシーンを複製マシーンにかけ、必要なだけの複製を作って、あらゆる町にそなえつけた。その日から、ティーンエイジャーたちは見ちがえるようにおとなしく行儀よくなり、いくぶんおどおどしたようすさえ見せるようになった。しかし、何が彼らをそのようにさせたかを究明する手がかりは、ときおり透明なギター・ピックにやられて眼球がたれさがる者が出る以外、皆無といってよかった。

こうして二十世紀後半におけるもっとも深刻な問題のうち二つは、だれが栄誉を手にすることもなく、まったく偶然に解決した。


年がたつにつれ、アルバートは自分の作った機械がそばにあると、いつにもましてひどい劣等感をおぼえるようになった。機械が人間のかたちをしているときには、特にそうだった。アルバートには、彼らの都会性も才気も機知もなかった。彼らの前ではアルバートはうすのろであり、彼らはことあるごとにそれを思い知らせた。

無理もない。アルバートの作った機械のひとつは、大統領の執務室にすわっていた。ひとつは、世界の平和を守る世界監視最高評議会の一員であった。またひとつは、世界中の人間にほどよい富を保証する例の私的公的国際的機関、富裕無限会社（リッチズ・アンリミテッド）の社長であったし、世界中の人間に健康と長寿を提供する健康長寿財団の指導的地位に立っている機械もあった。それほど赫々（かっかく）たる名声と成功を手中にしている機械たちなのだ、その作り手であるみすぼらしい親父を見下げるようになるのも当然ではないか？

「わたしは運命の奇妙ないたずらによって金持になり、周囲の思い違いによって栄誉を与えられた」ある日、アルバートはひとりごちた。「だが、わたしが真の友と呼べる人間や機械は、この世にいない。ここにある本には、友だちの作り方が出ているが、わたしにはこういうことはできない。わたしなりの方法で、わたしは友だちを作ろう」

こうしてアルバートは友だちを作る作業にとりかかった。

彼はプア・チャールズを作った。それは、彼に負けないほど愚かで不器用で無能な機械だった。

「これでようやく話し相手ができるぞ」とアルバートはいったが、結果は失敗だった。ゼロ足すゼロは、ゼロにしかならない。作り手とそっくりのプア・チャールズから得られるものは何もなかった。

哀れな（プア）チャールズ！　考えることができないため、彼は自分のかわりに考える（——おいおい、待てよ、そんなことをしてどうなるものか）——自分のかわりに考える機—

──（しかし、それでは元の木阿弥じゃないのか？）──機械を作り──
もういい、もういい！　もうたくさんだ。要するに、アルバートが作った機械のなかで、そんなことをしでかすほどバカなのはプア・チャールズだけだったのだ。

さて、プア・チャールズの作った機械は、それがどういうものであるにしろ、アルバートがたまたま立ち寄ったときには、すでに状況とプア・チャールズをコントロールしていた。機械の生んだ機械。プア・チャールズが作った思考代用装置は、ばかにしたような調子でプア・チャールズに講義していた。

「無能なもの、欠陥のあるものだけが発明をするのだ」機械はものうげに説教をつづけていた。

「古代ギリシャ人はその栄華の頂点にあったとき何ひとつ発明していない。彼らはその属性である才能も使わなかったし、道具も使わなかった。かわりに使ったのは、知能の高い人間や機械がすべてそうするように、奴隷だ。彼らは機械を使用するほどおちぶれはしなかった。困難なことをたやすくやってのけた彼らは、たやすい道を求めようとはしなかった。

しかし不適応者は発明する。無能力者は発明する。敗残者は発明する。卑劣漢は発明する」

分の機械の作った機械が真実を語っていたことを知っていた。

アルバートはめったにない激怒の発作にかられて、彼らを抹殺した。しかし彼は、自分の機械の作った機械が真実を語っていたことを知っていた。

アルバートは意気消沈した。もうすこし頭のいい人間なら、どこがおかしいかぐらい勘で気づいたことだろう。だがアルバートが勘でわかることといえば、自分が勘に優れているとはいえず、今後も勘については多くを望めそうもないということだけだった。

途方にくれた彼は、機械をひとつこしらえ、それをハンチーと名づけた。

ほとんどあらゆる意味で、これは彼が作った最悪の機械だった。それを作るにあたって、彼は未来に対する不安をなにがしか表現しようとした。それは精神的にも機械的にも不細工なしろものであり、ひと言でいってしまえば失敗作であった。

アルバートが組み立てている最中、知能の高い機械たちは周囲に集まり、さんざんにやじった。

「これはまた！　気がちがったんじゃないのか！」彼らはあざけった。「こんな旧式のものを！　周囲の自然から動力を得るなんて！　二十年前、こういうものを破棄して、コード化した動力でわれわれすべてをまかなうようにいったはずだろう！」

「うう――いつか社会的な混乱がおこって、動力や機械の中枢が全部占領されるようなことになるかもしれない」アルバートはしどろもどろにいった。「だけどハンチーは、全世界がきれいに蒸発しても動かすことができる」

「われわれの情報マトリックスにも同調されていないじゃないか」彼らはからかった。「プア・チャールズよりなおひどい。こんなバカでは、また一からおぼえていかなきゃいけないぞ」

「もしかしたら、そこに新味がでてくるかもしれない」とアルバートはいった。

「下ぐせもついていないぞ！」都会的な機械たちは怒りの叫びをあげた。「あれを見ろ！　原始的なオイルで床がべたべただ」

「子どものころを思いだして、共感を禁じえないな」とアルバートはいった。

「いったい何の役にたつんだ？」彼らはつめよった。

「ええと——勘が鋭いんだ」アルバートはもごもごといった。

「同じことのくり返しだ！」と彼らは叫んだ。「あなたが得意なのはそれだけなのだ。それもたいしてうまくはない。われわれとしては、この企業の代表を——失礼、つい笑ってしまいまして——だれかと代える選挙をしたいものですな」

「ボス、彼らをなんとかくいとめられそうな気がするんですがね」未完成のハンチーがささやいた。

「連中ははったりをかましてるだけさ」アルバートはささやき返した。「わたしの最初のロジック・マシーンが、作り直しのきかないものは作るなと教えてくれたよ。そのことは思い知っている。連中もわかってるはずだ。そういうことを自分で考えられるようになればいいのにな」

「苦しい時代がそのうち来るかもしれません。そのとき、きっとわたしが役にたちますよ」とハンチーはいった。

たった一度、それも人生の後半をかなり過ぎて、一種の率直さがアルバートのうちに目覚めた。自分自身に忠実に行動したのだ（それは見るも無残な失敗だったが）。それは紀元二〇〇〇年を迎えた日のことだった。その夜、アルバートは、知的世界が与える最高の賞、フィナティ＝ホックマン・トロフィを与えられた。アルバートはたしかに異色の受賞者といえた。しかし過去三十年の基礎的発明の大部分が、アルバートと彼を取り巻くさまざまな装置に由来することは、人びとの認めるところだった。

トロフィのことはご存じだろう。最上部には、後世の人びとが作りだした古代ギリシャの発明の女神ユリーマがあり、いまにも飛びたとうとするように両腕をひろげている。その下には、様式化された頭脳の断面があり、入り組んだ皮質を見せている。さらにその下には、学士院会員の紋章――後足で立ちあがったライオンそっくりの姿勢をとる古代の学者（銀色）、左にはアンダスン分析機（赤色）、右にはモンディマン空間駆動装置（毛皮紋）。グローベンの第九期の傑作である。

アルバートの手には、講演文起草マシーンのものした原稿があった。だが、なぜか彼はそれを使わなかった。彼は自分のことばで講演を始めた。それが失敗だった。指名されて立ちあがった彼は、どもりながら、無意味なことをしゃべりつづけた。

「ええと――病気のカキだけが真珠を作れるのです」と彼はいい、聴衆はぽかんと口をあけて見つめた。いったいこれは何の講演なのだ？　「それとも、これは違う生き物でしたか？」アルバートはおずおずとたずねた。

「ユリーマがあんなものであるはずがありません！」アルバートはわめき、やおらトロフィを指さした。「あれは彼女とは似ても似つかぬものです。ユリーマはうしろ向きに歩く、盲目の女神です。彼女の母親は、脳のない肉のかたまりです」

聴衆は耐えきれぬ表情で見つめていた。

「パン種がなければ、何ものも生まれません」アルバートは説明しようとした。「しかしイーストはそれ自体、菌類であり病気であります。みなさんは、非の打ちどころない、優秀な規格品でしょう。しかし規格はずれがなくては、あなたがたは生きていくことはできないのです。あなたがたは死にますが、死んだことをだれが教えてくれるでしょう？　敗残者や無能力者がいなかったら、だれが発明するでしょう？　わたしたちのような欠陥人間がいなかったら、あなたがたはどうするでしょう？　みなさんの練り粉をだれがふくらますでしょうか？」

「ご気分がおわるいのではありませんか？」司会者がもの静かにたずねた。「そのへんで終わったほうが……？　みなさんもきっとおわかりになりますから」

「もちろん、わたしは不健康です。いままでもずっとそうでした」とアルバートはいった。「でなければ、わたしがみなさんのお役にたつはずがないでしょう？　みなさんの理想は、万人が健康で、環境に順応していることです。これはとんでもないまちがいです！　わたしたちみんなが環境に順応していたら、わたしたちは定型化し、死んでしまうでしょう。世界は、不健康な精神がそのなかにまじっているからこそ健康なのです。人間が作った最初の道具は、石斧でも石のナイフでもありません。それは松葉杖であり、健康な人間には作ることができないものです」

「お休みになったらいかがですか？」職員が低い声でいった。受賞晩餐会でこのようなわけのわからない講演がおこなわれたのは、前例のないことだったのだ。

「たくましい牡牛とりっぱな牝牛が新しい道を切りひらくのでないことは、いうまでもありません。欠陥のある仔牛だけが新しい道を切りひらくことができるのです。あとに残るものにはすべて、どこかピントのはずれたところがあります。そうだ、みなさんは、こんなことをいった女性の話をご存じですか？　〝わたしの主人はピントはずれ（インコングルアス）だけれど、わたし夏のワシントンが嫌いなの（国会議員である「イン・コングレス」とひっかけただじゃれ）〟」

だれもがあっけにとられて見つめていた。

「これは、わたしが生まれてはじめて作ったジョークです」アルバートはうちしおれていった。

「わたしのジョーク製造マシーンなら、もっとずっとおもしろいものが作れます」彼は間をおき、ぽかんと口をあけ、大きく息を吸いこんだ。「肝心なのは、うすのろです！」彼の口から耳ざわりな声がほとばしった。「もしわたしたちの最後のひとりがいなくなったら、みなさんはどうしますか？　わたしたちなしで、みなさんはどうやって生き残りますか？」

アルバートは講演を終わった。彼はぽかんと口をあけ、そのままとじるのを忘れてしまった。人びとは彼を席に連れもどした。アルバートの広報マシーンは、彼は過労気味なのだと説明し、彼が読みあげるはずであった講演文のコピーを配った。

それは不幸なエピソードであった。改革者が偉大な人物ではないということは、なんと不愉快なことだろう。そして偉大な人物というものは、偉大な人物であるという以外なんのとりえもないものなのだ。

その年、シーザーから、国勢調査を行なうようにとの勅令が発布された。発布者は、ときの大統領チェーザレ・パネビアンコであった。紀元二〇〇〇年は、国勢調査が定期的におこなわれる最後の桁がゼロになる年であったので、勅令に異例なところは何もなかった。しかし、通例見すごされる浮浪者や身よりのない老人のために、新たにいくつかの条項がもりこまれ、なぜ彼らがそのような状態におちいったのかまでが調査された。その調査の過程で、アルバートが拘留されるという事件がおこった。彼らの目には、アルバートは浮浪者か身よりのない老人としか見えなかったからだ。

アルバートは社会の落伍者たちとともにひきたてられ、テーブルの前にすわらされ、つぎつぎと残酷な質問をされた。たとえば——

「おまえの名前は?」

彼はその問いにも答えそこなうところだった。しかし、なんとか知恵をふりしぼって、

「アルバート」と答えた。

「あの時計では、いま何時だ?」

彼らはアルバートの痛いところをついた。どっちの針がどっちだろう? 彼はぽかん

と口をあけ、答えなかった。

「おまえは字が読めるのか?」

「わたしのあれがなければ……」アルバートはいいわけした。「いま、そのう、あれを持っていないので……はい、字はあんまり読めません」

「とにかく読めるだけ読め」

彼らは○×式のテスト用紙をよこした。アルバートは質問全部に○をつけた。そうすれば、半分はあたるだろうと思ったからだ。ところが正解は全部×だった。規格化された人びとはあげ足とりが大好きだったのだ。そして彼らは、ことわざの単語補足テストをアルバートに与えた。

「(　　)は最良の策」は、アルバートにはちんぷんかんぷんだった。彼には、最良の策をとっている自分の会社の名前が思いだせなかった。

「今日の(　　)明日の十針」は、アルバートには手に負えない数学の問題だった。

「これには四つの未知数があるようだな」彼は独り言をいった。「ひとつだけはっきりしているのは、十という数字だ。わたしには、この比例式は解けない。というより、これが比例式かどうかもわからない。もしここに、わたしの……」

だが彼の手にはコンピューターも何もなかった。彼は孤立無援だった。けっきょく、半ダースほどのことわざの問題は、空白のまま残された。やがて彼は挽回のチャンスを見つけた。どんな愚か者でも、たくさん質問されれば、ひとつぐらいはあたる。

「（　）は発明の母」と、それにはあった。

「愚鈍」アルバートは奇怪な金くぎ流で答えを書き、誇らしげに背をのばした。「ユリーマとその母親のことぐらいは知っているぞ」彼はほくそ笑んだ。「どんなもんだい！」

しかしその答えも、彼らから見れば誤りだった。アルバートは全問に失敗した。頭のほうは見込みないが、筋肉労働ぐらいはおぼえるかもしれないと、彼らはアルバートを矯正院へ入れる手続きをとりはじめた。

アルバートの都会的な機械二台がかけつけ、すんでのところで彼を救いだした。たしかに彼は宿なしの落伍者かもしれないが、ただ彼は大金持の宿なし落伍者であり、多少名の知られた人物でもあるのだ、彼らはそう説明した。

「外見はとてもそう見えませんが――失礼、つい笑ってしまいまして――この男は重要人物なのです」洗練された機械のひとつが説明した。「あくびをしたあと、注意されるまで口をしめるのも忘れているような男ですが、にもかかわらず、彼はフィナティ＝ホックマン・トロフィの受賞者なのです。この男のことはわれわれが責任をもちます」

洗練された機械たちに救いだされたはいいが、アルバートはうちひしがれていた。機械たちが、彼に三、四歩うしろを歩くように命じ、彼など知らぬげに歩きだすと、みじめな気持はいっそう強まった。彼らはさんざんアルバートをからかい、虫けら同然に扱った。アルバートは逃げだし、むかしから非常のさい使っていた小さな隠れがにむかった。

「この役立たずの脳みそを吹き飛ばしてやる」彼は悪たいをついた。「これ以上の侮辱には耐えられない。しかし自分ひとりではとてもできない。機械を作って、それにやらせよう」

彼は隠れがで機械の建造にとりかかった。

「何をしてるんです、ボス？」ハンチーがたずねた。「ここに来て何か作るんじゃないかという予感がしてたんですよ」

「このカボチャ頭を吹き飛ばす機械を作っているのさ」アルバートはどなった。「腰抜けだから、自分じゃできないんだ」

「ボス、何かもっとうまい方法がありそうな、そんな予感がするんですがね。もっとおもしろいことをしましょうよ」

「それができるくらいなら、もうやってるさ」アルバートは考え深げにいった。「むかし娯楽マシーンを作って、それをやろうとしたことがある。どんちゃん騒ぎをやらかして最後には爆発してしまったけど、わたしにはすこしもおもしろくなかったよ」

「今度はあなたとわたしで楽しむんですよ。この広い世界を考えてごらんなさい。どう思います?」

「わたしがこれ以上生きていてもしょうがないくらい、すてきな世界さ」とアルバートはいった。「人間も含めて、ありとあらゆるものが完全で、どれも似たりよったりだ。連中はてっぺんまで登りつめている。何もかも手に入れ、きちんと並べてしまった。わたしみたいながらくたがいる場所は、この世にはないんだ。だから、さよならするのさ」

「ボス、わたしにはどうもそれがまちがいのような気がするんですがね。もうちょっとよく見てごらんなさい。もっとちゃんと目をひらいて。さあ、何が見えます?」

「ハンチー、ハンチー、そんなことがあるだろうか? 本当なんだろうか? どうしていままで気がつかなかったんだろう? よく見てみれば、たしかにそのとおりだ。

六十億のカモが首をひねられるときを待っている! 六十億のカモが身を守る武器もなく生きている! 二人がその気を出せば、アルバート型改良コンチョ麦の畑みたいにきれいに刈り取ることができるぞ！」

「ボス、わたしはそのために作られたような、そんな予感がしてたんですよ。この世界は息苦しくなりすぎた。じっくりながめて、うわっつらのいちばんいいところを平らげましょうや！　やりたいほうだいですぜ！」

「新しい時代を作りだそう！」アルバートは歓喜の叫びをあげた。「〈一寸の虫〉の時代と名づけよう！　これはおもしろいぞ、ハンチー。南京豆みたいにぼりぼり食ってやる。どうしていままで気がつかなかったんだろう？　六十億のカモがいるんだ！」


二十一世紀は、この奇妙なかけ声とともに始まった。

月の裏側

Other Side of the Moon

伊藤典夫訳

ジョニー・オコナーは毎晩おなじ街角でバスを降りる。だれもが毎晩おなじ街角でバスを降りた。卵みたいな顔のおどけ者の老人、威厳ある鼻をしたインドのお大尽(だいじん)、女弁護士を思わせる颯爽とした老婦人、この三人はランブッシュ街で降りた。理髪師ふうのすっとぼけたしゃれ者、感じのいい十人並みのブロンド娘、玉ねぎそっくりの小男、この三人はスコッツボローで降りた。ポーリーン・ポッターや、でぶのジョージ・グレゴフ、消毒済みといった姿で世界を軽蔑の目でながめる紳士、そしてジョニー・オコナー自身は、いつもターヒューンで降りた。これは不変である。ほかの客はほかの場所で降りていくが、降りるバス停はいつもおなじなのだ。

ジョニーはバスを降りると、いつもロコ・クラブに立ち寄り、ウオッカ・コリンズを一杯飲み、半ブロック歩いて帰宅した。シーラが待っていて、その後十二分ぐらいで夕食の支度ができるという仕掛けだ。

ところが一週間まえの晩は事情がちがった。バスはスコッツボローに停まった。理髪師ふうのすっとぼけたしゃれ者、玉ねぎそっくりの小男の二人は降りた。だが感じのいい十人並みのブロンド娘はすわったままでいる。

「スコッツボロー、スコッツボローですよ、お嬢さん」と運転手。

「ありがとう」と十人並みのブロンド娘はいったが、依然としてすわったままだ。

「あんた、いつもスコッツボローで降りるじゃないか」と運転手。

「今夜はいいの」とブロンド娘。

というわけでバスはまた動きだしたが、この事件がきっかけで誰もが心を乱されてしまった。世界のノーマルな秩序が崩れ去ってしまったのだ。

今夜になって、またそれが起こった。スコッツボローで、すっとぼけたしゃれ者と玉ねぎ男は降りた。すると、十人並みのブロンド娘が「今夜は降りるのよすわ」といったのだ。一回めのときほどの驚きはなかったが、これをきっかけにジョニー・オコナーは考えはじめた。これではまるで卵みたいな顔のおどけ者の老人、威厳ある鼻をしたインドのお大尽、女弁護士を思わせる颯爽とした老婦人のいずれかが、ランブッシュで降りなかったのと同じではないか。これではまるでポーリーン・ポッター、でぶのジョージ・グレゴフ、消毒済みといった姿で世界を軽蔑の目でながめる紳士が、いまこの瞬間ターヒューンで降りないのと同じことではないか。

「ターヒューン」と運転手がつげた。「あんたはいつもターヒューンじゃないのかね、オコナーさん」

「今夜はちがうんだ」とジョニー。これには彼も驚いた。そんなことを自分がいうとは思ってもいなかったのである。いつもの街角を越えて、かなたへ出ようなどという気はなかった。だがバスは走りつづけ、ジョニーには行く先の見当もつかなかった。いまの家に住んで一年たつが、つぎの街角へも行ったことがなかったのである。

「アーバナ」と運転手がつげた。ここで数人の客が降りた。いまのいままで居住地というか、この世界に属すべき場所があるようには思われなかった人びとである。まん丸な顔をして、いつもスポーティング・ニューズ紙を小脇にかかえた男、平静を絵に描いたような太ったほほえむ中年女性、ダックテールともみあげをひとつの頭で合体させた青白い、頭の弱そうな若者、赤い帽子の女性店員とグリーンの帽子の女性店員がここで降りた。また十人並みのブロンド娘、世界が正常であったなら、いつもスコッツボローで降りていた娘も、ここで降りた。われながら驚いたことに、ジョニー・オコナーもここで降りた。

アーバナはターヒューンとたいして変わりなかったが、もちろん世界は異なっていた。ロコ・クラブはなく、その代わりにクレイジーキャット・クラブ・ナンバー2があった。ナンバー1はどこにあったっけと一瞬思いながら、ジョニーはここに立ち寄った。彼はキューバ・リブラを飲んだ。そして半ブロック歩いて、家に帰った。こちら側から自宅を見るのははじめてなので、まるで月の裏側をながめているような気がした。月の裏側では、ひとつの窓の上側でペンキにひび割れがあり、網戸が破れかけていた。

「あなた、どこにいたの?」とシーラがきいた。「気が気じゃなかったのよ」

「どうして気が気じゃなくなるんだい? いつもとおなじ時間に帰ったんだぜ。というか、四十五秒とくるっちゃいない」

「でもターヒューン街で降りなかったじゃないの」

「降りなかったと、どうしてわかるんだ?」

「ポーリーン・ポッターが話してくれたわ。それからジョージ・グレゴフも、ミスター・セバスチャンも」

「それは誰だ?」

彼女は手ぶりで示し、ジョニーは、ミスター・セバスチャンが消毒済みといった姿で世界を軽蔑の目でながめる紳士その人であることを知った。だがシーラの話は終わっていない。

「あなたはどこへ行ったの？　みんなから聞くと、あなたはバスから降りずに、家のまえを通りすぎたそうじゃないの。なぜそんなことを？　いままでやったこともなかったのに」

「ハニー、ぼくはただ一ブロック乗り過ごして、反対方向から半ブロック歩いてきただけだぜ」

「でも、どうしてそんなことを？　あそこで何をしたの？」

「クレイジーキャット・クラブ・ナンバー2に寄って、酒を一杯飲んだが、それだけのことさ」

「知らないバーにはいったのね？　知らないバーでは、客はトラブルに巻きこまれやすいのよ。知らなかった？　何を飲んだの？」

「キューバ・リブラさ」

「なぜ飲んだの？　あんなものを飲むのはギャンブラーか船乗りだけよ。あなた、まさか海へ逃げようとしてるんじゃない？」

「考えたこともなかった。だけど悪くないかもしれないね」

「どうしてそんなことをいうのよ？　ほんとうにどこかへ行ってしまうんじゃないでしょうね？」

「シーラ、ハニー、いまのはただの冗談だよ」

「なぜ冗談をいうの？　あなた、いままで冗談なんかいったことなかったじゃない。あなたのことをどう考えたらいいかわからないわ」

それでもまだ終わったわけではなかった。夕食の席で、シーラはまた話をむしかえした。

「約束して、ジョニー。もう二度とそんなことはしないって」

「しかし、ぼくは何をしたわけでもないぜ。いつものバス停を一ブロック乗り過ごして、反対方向から半ブロック歩いて帰っただけだ」

「その途中で知らないバーに立ち寄ったんでしょう。何が起こるかもわからないのに。もうあっちのほうへは行かないと約束してちょうだい。理由があるのよ。約束して」

「厳粛に誓うよ」とジョニー・オコナーはいった。「二度とクレイジーキャット・クラブ・ナンバー2には立ち寄らない。だけど、もし万一ナンバー1・キャットに行き当たったら、ご用心ご用心とね」

「ほら、また冗談をいってる。あなた、どうなってしまったのかしら」

　明くる日の夜、ジョニーの気分はいささかよじれていた。それはたんに彼が気まぐれな女を妻にしているというだけではなかった。概して彼は妻の気まぐれを楽しんできた。だが頭のなかでは奇妙な思いが芽ばえはじめていた。彼は住みかである溝のふちから外界をながめ、かなたの世界に何があるのかという疑問にかられてしまったのである。むさくるしい老人と二人の若い娘がいつも降りるマンダーヴィル（Mandervile）にバスが近づくと、ここで降りたいという切実な思いが突きあげたが、なんとか我慢した。ナッソー（Nassau）でもこらえたが、オズウィゴ（Oswego）を通るときには、いたたまれなさは最高潮に達していた。そこで彼はひそかに決心し、十人並みのブロンド娘を観察した。もしあの娘がふだん降りるバス停を通り過ぎたら、おれも自分のを通り過ぎよう、と彼は思った。パトリック（Patrick）では、耳から毛を生やし、噛みつぶした葉巻をくわえた禿頭の老人が降り、これはお決まりだった。クォールズ（Quarles）では、笑い小僧（ラーフィング・ボーイ）、伊達男（ダッパー）ダン、鼻づまり男（スニッフラー）が姿を消し、また曳き船（タグボート）アニーその人のような、そうでないような客が降りた（スニッフラーは調べがつかなかったが、ほか三人は三〇年代の映画などで人気を呼んだ文化的キャラクター）。ランブッシュ（Rambush）では、卵顔とインドのお大尽と女弁護士で、世界はなんとかレコードの溝の上を無難に通過していた。だが、まだ終わりがきたわけではなかった。なぜならスコッツボロー（Scottsboro）に着くと、すっとぼけたしゃれ者と玉ねぎの親戚みたいな小男は降りたが、十人並みのブロンド娘は降りなかったからである。ついにきたぞ、とジョニー・オコナーは思った。おれも自分のバス停を通り過ぎよう。二ブロック行って、ヴァンダリア（Vandalia）がどういうところか見とどけるのだ。世界の果てまでというか、アルファベットの終わりまで、どちらが先になるか知らないが、行ってみよう。というのも、ジョニーは破れかぶれの心境になっていたからだ。

ターヒューン（Terhune）では、ポーリーン・ポッターのさげすむような鼻息と、太ったジョージ・グレゴフの視線と、いまではミスター・セバスチャンとわかった消毒済み紳士のしゅんとなるような侮蔑に耐えた。ジョニーは前方を見すえ、座席から動かなかった。感じのいい十人並みのブロンド娘は、またもアーバナ（Urbana）で降り、ジョニーもそこで降りた。ブロンド娘はクレイジーキャット・クラブ・ナンバー2にはいり、ジョニーは妻との約束を破って、おなじくなかにはいった。彼はサゼラックをどんな味だろうかと試しに注文し、新しい世界を新しい目で見わたした。

「今晩会えてうれしいわ」とバーの女が、感じのいい十人並みのブロンド娘にいった。「昔の友だちで、ここまで足を伸ばしてくれるのはあなただけよ。今日はひどい一日だったわ。いい人を見ると、ほっとする」

「そんなにひどいの？　まえの職場から見ると、ここはとってもよさそうなのに」

「あんたねえ、この界隈には、いままでダウンタウンで見たよりもっとたちの悪いとんでも女がいるのよ。あの女には、こっちのほうが恥ずかしくなるわ。彼女、毎日午後になると、ここで三人の男をくわえこむの。最初はあのでぶのへま男、ブースでの二人のいちゃつきようったら、今日わたし言ったのよ、もうすこしおとなしくしないと警察を呼ぶわよって。二人ともいつも酔ってへべれけ。そして立ち去るとき、男はいつも彼女にお金をわたすの。ところが彼が行ったと思うと、たちまちその後釜が来るのよ。ジョージ・ラフトの映画から抜けだしてきたようなタフなお兄さん。こんどは彼女が男にお金をやって、二人で小さなショウをはじめるんだけど、これがどんな検閲も通りそうもないやつなの。着るものもすごくエロチック。そして男は酔っぱらうと、行ってしまうの。すると二十分もしないうちに、三人めが到着。まずさっさとお酒を三杯飲むわけ。それから男の車に乗って、一時間ばかり姿を消すわね。そして帰ってくると、また三杯さっさとお酒を飲むの。そして男がさよならすると、彼女はよろよろしながらブースにもどって眠ってしまうの」

「どうしてそれが亭主にばれないの？」

「ちゃんと調教してあるんですってよ。しっかり溝のなかに埋めこんであるので、高いところから見ることはできないし、なんにも分かってないんですって。でも彼女とっても利口でね、頭のなかの小さな時計がくるいだすほどには決して酔わないの。例の七時半のバスがターヒューンでキーッと停まるでしょ。すると彼女はとびおきるわけ。そしてわたしを二つ三つ汚ないことばでののしって、舌のすべりをよくすると、裏のドアから露地を通って家へ帰っていくの。あばずれ女はダウンタウンにもいるけれど、シーラ・オコナーほどたちの悪い女はいないわね」

ジョニー・オコナーは身ぶるいし、チェイサーをこぼしてしまった。溝から出た彼は、もうもとの溝にもどることはできなかった。彼にできるのは、アルファベットの終わりか、あるいは世界の果てへ行くことだけだった。ジョニーはわが家を反対側から見てしまった。月の裏側を見てしまったのだ。彼は唖然とするばかりだった。

楽園にて

In the Garden

伊藤典夫訳

原生動物検知機が小鳥そこのけにさえずった。生命が存在しそうなばかりか、このちっぽけな月は、なかなか生きのいい天体のようだ。というわけで検査手続きが数段階すっとばされた。

脊索動物識別機は、地表のほとんど全域で〝プラス〟を出した。この衛星には、脊髄液が川になるくらい流れている。で、一行はまたもいくつかのテストをすっとばし、認識力走査機にむかった。この天体にマシな知能は存在するか？

当然のことながら、結果はすぐにはあらわれず、一行もあてにしていたわけではなかった。これには計器のこまかい調整が必要なのだ。しかし、ころころまわる衛星の空高くにうかんだまま、数時間も収穫がなく過ぎるうち、さすがに失望の色が濃くなった。

やがて反応があった。はっきりした確かな反応だが、ひどく狭い区域に限られている。「小さい」とスタイナーがいった。「まるで囲いに入ってるみたいだ。まるで町がポツンとあるみたいだ——そういうものかどうかは知らんが。あとの地表をさがして別のやつを見つけるか、それともこいつに絞るか？ ここで取り逃がすと、つぎに走査圏に入るまでに二十時間かかる」

「そいつにロックオンして、走査を終わろう。残った区域は、あとからちゃんと調べても遅くはない」とスタークがいった。

あと一つ必要なテストがあった。超常知覚の探知で、これは検出に手間のかかる微妙なテストである。EP（超常知覚）探知機は、高度な思念の放射位置をつきとめる、それだけのために開発された。しかし性能があまりにも不安定、というか、つかみどころがないため、結果をどう読みとるかで、マシンもその設計者も途方に暮れることが多かった。

EP探知機を発明したのはグレイザーである。ところが、発明者当人に対してマシンが〝プラス〟の表示を拒否したことから、探知機と発明者とのあいだに悪感情が生まれた。グレイザーは自分に超常知覚があると信じて疑わなかった。斯界では栄光につつまれた男なのだ。彼はまっ赤になってマシンの説得につとめた。

マシンは継電器をちゃらちゃらいわせ、気色ばんで答えた。貴殿には超常知覚はない。通常知覚を、超常的な度合で持っているだけである。この二つはちがう。マシンはそういって譲らなかった。

　これが機縁となってグレイザーはマシンをお払い箱にし、もっと御しやすいモデルの建造に移った。リトル・プローブ号のオウナーたちが、マシン第一号を超安値で手に入れた裏には、そんな事情があったのである。

　じっさい超常知覚探知機（エクストロードナリ・パーセプション・ロケイター）、略してエッペルがへそ曲りマシンであることは、否定しようがなかった。地球にあったころ、かなりの数のキ印連中を〝プラス〟と認定しており、そのひとりワクシー・サックスは、楽譜も読めないジャズ・クラリネット奏者だった。その一方、人類公認の優れた知性のうち九〇パーセントを〝プラス〟と判定している実績もあった。宇宙空間で出くわす尋常でない知性に対しても、マシンは頼りがいのあるガイド役をつとめた。とはいえスズキ＝ミー星では、体長二インチのイモムシ生物一ぴきに――それも数十億ひきからいる中の一ぴきに――〝プラス〟を出してみせたことがある。それと見分けのつかないその他無数のイモムシに対しては、探知機はウンともスンともいわなかった。

　そんないきさつもあって、問題の地区にロックオンし、計器反応を見守るスタイナーの心境は複雑だった。狙いをもっと狭い区域にしぼると（どうやら単一の個体らしいが、断定はできない）、はっきりした反応が出た。エッペルは大忙しである。このマシンには大根役者の気があり、こうしたテストのときにはもったいぶった振る舞いをするのだ。

やがて結果が出た。エッペルが出してくるなかではいちばん頭にくる解答――オレンジ色のライトが一つ。これは人間でいうなら、肩をすくめる仕草に相当する。一行は〝まさかねライト〟と呼んでいた。

とすれば、この天体上にある知性のなかに、超常的と見てよいものが少なくとも一個体は存在することになる。おそらくはキ印のほうだろう。これは用心するに越したことはない。

「あとの地域を走査しろ、スタイナー」とスタークがいった。「残りの者たちはみんなすこし寝る。ほかに反応がなければ、つぎにこの地点の上空に来たとき降下しよう。十二時間後だ」

「先にほかの場所へ行く気はないのか？　この思慮深い生き物から離れた、どっか別のところへ？」

「ないよ。ほかはどこも危険かもしれん。〈思念〉があの一点だけにあるというのには、きっとなにか理由があるんだ。別のが見つからんとなれば、図太く降りていって会うしかない」

スタイナーを残し、こうして全員が寝場所にもぐりこんだ。スターク、この男がキャプテン。そしてキャスパー・クレイグ、荷主代表の大実業家にしてリトル・プローブ号の五一パーセントの持主。そしてグレゴリー・ギルバート、副長。そしてイエズス会士のF・R・ブリトン、言語学者であり本船のチェッカー・チャンピオンでもある。

月面の町に夜明けは来なかった。静止状態のリトル・プローブ号が陽光をあびて待つうち、朝日のなかに月面の町が見えてきた。船は地上にいる何者かをめざして降下した。

「町なんかないぞ」とスタイナーがいった。「建物もない。なのに、複数の心が存在するという反応が出ている。野っぱらと多少の森があるだけだ。それに、泉というか池みたいなもの。そこから小川が四本流れだしている」

「その複数の心を逃がすな。それがこっちのターゲットなんだから」

「建物どころか、棒を二本、石を二個いっしょに置いた形跡もない。あそこにいるのは地球型の羊だ。あれは地球ライオン。嘘みたいだぜ。それから、あの二頭……じゃない、二人は、地球人みたいだ。ただし違いがある。あの明るい光はどこから出てるんだ？」

「さあね。しかし土地のまんなかにいるぞ。降りるんだ、ここに。すぐに会いに行こう。びくついてて、いままで儲かったためしがない」

なるほど、彼らは人間だった。それも、人間がみんなこうであったらと思うような理想の姿形。男がひとりと女がひとりいて、着ているのは明るく光る衣服なのか、それとも何も着ていず、明るい光につつまれているだけなのか。

「話してみてくれ、ブリトン神父」とスターク。「あんたは言語学者だ」

「よう」と神父がいった。

通じたのか通じなかったのか、その辺はわからない。だが相手がとにかくほほえみかけるので、神父はつづけた。

「わしはブリトン神父、フィラデルフィアの出だ。派遣勤務で来ている。で、おたくだが、名前、通称、ニックネームは何だね？」

「ハ＝アダマーだ」と男はいった。

「おたくの娘さんだか姪御さんのほうは？」

これには輝く男も一瞬眉をひそめたように見えた。だが女のほうがほほえみ、人間であることを証明してみせた。

「女の名前はハウワー」と男はいった。「羊の名前は羊。ライオンの名前はライオン。馬の名前は馬。フーロックの名前はフーロック」

「わかったわかった。そのでんでどこまでも行くわけだな。英語をしゃべるってのは、どういうことかね」

「わたしのことばは一つしかない。だがそれは、だれが聞いてもわかるように、わたしたちに授けられたものだ。鷲にもわかるし、リスにもわかる、ロバにも、イギリス人にも」

「わしらはしょうもないアメリカ人でね。借り物のことばを使わせてもらってるよ。喉のかわいた旅人に、桶いっぱいの水を恵んでくれんかな」

「泉がある」

「あ――なあるほど」

ともあれ一行は、お近づきのしるしに泉の水を飲んだ。まちがいなく水だった。それも抜群のうまさ。天地のはじまりにあった水のようにひんやりとし、原初の泡をたちのぼらせている。

「やつらをどう思う？」とスタークがきいた。

「人間だ」とスタイナー。「ひょっとしたら、人間よりちょっとばかりできがよさそうだ。連中をくるんでいるあの光が、どうも解せん。まるで服を着ているみたいで、いうなれば尊厳を保ってる」

「だが、それだけさ」とブリトン神父。「あの光のトリックにはなにか目的がありそうだがな。フィラデルフィアじゃ、あれは通用せん」

「もういちど話してくれ」とスターク。「あんたは言語学者だ」

「そんなことは関係ないよ、キャプテン。自分で話しかけてみろ」

「ここには、ほかに人はいないのかね？」とスタークは男にきいた。

「二人きりだ。男がいる、女がいる」

「しかし、ほかには？」

「ほかにどういうのが必要だ？　男と女以外に、別の種類の人間があるのか？」

「しかし男と女は、それぞれひとり以上いるんだろう？」

「ひとり以上いなければいけないのか？」

この答えにはキャプテンも少々途方に暮れた。だが、かたくなに質問をつづけた。

「ハ＝アダマーさん、われわれのことをどう思う？　人間じゃないのか？」

「わたしが名前をつけないうちは、あなたたちは何でもない。だが名前をつければ、あなたたちはいる。あなたの名前はキャプテン。彼の名前は神父。彼の名前はエンジニア。彼の名前は下っぱ」

「ふん、ありがとさんよ」とスタイナー。

「すると、われわれは人ではないのか？」キャプテン・スタークはくいさがった。

「人ではない。人はわたしたちだ。この二人しかいない。ほかに人がいてどうする？」

「何が始末におえないといって」とスタイナー、「やつのいうことが間違いだとは絶対に証明できない、それっくらい始末におえないことはないぜ。自分がみすぼらしく見えてしょうがない」

「なんか食べるものはないかね？」とキャプテンがきいた。

「木になっているものをとりなさい」とハ＝アダマー。「眠りたくなったら草の上に寝るがいい。人ではない生き物には（人には眠りも休息もないが）、くつろぎの時が必要だろうから。とにかくこの園に憩い、果実を味わうのは自由だ」

「そうさせてもらおう」とキャプテン・スタークはいった。

一行はその地を歩きまわった。だが心中おだやかではなかった。そこには動物たちがいた。雄雌二頭のライオンは、危害をくわえはしないものの、男たちの神経をとがらせるには充分だった。二頭の熊は、いっしょに遊びたいのか、ずたずたに引き裂きたいのか、考えあぐねているようす。

「ここに人間が二人しかいないとしたら」とキャスパー・クレイグ、「ほかの地域もたぶん危険はなかろう。走査したかぎり土地は肥沃そうだ。もっとも、この中心部ほど肥沃じゃなさそうだが……。それから、ここらにある岩石も検査してみる値打ちがある」

「金の鉱脈がまじっているし、ほかにも何かある」とスターク。「有望な土地だ」

「それから、ここにはなんでもかんでも生えてる」スタークはつけ加えた。「あれは地球のくだものだし、あんなに見事なのは見たことがない。ブドウとプラムとナシを食ったよ。イチジクとナツメヤシも最高だった。マルメロは考えられないほど香りがいい。サクランボもすばらしい。それから、オレンジのうまいこと。とはいっても、まだ食ってないものがあって、それが――」スタークはいいよどんだ。

「おれがあまり考えたくないもののことを考えてるんだとしたら、少なくとも一つのテストにはなるな」とギルバート。「楽しい夢を見ているだけなのか、それとも現実なのか、そこんとこがはっきりする。よし、食ってみろよ」

「おれは実験台はいやだ。おまえが食え」

「あの男にきけ。きいてみろ」

「ハ＝アダマーさん、リンゴは食べてもいいのかね？」

「もちろんだとも。食べなさい。この園ではいちばんおいしいくだものだ」

「さてと、ここでアナロジーの糸が切れるわけだな」とスターク。

「鵜呑みにするところだったぜ。しかし違うんだとしたら、これはいったい何だ？　ブリトン神父、あんたは言語学者だが、ヘブライ語でハ＝アダマーとハウワーというのは、つまり――」

「当然、例のあれさ。あんたにだってわかるはずだ」

「おれは信心深くはなかったがな。しかし地球とまったく同じ条件のもとに成り立つ必然性はあるのかい？」

「この世に不可能はないよ」

そのとき輝く男ハ＝アダマーが興奮した叫び声をあげた。「だめだだめだ。それに近づいてはいけない。そのくだものは食べてはならないことになっている」

ザクロの木だった。ハ＝アダマーは、その木に近づくなとクレイグに命じたのだ。

「もう一つ、神父」とスターク。「なにしろあんたは権威だから。つまり、禁じられた果実がリンゴだという発想は、さかのぼっても中世の絵画どまりなのか？」

「そうだな。果実の名は創世記には出てこない。しかしヘブライの聖書の注解では、ふつうザクロとされている」

「だと思った。もうすこし質問をつづけてみてくれ、神父。およそありえない話だ」

「ちょっと変だな。アダムさんよ、あんた、ここにどれくらいいる？」

「永遠マイナス六日だと、わたしは教えられた。だが意味はわからない」

「そのあいだ、あんたは年をくっていないのか？」

「〝年をくう〟という意味がわからない。わたしは始まりから今とおなじだ」

「死ぬときが来ると思うか？」

「死ぬというのがどういうことなのかわからない。本性が堕落したものには、死ぬという属性があるとは教えられたが、わたしやわたしの所有物には関わりのないことだ」

「あんた、ここにいて幸せか？」

「わたしの超自然的なあり方に応じた意味で、まったく幸せだ。しかしその幸せを失う可能性はあり、そうなったときには以後永遠にさがす羽目になる——そういう場合があるとは教えられた。幸せを失った恵まれない世界が、少なくともどこかに一つあると教えられた」

「あんたは自分を物知りだと思うか？」

「思う。わたしはただひとりの男であり、知識は男に本来そなわったものだ。だが、わたしはそれ以上に祝福されている。わたしには超自然的な知性がある」

スタークがまたも話にわりこんだ。「もう一つきいていい質問があるぜ、神父。それで結着がつく。もうほとんど信じこんでいるがね」

「そうだ、結着をつける質問があるな。アダムさんよ、チェッカーというゲームをしないか？」

「冗談いってる場合じゃないぜ」とスターク。

「冗談なんかいってやせんよ、キャプテン。どうだ、アダム？　好きな色を選べ、第一手もそちらにまかせる」

「いや、勝負にならない。わたしには超自然的な知性がある」

「じゃ、いうが、わしはジャーマンタウンのチャンピオンだった床屋を負かしたこともある。テネシー州モーガン郡のチャンピオンにも勝った。そこのチェッカー熱は地球で一番なんだ。機械を相手にしても勝った。だが、超自然的な相手とはやったことがない。どうだ、アダム、盤をだしてお手あわせ願おうじゃないか」

「いや、勝負にはならない。あなたをはずかしめたくない」


一行はその天体で三日暮らした。みんな大満足だった。何もかもが揃った世界であり、どうやら住民は二人だけのようだった。みんなどこへでも出かけたが、大きな洞穴には近寄らなかった。

「あの中には何があるんだ、アダム？」とキャプテン・スタークがきいた。

「大きな蛇が棲んでいる。やつとはぶつからないようにしている。やつの用意していた計画がここでは実現しなくて、気むずかしくなっているんだ。もし悪が忍びこむとしたら——わたしたちが耐えるかぎり起こりっこないことだが——それはやつを通じて入ってくると教えられた」

その天体の実相については、滞在中それ以上知ることはなかった。しかし発つときには、ひとりを除いて全員が、それを頭から信じこんでいた。離昇の最中も、話は尽きなかった。

「話せば、みんな笑うぜ」とスタークがいった。「だがな、いちどでもこの場所や連中を見たら、笑うやつはぐんと少なくなる。おれはうまい話にはまず疑ってかかる人間だが、これは信じるよ。ここは清らかで純粋な世界、地球や、いままで行ったところはみんな堕ちた世界だ。ここにいるのは、われわれの最初の父と母が堕落するまえの原型なんだ。光と無垢の衣をまとい、われわれが何百世紀もさがし求めていた幸福を手中にしている。その幸福を乱すなんてのは犯罪だ」

「おれも納得がいった」とスタイナー。「ここは楽園そのものだ。ライオンが羊と仲よく寝そべり、蛇はのさばっていない。もしおれたちやその仲間が、蛇になりかわって入りこみ荒らしたりなどしたら、こんなに忌まわしい犯罪はないぜ」

「わたしは世界一疑い深い人間といっていいだろう」と大実業家のキャスパー・クレイグがいった。「だがこの目で見たものは信じるよ。わたしはそこに立ち、見たんだ。まさしく清らかな楽園だ。どんなやり方であれ、その完全さを損ねるようなやからは、天の怒りが下っても仕方のない犯罪者だ。

それはそれとして、さてビジネスに入ろう。ギルバート、発信紙を出しなさい。——汚れない楽園九千万平方マイル、分譲・賃貸ともに可。農園・牧場、ことに園芸には最適。金・銀・鉄・地球型動物相。大規模移住団には格安レートあり。手紙・電報により受付け、また下記の惑星事務所への電話も可。パンフレット請求のこと——エデン土地無限会社——」

大洞穴の内部では、例のよこしまな蛇——通称の一つを〝いかさまサム〟という二本足の生き物——が、手下に話していた。「植民する連中をひきつれて戻るには十四日はかかるだろう。そのあいだに爆裂砲のオーバーホールはできそうだ。装備のいい植民団には、ここんとこ六週間ばかりお目にかかっていない。ひところは、はだかに剝いて殺して、ためこんでる最中に、もうつぎの団体さんが待ちうけてるような塩梅だったが」

「ねえ、新しい台詞を書いてくださいよ」とアダムがいった。「いつもいつもおんなじ台詞をしゃべってると、まるでアホになったみたいな気がしてくる」

「おまえはアホさ。だから板についてるんじゃないか。ショウ・ビジネスに長いことい るうちに、おれは一つ勉強した。台詞はとっかえひっかえ変えるな、ということだ。アダムとイブをハ＝アダマーとハウワーに変え、リンゴをザクロに変えたろう。お客さんはべつに利口になってるわけじゃない。ちゃんと予習をするようになって、本当らしさにこだわるだけなんだ。

いまある〝餌〟で充分さ。人間の本性にはな、完全無欠な楽園というアイデアに逆らえないところがあるんだ。荒らし、ぶちこわすためなら、連中は大はしゃぎで押しよせてくる。こいつは強欲や、新天地開拓の意欲なんてものじゃ割りきれない。まあ、それもないわけじゃないがな。でかいのは、汚れないものを汚し、毒してみたいという狂熱なんだ。うまいぐあいに、おれさまには人間のこの性癖につけこむオツムがあったってわけさ。それに、新天地を第一歩からきりひらくとなれば、装備はできるかぎりかき集める必要がある」

サムは誇らしげに広大な洞穴のなかに目をあげ、山になり層になった物資を見わたした。あらゆる種類の重機械。真空包装された食糧のとてつもないクレートまたクレート。車輪、キャタピラー、プロペラ、幌、ジェットなど、さまざまなものがついた乗りもの群。そして世界を一つ動かせるだけのパワーパック群。

サムは宇宙船の並びに目をやった。三十数隻の船が、よけいな艤装をはぎとられて整列している。また片隅には、骨粉のかなり大きな山が見える。

「ライオンがもう一頭ほしいわ」とイブがいった。「バウザーはもうろくしてきて、マリー・イヴェットがいじめたり、足の指をかじったりするのよ。それに、羊と仲よく寝ころぶんだったら、やっぱり、たてがみの立派なライオンでなくちゃ」

「わかったよ、イブ。ライオンはたいへん重要な看板だ。移民してくる連中のなかで、だれかいかれたのが、新しいライオンを持ちこむだろう」

「それから、光るペンキの新しい配合法はないんですかね?」アダムがいった。「これはむずがゆくて、もうたまんないったら」

「いま試作中だ」

キャスパー・クレイグはまだ宇宙電報の口述をつづけている。「不老長寿の驚くべき効能が、その地固有の特性として認められる。気候快適。昼光もしくは薄明かり。惑星デルフィーナおよびソル・キャスパー・クレイグ第三惑星より二十一時間。あらゆる産業に適する純良水を湧出。見晴らし最高、宅地造成済み。住みやすい環境をお約束するため、地域制限ならびに資格制限あり。われらが銀河系の近傍肢に、計画的な天体居住地誕生。安い税金、気軽なクレジット。当社自慢の融資——」

「戻ってくるときには武装護衛隊をおともさせたほうがいいな」とブリトン神父。

「いったいどうして武装護衛隊が要るんだ？」

「七クレジットのお札みたいにインチキくさいからさ」

「おたくみたいな聖職者が、こいつを疑うのか？　われわれ懐疑派が直感で信じたというのに。なぜ疑う？」

「わかりきったペテンに手もなくひっかかるのは不信心な人間だけさ。神学的に不自然、ドラマツルギー的に説得力不足、文献学的に不可能、動物学的に作りものくさく、これみよがしに金鉱はちりばめてあるわ、時代錯誤は見つかるわ。それ以上にやっこさん、わしとチェッカーをするのをいやがった」

「なんだって？」

「もしわしに超自然的な知性があったら、だれとチェッカーをやったってこわくない。ところが、どこかに尋常でない頭脳が隠れていた。そいつはわれわれと個人的なつきあいを持つのを敬遠したんだ」

みんな考えぶかげに神父を見つめた。

「しかし、ある意味では、あれは楽園だったよな」とスタイナーがいった。

「どうして？」

「おれたちがいたあいだ、ずっと、女がしゃべりもしなかった」

パイン・キャッスル

Pine Castle

伊藤典夫訳

「ここにはなぜもっと明かりがないんだ？」スティーヴン・ネクロスは不平をこぼした。

「近ごろはどこのバーもひどく暗いな。それから壁がざらざらだ。なでたら手に刺(とげ)がささっちまったぞ、壁だかなんだか知らんが」

「明かりがないくらいがちょうどいい明るさなのよ」聞こえる柔らかなハスキー・ヴォイスは、失業中の〝肝っ玉女性飛行士〟モリー・オロリーの声だ。本名はモリー・リードという。モリー・オロリーはたんなる〝スカイ・ネーム〟、曲芸飛行用の芸名なのだ。

「みんなツキに見放されて見る影もないんだから、もっと明かりがほしいなんて贅沢はいわないの。ざらざらの壁のことも気にしないで、スティーヴン。壁は押し入ってくるものを食いとめるためにあるの。あなたが出ないようにするのは、ついでみたいなものね。わたしは昔から〝落ちる恐怖〟というのに振りまわされ、取り憑かれてきたわ。これが人間の根源的な七大恐怖の第一番めよ。そのおかげで世界一みじめな渡世、仕事にあぶれた曲芸飛行士におちぶれちゃったわけだけど、絶対これだけは人にわたしたくないわ。天に昇るまえに、いちど天まで昇ってみたいのよ。わたしはおっかなびっくり生きてるし、おっかなびっくり死ぬでしょうけど、ほかの生き方はごめんだわ」

「もっと明るくていいはずだ」スティーヴンはふたたびいった。「マッチもすれないぞ。手がじとじとしている」

「人間にとっての根源的な恐怖の二つめは〝蛇への恐怖〟だ。ことに気の荒い毒蛇は恐ろしい。ダイヤ紋ガラガラ蛇とか、頭巾（フード）を広げたコブラとかな」と失業中の蛇使い、ジュード・ブッシュマスターがいった。「なかでもたまったものではないのは、そういうやつと逃げ場のない狭い場所で出くわすことだ。おれだってうちの蛇はこわいが、この仕事をやめる気はないね。危険はおれの全人生だし、きっと死も呼びこむだろう。おれがとりわけこわいと思うのはダイヤモンド・ジョニーだな。うちでいちばん大きいダイヤ紋ガラガラ蛇だ。やつが特に荒れくるっている日は、麻酔矢を撃ちこまなきゃいけない。ところが麻酔から醒（さ）めると、それまでの倍も荒れていきりたつんだ。ダイヤモンド・ジョニーの噴く息にいちどでもあたったことがあれば、暗闇のなかで出会ってもすぐにわかる。おれはこいつと手を切るつもりだ。ある仕掛けを使えば、二ひきの蛇といっぺんにおさらばするチャンスがあるんだ。生きがいってのは、そういう仕掛けにこそあるのさ」

「胸に重しがのっかってるぞ」とスティーヴン・ネクロスはかたくなにいった。「心にのしかかってる重しはもっと重い。さっさとこのどんづまりから出て、家へ帰らなきゃ。それはともかく、このろくでもない飲み屋の名前はなんというんだ？」

「パイン・キャッスル（松の城）だよ」とクロード・ノイヤーがいった。「ここは世界でいちばん狭い城だ。おれだってどういう具合でここへ来たのかよくわからん。自由がきかなすぎる。ああそうそう、スティーヴン、ここはとことん暗くしてあるんだ。おれにいわせれば人間にとっての根源的な恐怖の三つめは、溺れるとかそういう窒息の恐怖だ。できることなら、これはご免こうむりたいね」クロード・ノイヤーはたいへんな力持ちで、以前はプロレスラーをしていた。しかし、いまでは非公認の秘密試合にしか出場できない。彼と試合をして、二人の人間が命を落としているのだ。ひとりはジャパニーズ・スリーパーの断末魔のなかで、もうひとりはミッドナイト・チョーク・ホールドの苦悶のなかで。だがどちらの技も実はいんちきである。痛めつけているように見えるが、両方ともダメージを与えるほどではない。といっても、下心がなければの話である。

ところがクロード・ノイヤーの二人の対戦相手は首絞めされて死んだ。またクロードがいた場所で、ほかにも謎の窒息死をとげた者が二人いる。

「なぜここにはもっと明かりがないんだ？」スティーヴン・ネクロスはまたもこぼした。つぎにはまったく声もなくなり、まるで彼自身も息を詰まらせているかに思われた。じっさい息を詰まらせていたのだ――思いだし、悟り、愕然として。「おれがパイン・キャッスル酒場でいっしょに座っているこの六人」まったくの静寂のなかでネクロスは独りごちた。「おれはこの六人にいままでの誰よりもこっぴどい仕打ちをした。みんなおれが死ぬといいと思っていて、その願望を実行する能力もある。それにしても、おれは今夜このやくざな連中と何をやってるんだ？　こいつらとはしばらく前に手を切っている。ようし、これからひたすら息をひそめていれば、闇にまぎれて逃げだせるかもしれん」

「死人への恐怖――ことに歩き、つきまとう死人に対する恐怖が、人間の根源的な恐怖の四つめのものだ」魔術師グレート・グレゴリーの声がうつろな闇にひびいた。「ああ、どこまでもつきまとってくる死人の気味の悪いこと！　だが、つきまとうほうがつきまとわれるよりはるかにマシさ」

スティーヴン・ネクロスの胸にのしかかる重みは、どこかなじみ深いうえにひどく不快だった。心によどむ重みは二段構えのもので、現下の怪しげな状況になぜ立ち至ったのか思いだせないという事実と、思いだしたらどうなるかという身の毛もよだつ底無しの恐怖から成っていた。

「人間の根源的な恐怖の五つめは、火への恐怖だ。焼け死ぬ恐怖、それと背中合わせの**死んだあとも**焼かれつづける恐怖だ」芝居がかった声はニッコロ・チョート、〈悪魔のニック〉の通称で知られる男だ。「どんづまりの地獄と呪われた死への恐怖だ。おれはあちら側からしょっちゅう声を聞いてる。お先に行った友人たちがいってるよ——地獄は地獄だってな。あちらはひどいところで、あらゆる恐怖がそろっている」やんわりと悪逆なニッコロは、スティーヴン・ネクロスがいちばんこっぴどく痛めつけた相手だ。

「人間の根源的な恐怖の六つめは、殺される恐怖だ」〈ピンぞろ(スネイク・アイズ)〉シンプスンの紙やすりをかけたような声が、壁のせばまった闇のなかにひびいた。スネイク・アイズはギャンブラーである。また金貸しもしている。どちらの生業(なりわい)でも、この男は相手をとことん追いかけ、尻の毛までむしりとる。スネイク・アイズのおんぼろオフィスには粗削りの松材の箱が鎮座しており、借金なりローンなりをしにくる客は、ときにはその大きいが細長い箱の粗削りのふたの上で署名をさせられた。「血で署名させるほうが似合うんじゃないかね」ある客がくたびれたユーモアをきかせていった。「血がすこしでも残っている人間なら、こんなところには来ないさ」スネイク・アイズはそう答えたものだ。「そういえば、この箱は外側より中のほうがもっとざらざらしているんだぜ」

「七つめの根源的な恐怖はなんなの、スティーヴン・ネクロス？」肝っ玉女飛行士モリー・オロリーが、柔らかなハスキー・ヴォイスでたずねた。モリーが失業中なのは、スティーヴン・ネクロスが借金のかたに彼女の飛行機を差し押さえたからである。ところが、その飛行機をスティーヴンが別の若い女飛行士に貸し与え、曲芸飛行稼業に乗りだす後押しをするに及んで、さすがのモリーもいくらかふさぎこんだ。「七つめの恐怖はなんなの、スティーヴン？」

「わからない」彼は情けない声をあげたが、おそらくはちゃんとわかっているのだ。そして押しころした声音で、以上の六人ではない相手の耳もとに話しかけた。「落ち着け、ジョニー、落ち着け。あんたが動かなきゃ、おれは動きゃしない」

「目をさませ、スティーヴン。七つめの恐怖を教えてくれ」ツキに見放された魔術師グレート・グレゴリーのうつろな声がひびいた。「あんたはたっぷり寝た。こんなものは悪い夢であってほしいと願っていただろう。そのとおり、悪い夢さ。しかし、だからといって、あんまり楽観しなさんな。寝覚めは夢よりもっとひどくなる。さあ言え、スティーヴン、聞いていないと約束するから。いいか、おれたちはここにはいないんだ。おまえさんの頭のなかにいるだけさ。誰ひとりここにはいない」

「ダイヤモンド・ジョニーを別にしてな」と失業中の蛇使い、ジュード・ブッシュマスターの声がした。こうした面々のうちの幾人かが失業中なのは、スティーヴン・ネクロスが借金のかたに彼らの働いていた小さな巡回見世物一座を差し押さえたからである。

「ジョニーはほんとにここにいるし、あんたには彼がわかるはずだ。そうさ、こいつの噴く息にいちどでもあたったことがあれば、暗闇で出会ってもすぐにわかる。あんたに話したことがあったかな、スティーヴン、二ひきの蛇をいっぺんに殺すチャンスがあるって。ああそりゃ、どちらもある種の仮眠状態にするわけさ。それから一ぴきはスネイク・アイズの箱に入れ、もう一ぴきはそいつの胸ぐらにのせる。七つめの恐怖とはなんなんだ、スティーヴン？」

「地中に埋められた松の棺のなかでめざめることだ！」スティーヴン・ネクロスはしぼりだすように叫び、穏やかならぬ夢からさめた。そして彼は思いだした。――自分がクロード・ノイヤーの剛腕によって眠らされ、その六人の手で〈生きながらの埋葬〉をされたことを。自分が六フィート弱の身長であったことを。また胸にのった重しは、ジュード・ブッシュマスター手飼いのダイヤ紋ガラガラ蛇のうちでも最大のやつ、ダイヤモンド・ジョニーであることを……とぐろを巻く九フィートの全長と四十パウンドの体重が、鎮静剤を盛られて気むずかしくなり、怒りくるってめざめようとしている。

スティーヴン・ネクロスとダイヤモンド・ジョニーは同時にめざめた。地中六フィートに埋められたパイン・キャッスルと称する狭くるしい棺のなかで、ひとりと一ぴきはいきりたち、恐怖にかられてめざめると、めちゃめちゃに襲いかかった。

ぴかぴかコインの湧きでる泉

Bright Coins in Never-Ending Stream

伊藤典夫訳

あののろまの文なし爺さん、マシュー・クォインには、誰でもときどき閉口させられる。ときどき、だと？　いや、しょっちゅう閉口させられどおしだ。これはみんなが気短かで情が薄いからではない。うちの町の連中が辛抱強く、やさしいことは請けあってもいい。ところがマシューは、そのやさしい上っつらを逆なでするのだ。

「あの野郎はほんとにのろいんだから！」と、人はいう。これは誤りであって、支払う段になったとき、マシューの指がとぶ速さはまさに稲妻なみである。問題は、一つの取引をすませるまでに、おそろしくたくさんの手続きを踏まなければならないことなのだ。

加えて、やつのする昔話というのがある。マシューにいわせれば遠い遠い昔のできごとだそうだが、これがさんざん使い古されて、いまや擦りきれているのだ。

「いやあ、わしの伊達男ぶりを見せたかったねえ！」と、やつはいう。「二十ドル金貨の尾をひきながら、世界を三周もめぐったもんさ。それも、二十ドルがちょっとした値打ちもんだった時代にだ。支払いはなんでも二十ドル金貨。なくなる心配はこれっぽちもない。十枚、百枚、一千枚、要るとなったら、いくらでも並ぶ。からっぽにならない油の壺を抱えてるようなもんさ、聖書にあるとおりにな。なにせ、コインのなくならない銭入れがあるんだ。たいした伊達男だったぜ。くそっ、いまだって変わらん！　わしが文なしのところを見たやつがいるか？」

いいや、見たやつはいない。ただ、このところマシューの金がまとまった額になるのに、やたらに時間がかかるというだけだ。人を長いことうしろに待たせたまま、金勘定する風景も珍しくはなく、これでは誰だってムクれて勘忍袋の緒を切らしてしまう。昔話に人がうんざり顔を見せるようになると（このごろでは、周囲のけむったそうな目つきは熱風さながらにやつを打つのだったが）、マシューは出かけていって鳩に話しかけた。少なくとも連中は、最低の作法をこころえていたからだ。

「プラムの花がすっかり散ったな」と、マシューは赤足のつつき屋どもに話しかけたものだ。「人生の薔薇も、わしにはちょっとばかりしおれて見えてきた。だがコインが底をつくわけじゃない。それはないという契約を結んであるんだ。ある胡乱な取引の見返りに、そんな約束を取りつけたわけだが、これがいままで何年、何十年守られてきたか、おまえたちには信じられまい。それに、銭入れからコインを出すのに死ぬほどうんざりするまで、死なんという仕掛けだ。そいつもちゃんと約束してある。銭入れからコインを出すぐらいのことに、わしがうんざりするもんかい！

ことの起こりは、そうさな、もうずいぶん昔になる。あのころは鳩も、いまのミソサザイぐらいの大きさしかなかった。アメリカ政府が二十ドル金貨を造りはじめた時期で、わしのふところはそいつが無限に湧きでる泉みたいなもんだった。請けあってもいいが、人間金まわりがよければ目立つもんさ。ああ、わしが親しくお付き合い願ったご婦人がた！　ローラ・モンテスから、スクワレル・アリス、マリー・ラヴォー、サラ・ベルナール、それからエリーザベト皇后、オーストリアのな。高貴なご婦人がたが、わしの金もそうだが、わしそのものの魅力にひかれて群がったものさ。あれは見せたかったな、あの黄金の伊達男ぶりは。

その黄金時代がどうなっちまったか、だって？」

マシューはそうききかえしたが、鳩たちはべつに何をきいたわけでもない。きいたとしても、せいぜい「ポプコーンをもう一箱取りに行ったらどう？」ぐらいか。

「ああ、いまだってわしには黄金の日々さ。もっとも学術的にいえば、近ごろは銅（あかがね）の日々だがな。わしに約束されたのは、いつもこんこんと金が湧きでる八つの輝かしい永劫だ。おまけに八番目の永劫は、（わしの寿命といっしょに）望むかぎりえんえんと引き延ばしていい。

で、第一の永劫が淀みもなく第二の永劫にすべりこんだときも、わしの財産にたいした目減りはなかった。相変わらず汲めども尽きない黄金の泉さ。二十ドル金貨じゃなくなって五ドル金貨だが、数に限りがないんだから、どこに違いがある？　銭入れから一枚出せば、また中に一枚はいってるという具合さ」

「思うに、わしがいちばん楽しかったのは、銀貨小僧のあだ名がついていた時分だな」とマシュー・クォインは話しかけた。話し相手はいまや鳩よりもむしろリスたちで、日もまた変わっていた。だが、どの日も中身にさして違いがあるわけではない。

「わしは金にはさほどこだわらんタチだ。素寒貧（すかんぴん）はごめんだというだけさ。だから、銭入れには必ずあと一枚コインがあるという約束を取りつけてあった。一ドル銀貨がカウンターに落ちる、あの音が好きでな。目立ちたいときは、一秒に一枚くらいの速さでチャリンとやるわけさ。まるで鈴みたいな音がしたもんだ。その時分にはわしはリッパな大人になって、人生を楽しんどった。わしが現われると、みんなの目がこっちを向く。

〝キザ野郎〟とか〝銀ぴかダンディ〟と呼ばれたよ。チップは何でも一ドルだ。金がいまの十倍の値打ちがあったころだから、一ドルといやあたいしたもんだろう。なんだ、リスよ、ピーナッツをもう一袋ほしいって？　お安い御用だとも！　売店のねえちゃんは、わしがコインを出すのに手間どるんで、多少カリカリしそうだが、なあに知ったことかよ。な？」

マシュー・クォインが、無限に湧きでるぴかぴかコインの泉をいまだ手中にしているのは事実だが、しかし第八の永劫にあるこの日々、彼の姿にどこかみすぼらしい落ちぶれた印象があることは否めなかった。昔のうろんな取引の見返りとして、生きたいだけ長生きできる約束は取りつけたものの、それも老いぼれるのを食いとめる役には立たなかったのだ。

マシューはむさくるしい小さな部屋に住んでいた。毎週金曜日になると、彼は午前三時に起きだして、銭入れのなかから一度に一枚ずつ（どうやらほかの方法はないらしい）コインの取りだしにかかるのだ。銭入れは、内部に三つの袋がある小さながま口で、コインや札を入れるのにひところ男たちが常用したものである。相当に時代ものだが、こわれたことはなかった。

マシューは一度に一枚ずつコインを出す。数をそろえて積む。細長い棒状にして紙に巻く。そして午前八時、週ぎめの部屋代の期限が来ると、胸をはって払いに行くのだ。しめて二十七ドル五十セント。これでまた一週間追いだされる気づかいはない。それだけの額を積みあげるには、毎週金曜日の午前三時から八時までかかるのだが、この間にはけっこううたた寝もしていた。年寄りはよくうたた寝をするものだ。

またランチ・カウンターでつつましい食事をすませたあと、代金を払うにもさほど時間を食うわけではなかった。せいぜい五分か六分のあいだ。ところが世の中には、レジで支払いをする老人のうしろに立って、その五分か六分が待ちきれない気短かな人間がいるものなのだ。

「何年か、わしは五十セントおじさんの名で知られていたことがある。これも悪くはなかった」とマシュー・クォインはいった。「そのあとで何年か、二十五セントおじさんと呼ばれた時期もあるが、どうってことはなかった」これはまた別の日、今回の聞き役はオナガの群れで、鳥たちは市民公園の草むらにいる芋虫、ナメクジ、その他の虫の虐殺にいそしんでいた。「ちょっとこたえるようになったのは、十セント爺さんと呼ばれだしてからだ。これはわしのプライドをいたく傷つけたな。もっとも、傷つく筋あいは本来ないんで、昔に比べるとご婦人がたにはあまり縁がなくなったが、伊達男ぶりは相変わらずだった。暮らしやすい部屋はある。食いものにも酒にも不自由しない。着るものも、高い買物のときにはまごついたりするが、ほしいだけ買える。そのころにはオーバーコートが百ドルもする時代にはいっていたんで、客を待たせたまんま、千枚のコインを一枚一枚引っぱりだすには度胸がいったがな。

そのうち、わしにも様子がわかりかけてきた。遠い昔にしたこのうろんな取引にはふざけたところがあって、バカをみたのはわしというわけだ。いや、契約が成立した段階では、あらゆる点からみてわしが勝っていたよ。銭入れは子牛の革で三重縫い、ドイツ製の銀の口金つきだ。コインが尽きることは絶対にないという保証がついて、保ちは永久的。コインは銭入れの底に現われる。これは事実だし、奥が深くなっていて口が狭いので、十セント取りだすのに何秒か時間を食うという不便もある。だが、わしはいい取引をしたと思ってるし、双方ともまだ不満は表明していない。一度に十セントの時代も悪くはなかったんだ。

五セントの時代もそんなじゃなかった。五セントのニッケル玉にケチのつけようはない。そうだとも、ニッケル玉は商業の支柱だ！　そのニッケル時代になって、わしの指にリューマチが出はじめ、これで金を出すのがちょっと遅くなった。だが契約とはなんの関係もない。あれはあれで相変わらずリッパなものさ」

一セント時代がめぐってくるころには、マシュー・クォインはすっかり老いぼれていた。みずから公言するほどの年寄りではないが、界隈でいちばん年寄りの筋ばった伊達男にはちがいなかった。

「だが、いまだって、わしのまっさらコインみたいにぴかぴかの時代さ」マシューが語りかけている青虫の大群は、市民公園の緑を食いあらすのに余念がない。「コインの泉も、第八の、そして最後の永劫にはいったわけだが、これは、わしがやめろというまで永遠につづくんだ。やめろという理由がどこにある？　コインの流れは、わしにしてみれば、からだを流れる血みたいにかけがえのないものさ。それに金種の下落もこれ以上は進むまい。一セント銅貨より小さい銭はもうないんだからな」

だが一セント時代は、マシュー・クォインが予想したほどぴかぴかの輝かしいものではなかった。リューマチは彼の手と指に深く食いこみ、稲妻そこのけの指さばきは、いまではまったくのろまの稲妻だった。「時は金」のことわざは、何人にもましてマシューにぴったりとあてはまり、しかもいろんな方面の手間が総がかりで貴重な時間を食いつぶした。

物価が上がるたびに、これと反比例してマシューは落ちぶれていった。一セント時代に突入して五年が過ぎるころには、落ちぶれかたは相当なものだった。

「一週間の下宿代を出して数えるだけで五時間かかるとすると、これはどうにもならん事態におちいりつつあるということだ」と、マシュー。「どこかで歯止めがかからんものかな」

その歯止めがかかった。

経済社会におけるインフレ傾向と、一セント貨、いわゆるペニーがほとんど無価値になった事実にかんがみ、政府は、同貨の鋳造を中止すると発表したのである。近い将来における通用停止日以降、もはや一セント貨は通貨と認めない。

「わしはどうしたらいいんだ？」とマシュー・クォインは自問した。

マシューはエリート金属回収社の屑金課に相談にでかけた。

「一セント銅貨一パウンドでいくらになるかね？」と、きいた。

「二セントだね」と男はいった。「銅貨にはもう何年も前から銅はたいして含まれていなかったからね」

「この中には含まれているんだ。初期の鋳造法にちゃんと従ったものだからな」マシューは男に何枚か見せた。

「これは驚いた、たいしたものだ！」と男。「ほとんど純粋の銅だ。パウンドあたり五セント出そう」

「こんなふうで生きていけるものかな」とマシュー・クォインはいった。「しかし、やってみるしかなかろう」

マシュー・クォインは暮らしぶりをちょっぴりと変えた。下宿は放棄した。かわりに、雨が降っても洪水のおそれの少ない下水道を見つけ、ねぐらにした。だが、それでも暮らしは楽ではなかった。

パウンドあたり五セントだと！　リューマチの指で一枚一枚よりだされる一セント貨が、どれだけたまれば一パウンドの重さになるか、読者はご存じか？　コーヒー一杯とりんごフリッター一個の朝食にありつくのに、五セント貨が何枚あれば足りるかご存じか？

マシュー・クォインはその朝三時半に作業をはじめた。エリート金属回収社に持っていけるだけの量がたまるのは、おそらく十時ごろだろう。貧弱な朝食にありつくのは十時半。それから戻って、また古銭集めにかかるのだ。指はかさぶただらけ、血だらけだった。夕食の代金に換えられるだけの量がたまるのは、そろそろ午前〇時に近いころ（さよう、エリート金属回収社は深夜も営業していた。同社が金属の故買をおこなうのはもっぱら夜間なのだ）。しかし夕食といっても豪勢にはほど遠い。何もかもはさんだハンバーガー一個と、スピッツォのちっぽけなグラス一杯だけ。だが決して文なしというわけではない。マシューはいまだに街の伊達男だった。

「さて、ここがむずかしいところだ」とマシュー・クォインはいった。「かりに、ぴかぴかコインの泉では暮らしが成り立たず、あきらめて死ぬことに決めたとする（あきらめなければ死ねないんだからな）。するとわしは、遠い昔におこなった例のうろんな取引で負けたことになるわけだ。この契約でいっぱい食わされたことになるわけだ。これは承服できん。やつは、この種の取引では負けたことがないと、うすら笑いをうかべながら何度も抜かしやがった。そうなるかどうか見てみたいもんだ。わしはまだあきらめとらんぞ。もっとも、今日一日を生きのびるには、あとすこし食いものを詰めこまんとどうにもならんが。おまえはがっくりきたことはないのかな、なあ、駒鳥よ？」

マシュー・クォインの話し相手は一羽のはなれ駒鳥だった。駒鳥が虫をつついている枯れた草むらは、この季節はじめての雪をうっすらとかぶりだしている。駒鳥は答えない。

「おまえはめぐってくる春に希望をつなぎながら生きてるわけだな、駒鳥よ。いや、いまだってそう不自由はしてないか。実は、わしにも生きる希望があるんだよ。今日は命拾いをしたんだ。もっとも、命拾いがじっさいに効力を発揮するのは七年先になるんだが、年をくえば七年なんてあっという間にたっちまう。インペリアル古銭コーナーへ寄ったら（これはエンパイア葉巻ハシッシュ商店の隅っこにある）、そこの人が、あと七年待てば、わしのコインも値打ちが出てくると教えてくれたんだ。そのうちコインが一枚五セントから十セント、うまくすれば十五セントもするようになるとな。しかも、こいつはほんの序の口だと、その人はいうんだ。五十年後には、一枚八十セントから一ドルぐらいになるんだそうだ。だから、わしは取ったコインの三枚に一枚は、下水道の割れ目にためておくことにした。もちろん、その七年のあいだには、わしはいまより三分の一ぐらいは余計に飢えるようになるだろう。だが、この話は、わしには、昇る二つめの朝日みたいに思えたな。わしもいっしょに昇って輝くぞ」

「その意気」と駒鳥がいった。

「だから、わしにはがっくりくる理由はないわけさ。雨露をしのげる暖かい下水道はある。たっぷりとまではいかんが、今日も食いものにありつけた。幻覚は見るし、ちょっとばかり目の前がくらくらし、バカなこともする。それは承知だ。もうろうとしてるが、あとひと口なにか食えれば、それも乗りきれると思うんだ。食いものに関していえば、これは最悪の時代だぞ。しかし、ここで食いしのげればなんとかなるかもしれん。いまが勝負時さ、一セントのわしにも五分の魂ってわけだ。なあ、駒鳥よ、こいつはいいや、五分の魂ときた。わかるか？」

「わかるよ」と駒鳥はいった。「いい線いってる」

「で、おまえはどうなんだ、駒鳥よ？」

「いい日もあれば、わるい日もあるね」と駒鳥はいった。「今日はいい日だな。ほかの駒鳥連中がみんな南に行っちまったんで、のんびり虫さがしができるわけさ」

「生きるのに疲れるということはないのかな？」

「そういう気分にならないようにしてるんだ。がんばれと自分にいうんだよ。今日はもう大丈夫、腹もまずまずいっぱいだとね」

「そんならわしもがんばるぞ。あとひと口なにか食えればいいんだがな。なあ、駒鳥よ、もしかして——」

「いったい何を言いたいの？」と駒鳥がきいた。

「いや、つまりさ、駒鳥よ、もしおまえがそこに残した虫の半分を食べる気がないんなら——」

「ああ、もう要らない。腹いっぱいだ。食いな」と駒鳥はいった。

崖を登る

The Cliff Climbers

伊藤典夫訳

　崖は南に面し、でこぼこで切り立っていた。背後はテーブル状のメサ地帯だが、この崖じたいはメサではなかった。はぐれ者のとんがり岩で、ひとつポツンと立っていた。南からやってきた人間は、左右どちらへ進むこともできる。登る必要はないし、てっぺんまではとても登れない。だが、どこまで高く登れるかは、一種のゲームになっていた。遠い昔（といっても、初期の挑戦者たちほど昔ではないが）、小学二年のころに流行ったゲームがある。奥が壁で行き止まりになっているような狭いコンクリートの土地がある。ゲームというのは、その壁を駆けあがり、できるだけ高いところにチョークのしるしを残すというものだ。ぎりぎりに近い記録が出る。まさに究極点であり、この先へ行くことはできそうもなく、これ以上高いチョークのしるしはつけられそうもない。ところが、そこへもっと体格の大きい三年ぼうずたちが割りこみ、ゲームをだいなしにしてしまう。というのは、彼らは当然もっと遠く、もっと高く登れるわけで、いままでの誰にも届かないところにチョークのしるしを残せるからだ。

この崖のゲームも似たようなものだった。最初のチョーク跡はリトル・フィッシュヘッドの手で、気の遠くなるような高みに記された。彼は書いている――

「おれの名前はリトル・フィッシュヘッド。第三十六紀の第三十六年にこの崖に登った。ここからは河が見え、これより下では河は絶対に見えない。おれはいままでの誰よりもお日様の近くに登った。どうか神様、この長い辛い旅路を見ていてくださるように」

翻訳者はポッター教授で、彼ははるか後世になってこの崖を登った。リトル・フィッシュヘッドが何をしたかといえば、崖の壁面に魚の絵、というか魚のような、とにかく上下よりも左右のほうが長い、高度に様式化された物体の絵を描いただけだった。左側に三角形があり、これが教授によれば、魚の頭(フィッシュヘッド)であるという。またすこし離れたところに小さな三角、というか楔形(くさびがた)の図形が見え、これは署名――リトル・フィッシュヘッド――だということだ。魚の腹には(もし魚であるとすればだが)六本のひっかき傷があり、そのなかで特に一本だけが長い。推論すれば、これは"かける6"、つまりは36である。そして腹のこちら側がそうだとすると、月の裏側のように永遠に隠された裏側にも、疑いなくおなじ図形が描かれていることであろう。つまりは第三十六紀の第三十六年というわけで、このスケッチは第一紀の元年から正確に千二百九十六年後のものであり、したがって（教授によれば）最初期にさかのぼる絶対確実な年代表記であるという。といっても、第一紀がいつはじまったのか定かではないのだが。

リトル・フィッシュヘッドは、そこからたしかに河を見たことであろう。それはすばらしい眺めであり、これより下の場所では見ることはできない。魚の頭の上には、太陽をかたどった円いひっかき傷があり、これは神である。右へと向かうぎざぎざの線は、将来に待ちうける過酷な旅を意味し、じっさいそれは長い旅となった。

こうした翻訳によって、教授は望外の華々しい名声を得ることになる。

しかしわたしがここでお話ししようと思うのは、リトル・フィッシュヘッドの真実の物語だ。わたしもまた教授とおなじく、すばらしくもまた奇想天外な方法でその知識を手に入れたのだが、方法そのものは話せるようなものではないし、もし人に知れれば笑われるのが落ちだろう。

リトル・フィッシュヘッドは、旧時代最後の馬泥棒となる運命をおびていた。彼ののち一万一千年にわたり、馬泥棒のいない時代がつづく。これは北米大陸から馬がいなくなった時代に合致する。旧時代の馬泥棒の最後のひとりとして、彼は旧馬の最後の一頭を盗んだ。

ポッター教授をはじめとする学者たちは、こうした旧馬がなぜ消え失せたのか首をひねっている。しかし、これは謎でもなんでもない。時の流れのなかで重要なものがたくさん消えていったが、それらと同じように、旧馬も規制が多すぎて消えていったのだ。最初の規制は第十三紀に起こり、それは牛虻トーテムを崇める人びとは馬に乗ってはならないというかたちで現われた。一部の人びとはおのれのトーテムを捨て（不当な法の施行に伴って、信仰を捨てる者はいつの世にもいる）、一部は馬に乗るのをやめ、一部は法に逆らって乗りつづけたが、やがて狩りたてられ、処刑された。

そうするうち、定住地や有形の財産をもつ人びとだけ、馬に乗ることを許可するという法律が施行された。流れ者や物乞い——いちばん便利に使っている者たちには、馬はご法度となった。やがておそろしく高い馬税が課せられるようになり、大金持ち以外には馬を飼うことはできなくなった。その後、王と酋長と徴税吏のみ馬を所有できるという布告がなされた。そしてとうとう、西側世界全体を通じて残る馬はわずか九頭、それもみんな王家の持ち馬ということになった。

ここに至って、リトル・フィッシュヘッド——これは彼の本名ではなく、ポッター教授のまぬけな誤訳の産物である——リトル・フィッシュヘッドは、すこしまじめに考察をはじめた。

「もしここでおれが八頭を殺し、九頭目に乗って逃げてしまえば、もうこの世でおれを捕まえられる者はいない。嵐のように速く駆け、世界じゅうの馬丁どもを見下せるだろう」

こうしてフィッシュヘッドは八頭の馬を殺し、九頭目に乗って逃げ去った。怒りの叫びがごうごうとあがったが、馬丁たちがいくら騒いだところで、男を馬から下ろせるものではない。フィッシュヘッドは最後のたくましい雄馬にうち乗り、嬉しさのあまり、一日じゅう駆りたてた。

夕方、まる一日走りつづけたところで、馬は崖のふもとに来て息絶えた。これにはフィッシュヘッドは驚いた。馬のことなど何も知らないので、永遠に走るとばかり思っていたのだ。ここで彼は崖を登り、目のくらむような高みに哀悼歌を書きつけた。このときのひっかき傷が、うぬぼれ教授によって誤まって解釈されるのである。それは様式化された魚などではなかった。様式化された足なしの馬で、足がないのは死んで横たわっていたからである。また小さな三角形はフィッシュヘッドの署名ではなく、じつは遺骸から離れる馬の魂で、四角や丸というより、むしろ三角であるのは、高貴ではあるが道理の通じない生き物の魂の不完全さをあらわしている。

ひっかき傷は、ほんとうはこう語っていたのだ。

「おお、わが馬よ、
この世からいっさいの速さは消えた。
もう自分の背丈より高く昇る者はなく、
生まれつきより速く走る者はない。
最後の男が最後の風を駆ったのち、
つむじ風に乗るのはいま埃だけ。
われはこの高みに登り、
高い志ははかない夢と書きつける。
もし馬でさえ死ぬのなら、
どうして人に永遠がありえよう？」

つぎのチョークのしるしは、それから九千年後に記され、前のしるしを一フット近くしのいだ。この間、登攀（とうはん）の技術に向上はなかったが、描いたのはもっとのっぽの男だったのだ。

こんどは二本の波線で、蛇または河を思わせ、それが不意にがっくりと下に流れる。ポッター教授は、これに九つの試訳を付している。そのうちの七番目の訳が、ここで説明するにはあまりにもこみいった学問上の奇跡によって、正解と認められた。それがつぎにある訳文である――

「水がなく、何日も苦しい旅をつづけてきた。河をさがそうと、この崖に登った。河は見えるが、行き着くまえに死んでしまうだろう。あそこまでは三日かかる。はじめは雲まで登って水を絞りだそうと思ったが、小さな雲は通りすぎ、もうほかに雲はない。いまは太陽が友達で、彼もおれと同じようにしょうことない様子。だが死ぬまえに、とにかく河は見た」

その後、わずか九百年足らずで、また挑戦者が現われる。その男はこんな文字を刻んだ――

“Paso por aqui A-Dmo 1519 Mayo 19 Jose Ramires Castillo y Sanches.”（紀元一五一九年五月十九日、ホセ・ラミレス・カスティジョ・イ・サンチェス、ここに達す）

男のメッセージははっきりしすぎていて、想像力のはいりこむ余地はない。刻まれた文字からすれば、のども乾いていなかった。さほど疲れている様子もないところからみて、新しく持ちこまれた馬に乗っていたのだろう。また彼は（教授の説によると）ひとりで来たのでもなかった。岩には縄をかける鉤（かぎ）を打ちこんだらしい穴があり、少なくとも助手が二人いたようである。しかしその人物の姿は、それ以上くっきりとは見えてこない。

不思議なことに、つぎのチョークのしるしはそれからぴったり四百年後に記される。

それはこうである――

「ピニョン・ギャップ・ハイスクール最上級生、一九一九年、クレメント・キンケード、フレディ・ストックトン、マヌエル・セルバンテス、俺たちゃ大将（ウィ・アー・ザ・トップス）」

その年のハイスクールの卒業アルバムには、三人がいっしょに写った写真があり、「トッパー・クラブ、世界でいちばん排他的な結社」の文字が見える。

そして、つづく十年間に押し寄せた多くの挑戦者のなかに、ひときわ高く――

「ボー・マッコイ。おいらはピカ一。おいらは浮浪者（ボー）。一九二五年六月十日」

ここからはいろんなことが推理できる。線路までは二十マイルの距離があり、駅はなかった。男はきっと列車から飛び降り、この文字を刻むために砂漠を歩いてきたのだろう。言葉づかいからして、この路線に多い孤独な黒人の浮浪者だったのだろう。男はつぎの駅まで長い道のりを歩かなければならなかった。そして当時としては、記録的な高さにチョークのしるしをつけた。これ以上は無理と思えるような位置から、さらに九フィートも高く登ったのだ。

というようなところへ教授が現われる。教授はG・A・D・ポッターというが、頭文字のところは正式にはゲイミエル・オードリック・ダゴバートといい、その三つとも嫌っていた。だが、縮めてギャッドと呼ばれるのは好きだった。

「ギャッド、ギャッド」と仲間たちはいったものだ。「ひっかき傷を読むのなら、上からロープで降りるなり、ヘリコプターを使えばいいじゃないか。とんがり岩を登って一夏をつぶすことはない。地面を掘ったほうが、そんな岩壁よりよっぽどいいものが見つかるぞ」

しかし教授は岩登りとチョークのしるし付けしか眼中になく、誰よりも高く登ることが生きがいの人物だった。

彼が岩壁に何と刻んだかは、ここには書かないことにしよう。あまりにもペダンティックで大仰すぎたし、じっさい最終的に崖に登るまえに、原稿をいくたびも書きなおしている。

教授は愛妻オーロラとともに断崖のふもとに六週間テントをはり、まるでエベレストに登るような準備をした。ドリルで穴を掘り、ロープをとおす小穴のついた鉛のシールドをいくつも取り付けた。ロープを蜘蛛の巣のようにかけわたすと、運びあげ、引き下ろし、ぶらさがり、崖に挑む人間がやりそうなことはことごとく実行した。手掛かりや足掛かりをいっぱいこしらえ、三分の二の高さのところには〝キャンプA〟まで設営した。そしてリトル・フィッシュヘッドやボー・マッコイがましらのように登ったこの道のりを、ロープ梯子で往復した。

しかし最大の成果をあげるには、やはり最大の努力が必要である。その意味で教授は、大学教授の常としておそろしく忍耐強かったし、オーロラは、教授夫人の常としておそろしく気だてがよかった。

春も終わりを迎えたその朝、二人はロープとシャベル穴づたいに崖を登り、新たに削られた岩棚――むかしボー・マッコイが宙にぶらさがったその場所に、とうとうオーロラが足を踏みしめた。つぎに教授は、オーロラの肩を踏み台にすると、いままでなかった高みにチョークのしるしをつけた。

彼が何を彫りつけたかは、ここには書くまい。終わったことでもあるし、すでにいったように、あまりにも大仰でペダンティックすぎる。しかし、いままでのあらゆるひっかき傷と同じく、これにもまた多様で豊かな解釈が生まれる余地はある。いつか将来、まともな解読のキーも持たない大学教授がふたたび現われ、つぎのような正しい翻訳をするときが来るだろう――

「わたしは悪夢を破り、恐怖を倒した。これは世界がまだ存在しなかったころ、空から吊り下がっていた岩である。わたしは眩暈(げんうん)を超えて、その崖を登った。太古の若い鷲たちですら、この高みまで飛んできたことはない。そして何より、風に乗った生き物たちはあまたいても、風の娘を駆ったのはわたしだけである。それは赤毛の女神、力持ちの細身のアマゾン――赤い海のような髪と、夜のように柔らかく心地よい肩をしたアネモネの精。わたしの下で揺れながら、決して砕けることはなく、早朝の光を受けて銀色に燃えあがる。そのうなじは生きている象牙のよう」

あとにつづく文句は、斯界最高の古筆跡学者をもってしても翻訳はなかなかむずかしい。しかしこれが古代の詩人の手になる、目のくらむような崖からうたった暁(あかつき)への賛歌であることは、学者ならきっと見抜くにちがいない。

小石はどこから

Fall of Pebble-Stones

伊藤典夫訳

そして夜ごとの小石の雨で
わが身と心を清めておくれ
　　——エレンボーゲン『雨降り朝の詩集』

ビル・ソレルは十九階の窓辺に立つと、丸い小石をつぎつぎと宙に横投げし、歩道や車道に落ちてゆくのをながめた。ゆうべは雨だったのだが、雨が降ったあとはきまって、窓の下の小さなでっぱりに石がたまるのである。朝空のもと、小粒なやつとはいえ石ころをほうり投げ、何に当たるか見るのはいつも楽しみだった。

「ねえ、あの警官がまたつかまえに上がってくるわよ、ビル・ソレル」エッタ・メイ・

サザーンが隣室の窓から声をかけた。「ゆうべはどこに行ってたの？　デートしたくって、知っている男に軒なみ電話したのに、誰もつかまらないの。このあいだ警官がわざわざここまで上がってきたのは覚えてるでしょう？――歩いている人が頭に石をぶつけられて、みんなカリカリしているって」

「黄金のリンゴがころがりこんできたぜ、エッタ・メイ」ソレルは早朝の大気と隣人にむかい、鼻高々にいった。「ぼくは大学教授でもないし、博士号もない。あくせく働き、こずるくたくらむ解説屋兼コラム・ライターというだけだ。ところが、科学の質問箱分野のおえらがた連中から、でっかい金ぴかのリンゴをもぎとっちまった」

「それはいいけど、食べちゃったあとで、リンゴの芯を誰かの頭にぶつけないでよ」とエッタ・メイ。「あのとき警官とやりあってたわね。〝べつに大きな石じゃありませんよ〟〝うん、それはわかってる〟というところからはじまって、〝人間は何かにつけ文句をつけたがりますからね〟〝ああ、そういうものだ。しかし、あんたが頭に石をぶつけないでくれるなら、みんなの文句もひとつ減るわけだ〟〝どうして犯人がぼくだとわかるんです？〟〝このビルに、石を投げるようなイカレたのがほかにいるかい？〟――あのおまわりさんはいい人よ。でも、またここまで上がってこなくちゃいけないとしたら、あまりいい顔はしていられないと思うわ」

「黄金のリンゴがころがりこんできたんだよ」ソレルはくりかえし、窓の下の狭いでっぱりから小石をさらにひろうと、道路に投げつづけた。『よい子のなぜなぜはてな大百科』を書いたり編集したりまとめたり、なんでもかんでもの企画をまかされたんだ。これはたんまり儲かるぜ。あらゆる年齢の子どもがふしぎがる科学的な問題に答え、どんな足りない子にもわかるように、どんな頭のいい子も見下されていると思わないように書けばいいだけだからね。それにじっさい、はじめるまえから、仕事は終わってるようなものなんだ」

「いま人に当たったわよ、ビル。どこから飛んできたのかと見まわしてる。わざとやったんだとわかったら、きっとかんかんに怒るわ」

「わざとじゃないよ。わざとぶつけようとしても当たらないとわかったので、偶然に当たることだけを心がけてるんだ。ただ投げて、石に目標を選ばせるわけさ。だけど、そんなに大きくはなかったから、あんまり痛くはないだろう。あとは一問の答えの半分をかたづけて、もう一問を丸ごと解けばいいだけなんだ。それで本が一冊できる。きみはどう思う、エッタ・メイ、ここの小石はどこから出てくるか？」

「わたしは雨がつくるんだと思うわ。小石はたいていケイ素からできてるでしょう。それにケイ素と窒素はほとんどそっくりじゃない。むかし頭のいい人とつきあっていたので、そういうこと教えてもらったの。雨が上がるときには、雨にまじるケイ素水の割合が窒素水とおなじくらいに増えるので、それが沈殿して小石になるわけ。それがひとつの説ね。そういえば、性根の曲がった人たちの家のまわりに小石がないのは知ってる？もうひとつは細かい砂つぶが集まっているところへ、稲光（いなびかり）のしみこんだ水が流れこんで、砂を溶かして小石にするという説。このどっちかに決まってるわ。でなきゃ、雨上がりにあんなにいつも小石があるわけがないもの。それから小石ができる第三の説というのもあるけど、これはちょっと眉唾ね」

「その三つめのを教えてくれよ、エッタ・メイ。『なぜなぜはてな大百科』のために、いろいろ怪しげなことも検討しなきゃいけないんだ」

「要するに、あなたがあまり楽しく小石を投げているものだから、誰かさんが小石を切らさないようにしてるということよ。だからその誰かさんは、誰であるにしても、雨が降るたびに小石をこしらえてるの。十八階のミセス・ジャスティックスは知ってるわね。ここへ越してくるまえ、一戸建ての家に住んでいたときには、キッチン・ウィンドウの外側に小さなでっぱりがあって、毎朝そこにミルクを届けてもらってたんですって。このアパートにはいると、でっぱりがないでしょう。〝ミルクはどうしたらいいの？〟そう考えて、あなたがつくったみたいなでっぱりを取り付けたの。すると毎朝ミルクの一クォートびんがのってるんだって。これが一週間つづくうちに、ふっと不思議になってきたの。〝ここの配達人って誰だろう？　どうやって十八階まで、ビルの外側を上がってくるんだろう？〟そのとき届けにくる気配がして——朝だったものだから——見に行ったわけ。ところが、いきなり窓をあけたものだから、突きとばしちゃって。配達人はそのまま落ちて、歩道にぶつかって即死。だけどその姿はすぐに薄れていって、彼女が降りてきたときには、影もかたちもなかったんですって。そのあとからは、彼女いつもお店でミルクを買ってるわ」

「いや、エッタ・メイ、ぼくもミセス・ジャステックスは知ってる。それは彼女が〈与太者クラブ〉で飲んだくれてるときにしゃべるホラ話のひとつだよ」

「なんだか眉唾な気がすると思った。あの人がミルク飲むわけないものね。その本をまとめるのに、どうしても答えなきゃならない一問と半分というのはどういうものなの？」

「半分のほうは《野球ボールはなぜカーブするか？》という問題さ。こちらはケリをつけたと思う。今日、その答えを知ってるという男に会いに行くんだよ。もうひとつ、ぼくが丸ごと答えを知りたい問題は《なぜ小石は軒下にたまるか？》なんだ」

「ああ、それならきっと答えは、いまの三つのどれかだわね」

ビル・ソレルは窓辺に立ったまま、小石をみんなほうり投げた。ここが肝心なのだ。一個もあとに残さなかった。そして小さなほうきを出すと、でっぱりをきれいに掃除した。

この本をまとめるには、それほど苦労しないはずだった。例の一問半を除けば、答えはみんなわかっている。むかし新聞に小さなコラムを持っていて、打ち切りになるまで、この種の問題をたくさん扱っていたことがあるのだ。そのときの資料は使いまわしできる。ほかの答えもあらかた頭にファイルしてあり、すぐに取りだすことができた。それに、この方面の本はたくさんあって使いほうだいだし、ほかにちゃんとした事典類もあれば、才気煥発な友人たちのおしゃべりもある。『なぜなぜはてな大百科』に自分を売りこんだとき、ソレルは解けない問題を三つにしぼるところまでこぎつけていた。それがいま、一問半にまで減ったのである。

ビル・ソレルが現場にやってきたとき、そこでは三つの問題があからさまなにせ解答の衣をまとって跋扈（ばっこ）していた。すなわち《どうして雷は起こるか？》《野球ボールはなぜカーブするか？》《なぜ小石は軒下にたまるか？》である。これらの問題に対して、科学者たち——なかには大のおとなもいるのだ——が出している答えを呑みこむのはちょっとむずかしい。

たとえば、これを聞いてごらん。

「雷は、電光がまわりの空気を熱し、空気がふくらんで、その波を広げるために起こる。空気中を伝わる波が、雷となって聞こえる」

こんなのに出くわしたら、あなたはいったいどうする？　もしかしたら前時代の答えよりはマシかもしれない――つまり、電光で空気が燃えてしまい、すきまに新しい空気が押し入って雷が起こる、なんていうのに比べれば。

さてビル・ソレルは、雷が起こる理由をついに知った。正解を見つけた人間が、彼よりまえにひとりもいなかったというのは驚きである。読むがいい。『よい子のなぜなぜはてな大百科』のページをひらき、あきれるほど明々白々な答えを知るがいい。

野球ボールの件はどうか。これなどは一世紀余にわたり、くりかえしくりかえし語られてきたものだ。

「野球ボールのカーブは、ボールの上より下のほうの空気の密度が高いことから起こる。そのため下側スピンのほうが上側スピンよりよくかかり、空気を引っぱる力も強く、ボールはカーブする。ピッチャーが時計まわりのスピンでほうれば、ボールは右にカーブする。逆時計まわりなら左にカーブする。砲弾もおなじ法則にしたがって運動する」

はっ、なんというへっぽこちゃらっぽこ！　なになに？　高さが三インチ半ちがうと、ボールの上と下で空気の圧力まで変わり、六十六フィート飛ぶうちに十八インチもカーブしてしまうって？　バランス感覚というものはどこへ行った？　それでは高低・圧力差がその十万倍、つまり地面から高度三万フィートぐらいまであったとしよう。すると、投げたボールも十万倍カーブするというのか？　六十六フィートわたるうちに三十マイルもはずれてしまうのか？　エッタ・メイがいうように、「それはちょっと眉唾ね」てなものだ。

しかしいまビル・ソレルは、野球ボールがカーブする理由を半分つきとめていた。人づてに間接的に聞いたのである。今日はその説明をじかに聞く予定だった。

さて、もう一問のほうに耳を傾けよう。建物の軒下、雨だれがしたたり落ちる細い溝に、なぜ小石が見つかるかという問題である。

「小石がろくにないようなところにも、建物の軒下にはたいてい白い小石が集まっているが、それはなぜかという質問をときに受ける。しかし答えをいえば、小石はどこにでもあるのである。大量の土とまざりあっているため、見つかりにくいだけなのだ。軽い細かい土の粒が雨に洗い流されるため、小石があとに残るのである。建物の軒下、とくに雨のあとに、たくさん小石が集まっているように見えるのは、そのせいである」

あほくさっ！　ビル・ソレルはこちらの答えをまだ見つけていないが、こんなくだらないものでないことは確信があった。

そう、ビル・ソレルはでっかい黄金のリンゴをつかんだのだ。逃がしてたまるものか。しっかり確保しなければならない。ソレルは愛車レッド・レンジャーに乗りこむと、第二問のはんぱな答えにケリをつけてくれる男をさがしに出かけた。そして運転しながら、あの容易ならぬ第三問を吟味した。

小石は石灰石のものもあるが、たいていは石英だ。しかも、いつもかならず小石があるというわけではない。小石が含まれていない土も多い。たいていの土では、小石らしい小石が含まれる割合は全体の五万分の一程度だ。ところがさて、ビルや家などを建てて、引っ越してみると、最初の雨降りのあと、軒下には小石が厚くたまっているのである。五万倍もの量の土がこし流されて、小石が現われたのだろうか？

以前建築現場で鼻つまみになりながら、小石問題を調査したことがある。あるところで土一立方ヤードを掘りだし、横にどかし、歯ブラシと篩（ふるい）でしらみつぶしに調べてみた。けっきょく、小石はひとつも見つからなかった。篩の目を通り抜けられないほど大きいものといえば有機物、根っこや、ヒッコリーの実の殻、小枝、樹皮のかけら、ちぎれたミミズばかりだった。天然の小石はまったくなかった。人工の小石は、みんな正体を確認した（モルタルの切れはし、建築用シンダーブロックの屑、石灰岩の砕片、火打ち石のかけら)。天然の小石はすぐに見分けることができたし、人工のものが軒下にたまらないことは知っていた。

観察をつづけるうち、その地区の七軒の家がかたちをとり、できあがり、最初の雨に打たれた。ソレルは調べに行った。どの家のまわりにも、雨だれの落ちる軒下に細い溝ができていたが、溝に小石は見当たらなかった。何かが公式から抜け落ちている。その正体をうっすらと予感したとたん、ビル・ソレルはどきどきし、身の毛のよだつような心地になった。

そのうちの一軒に人が引っ越してきたので、ソレルはじたばたしながら雨を待った。だが雨はまる一週間降らなかった。二軒目に人がはいった夜、雨が降った。雨がしとど降る陰鬱な夜明け、ソレルは懐中電灯を手に見まわり(こうしたひたむきな陰の努力があったればこそ、黄金のリンゴがもたらされたのである)、人の住む二軒の家の軒下にはいま小石がたまり、五軒の無人の家にはないのを見とどけた。

彼は調査をつづけた。人が引っ越してきて、雨が降るが早いか、家の周囲にはたちまち小石が一式たまるのである。

信じられん? お近くの住宅建設地区をどこでも選び、迷惑がられながら観察してごらんになるがいい。きっと納得されるはずだ。もっとも、あなたが納得などものともしないという心的傾向をお持ちなら話は別だが。

ソレルはほかの住宅地や、アパート、商業地区の建設現場をながめた。軒下の地面が屋根の樋などでさえぎられていない場所では、建物が人に使われるようになり、雨が降ると、とたんに小石がいっせいに現われた。

ソレルは自分の十九階のアパートで実験をこころみた。まず雨を屋上からそらす方法を考えた。雨の向きを変える仕掛けができると、つぎには向きの変わった雨を受けるために、自室の窓のまえに小さなでっぱりを取り付けた。

（このソレルの行動については、小さな誤解が生じた。消防士や警官や心理学者やカトリックの助祭たちがやってきて、猫なで声をつかい、フックやロープやネットで彼をつかまえようとしたのだ。彼らはソレルが飛び降り自殺をくわだてていると思いこんだのである。だが、そうではなかった。ビルの外側をよじ登らないことには、雨つぶをそらす仕掛けがつくれなかったのだ）

さて準備が終わった夜、雨が降った。雨のまえに小石がなかったのはたしかである。二号パインボードの小さなでっぱり、というか樋が、ねじとアンカーボルトでれんが壁に固定されていただけだ。

雨は降り、降りつづけ、稲妻のひらめきとまばらな街の明かりをたよりに、ソレルはひたすらそのでっぱりに監視の目をそそいだ。一瞬、でっぱりには小石ひとつなかった。つぎの瞬間、そこにはまぎれもない小石がひと山存在していた。山が彼のために現われたのは明らかだった。誰も住んでいないアパートだったら、出てくるはずはない。しかし、なぜ小石が十九階のでっぱりにまで上がってきたのか？　これはいまだ、答えの糸口さえつかめない問題だった。

　ビル・ソレルはレッド・レンジャーでこぢんまりした土地に着き、背の高い初老の男と対面した。男はまん丸の玉ねぎを食べていた。となりには利発そうな顔の少女がいて、生姜（しょうが）入りクッキーを食べている。

「これは血のめぐりにいいんだ」と男はいった。「この郡で誰よりも玉ねぎを食っているのはこのわしだろう。ジョージ・〝牛の道（カウ＝パス）〟・デイライトってんだ。あんた、今日会いに来るという葉書をよこした人だな」

「ええ」とビル・ソレル。「野球ボールがなぜカーブするか、ほんとうの理由をご存じだとうかがいまして。長年答えをさがしていたのです」

「あたしはスージー・〝矢車草（コーンフラワー）〟・デイライトよ」と利発そうな少女はいった。「ミスター・カウ＝パスはあたしのおじいちゃん」

「そうだ、カーブするほんとの理由を知ってるとも」とカウ＝パス。「なぜカーブするか知ってるからこそ、この三十年ばったばったと打者を三振にとってきたんだ。オワッソやカウィータやヴァダグラスのバッター連中にたずねるといい。ショウトー、サリーナ、ローカスト・グローヴの連中にもきくといい。そうさ、オーラガやタイアワやブッシーヘッドへも行ったらいい。誰が〈カトゥーサ泥なまず〉を毎年毎年球界のトップにのしあげてきたか教えてくれるだろう。わしは北東オクラホマ一のスモールタウン・ピッチャーで、その秘密はボールがなぜカーブするか知ってるからなんだ」

「あたしだってカトゥーサ一の三年生ピッチャーよ」とスージー・コーンフラワー・デイライトがいった。「四年や五年の大きな女の子だって、たいていは三振にとれるわ」

「ミスター・カウ＝パス、もれうかがうところによると、あなたの持論では、ボールのスピンの方向はボールがカーブする方向と全然関係がないということですが。それから、ボールの上と下にかかる空気の圧力にはアブの足ほどの差もないといっておられるとか」

「アブの足の百万分の一ほどの差もないよ」とカウ＝パス・デイライト。「ピッチャーの口ひげが右側より左側のほうが一本多いときのほうが、空気の圧力よりもっと影響が大きいくらいだ。こうした問題の物理的な仕組みがなぜわかってるかというと、六年生を二回やったからさ。『初等学校理科』がわしの血となり肉となってるのは、そういうわけだ。なかにジャイロスコープの独楽がどんなふうにまわり、傾き、静止するか説明したところがある。わしはそいつをボールに応用し、大ピッチャーになったのだ」

「では、もしスピンの方向がカーブの方向とかかわりないとすると、いったい何が作用しているんですかね？」ソレルはすんなりと質問にはいった。人づてに聞いてはいるが、達人からじかに聞きたかったのだ。

「スピンの軸の向いてる方向でカーブは決まる」とカウ＝パス。「だがそのとき、ボールがどちら向きにスピンしているかは問題じゃないのだ。見なさい！」

カウ＝パス・デイライトはソレルのポケットから鉛筆を抜くと、力強い指さばきで、好物の玉ねぎのひとつを串刺しにした。鉛筆は玉ねぎの真っ芯をつらぬいた。つぎには鉛筆をつまんで玉ねぎを回転させた。つまり、それがスピンの軸ということになる。玉ねぎはカウ＝パスの手を離れ、レッド・レンジャーのフードのセンターラインを下った。しかし軸は、ラインから十一度ほど右に傾いている。

「軸の傾いてるほうにカーブしていく」とカウ＝パス。「ボールはジャイロスコープの原理によって、飛ぶ方向をスピンの軸の向きに合わせようとする。だがスピンの方向そのものとは関係がないのだ。ほら！」

カウ＝パスは玉ねぎの進路と軸の傾きはそのままに、スピンだけを反対向きにした。

「ほら、スピンは反対向きになったが、ほかは何の変わりもないだろう。だが軸の角度を変えるたびに、スピンの向きがどうであろうと、ボールの動きは変わっていくんだ」

カウ＝パスはジャイロスコープ玉ねぎを使い、軸を上下左右に傾けるとボールがどんなふうに動くか実演してみせた。そして時計まわりでも逆時計まわりでも、スピンの影響は何も出ないことを証明した。

「このこつを呑みこんだおかげで、わしはそれ玉の業師として知られるようになったんだ」とカウ＝パス。「スライダーみたいに飛ぶフォークボールだって投げられるし、フォークボールみたいに飛ぶスライダーだって投げられる。浮かぶボールや落ちるボールを投げるときも、おなじモーション、おなじスピン方向さ。ただ軸の傾きがちがうだけだ」

ソレルは以上のすべてが永遠の真理にまちがいないと確信した。いわばそれは巨大なコペルニクス的転換の一瞬だった。世界はもはや二度とかつての姿にはもどりえないだろう。新たなる天、新たなる地に向かって、極微ながらも歴然とした貢献がなされたのである。

興奮が多少おさまると、ディライト家の二人と雑談になった。そして二人の知恵の泉が、いまみたいな大樽で汲んでも涸れることはないと見こんで、質問を向けた。

「雷がなぜ起こるかわかりますか？」とソレルは二人にきいた。

「それは雷のこと、それとも雷の音のこと？」とスージー・コーンフラワー・ディライトが生姜入りクッキーを食べながらきいた。「この二つはちがうものよ」

「雷の音のつもりだけどね。雷そのものは原因などない」

「あら、頭がいいのね、街の人にしては！」コーンフラワーがほめたたえた。

「雷の音、ほんとは稲光の音だが、そいつがなぜ起こるか、かなりいいところまでわかってるんだが、ずばりとは断定できない」とカウ＝パス。「稲光は色からいっても、もちろん臭(にお)いからいっても樹脂性のものだ。思うに、稲光が空気を割るなり裂くなりするとき、その裂けた両面に樹脂(ロジン)の粉がまぶされるんじゃないかな。――野球のピッチャーが使うロジンバッグのものとそんなちがいはない。そのすぐあと裂け目がふさがるとき、両面がちょっとずれてしまう。そこでこすれながら、しっくり合わさっていくんだが、そのときロジンをまぶした面がすれあって音が出るわけさ」

ビル・ソレルは仰天した。カウ＝パスの説明は、もちろんめちゃくちゃである。しかし事実そのとおりであって、ただ暗号化して語っているだけのように聞こえるではないか。いや、じっさいそうなのかもしれない。また、雷と雷の音とは別物だというスージー・コーンフラワーの託宣（たくせん）――これまた恐ろしいばかりの雷撃的な直観である。ソレルは二人との出会いをたいへんうれしく満足に思った。

ソレルは最後の質問をぶつけた。

「どうして家やビルの軒下に小石がたまるんだろう？」

「ああ、そりゃあ、屋根からこぼれるんだろうな」とカウ＝パスがいった。「雨でゆるんだのが屋根の上をころがって、軒下の溝に落ちるんだ」

「ちがうわ、おじいちゃん、ちがう」とスージー・コーンフラワー・デイライト。「なぜ小石が屋根までのぼって落ちなきゃなんないの？　小石天使がじかに軒下におくのよ。天使は自分がその建物を守っているから、もう大丈夫だよということを教えるためにおくの。人の住んでいない家のまわりには小石はないじゃない」

「そうだ、たしかにないね、コーンフラワー」とソレル。「しかし、こういうのは聞いたことがあるかい――性根の曲がった人たちの家は、まわりに小石が見つからないって？」

「あたし、性根の曲がった人たちなんて知らない」とスージー・コーンフラワー。「性根の曲がった人たちなんてこの町にはいないもの」

「そうだ、昔からひとりもいないな」とカウ＝パスはいった。

ビル・ソレルは一週間後『よい子のなぜなぜはてな大百科』を書きあげ――仕事の早い男なのである――あとは発送するだけとなった。だが、ひとつのページにだけは二種類のバージョンがあり、どちらにするか決めかねていた。《なぜ小石は軒下にたまるか？》という問題ののったページである。

ソレルはホワイト・ラムでも飲みながらじっくり考えてみようと、〈与太者クラブ〉へ出かけた。ひとつのバージョンには昔ながらの安全な答えが出ている。つまり、小石はどこにでもあり、雨が土を流し去って、小石だけを残すというものだ。これは安全ないにせ解答である。

もうひとつのバージョンはすこしちがう。おそらく、こちらが真実だろう。でなくとも、真実の暗号化された表現であるにちがいない。しかし『なぜなぜはてな大百科』にそんな真実をのせてよいものだろうか？

クラブにはもうエッタ・メイ・サザーンの姿が見えた。ハンサムで金持ちで気のよさそうな男を連れている。彼女はすごく小さな水平の円を指で宙にえがいてみせた。

「これ、世界でいちばん小さなレコードで、《ここに代わりにあなたがいたら》をかけているのよ」と広間の奥から大声でいった。

ミセス・ジャステックスも来ていた。飲んでいるのはジン・ベースの水っぽい乳状カクテルで、ミルキーウェイとかいうやつだ。なるほど、ある意味ではミセス・ジャステックスはミルクを飲むこともあるわけだ。そう気づいたとたん、すべての様相が一変した。だとすれば、よもやありそうもないことでも、まだ可能性は残っていることになる。

クラブの壁には、こんな格言が掲げられていた。

「絶対的に不可能な解釈をすべて切り捨てたのち、残された解釈は、それがどんなにとてつもなく見えようと受け入れなければならない——もっとよい解釈が出てくるまでは」

いままで何度この壁の格言を見てきたかしれないが、こんなにも心をえぐられたことはなかった。

クラブに警官がはいってきて、そとは雨になったと告げた。警官はくえない野郎（ソルティ・ドッグ）を注文した。彼らはいまだにこのカクテルを飲んでいる世界最後の種族だ。

「あと十五分もすると、あんたはぼくのアパートへ来るぜ」とビル・ソレル。

「どうして行かなきゃいけない？」と警官。

「小石を通行人の頭にぶつけるのを止めるためさ」そういいのこし、〈与太者クラブ〉

を出るとアパートへもどった。未決のページの二種類のバージョンのなかからひとつを選び、『なぜなぜはてな大百科』のページにまぜこんだ。その完成原稿を綴じて封筒にいれると、部屋を出てエレベーターで下り、雨のなかへ出て、街角のポストに投函した。そして成り行きを楽しみにしながらアパートへもどった。

夕闇がおりてまもなく、ソレルはひらいた窓辺に立っていた。雨はやまず風もあるので、体がずぶ濡れになっていく。彼は片手いっぱい、両手いっぱいの小石を窓の下のでっぱりからすくい、下界へ向かって投げていた。二十回、三十回、五十回とすくっては投げる。それもいちどに三つかみほどの小石しかのらない小さな樋型でっぱりからだ。ところがいま、いくらつかみあげようが、樋には山ほどの小石がのっていた。

誰かが部屋のドアをたたいているが、たたかせておいた。そのうち誰かが肩口を揺さぶりはじめたが、揺さぶらせておいた。

「おい、小石を投げちゃだめじゃないか」と警官がいっている。「雨のなかでタクシーを拾おうとしてる通行人にぶつけて、傘をやぶいてるぞ。この小石はいままで投げてきたやつより大きいんじゃないか？」

「いままでで最大だよ」ソレルは上機嫌でいった。「極上の小石なんだ。そうそう、本には小石天使のページのほうを入れた。これには怒りだす連中がたくさんいるだろう。そのまま郵便ポストへ投げこんだよ。そうしてよかったと思う」

「投げるそばから石が出てくる」と警官。「どこから出てくるんだろう？　雨のとき、こんなふうに石が出てくるとは知らなかった。もっと早く投げて、追いぬけないか？」

おお、小石が現われるそのにぎやかさといったら！

「いやあ、とてもじゃないが、出てくる早さに追いつけない！」ソレルは息を荒らげた。

「もう千パウンドぐらいは投げてるぜ。これはおもしろいや。どうやらぼくは小石の分野で大革新をなしとげたらしいぞ。小石天使は、自分のことを書いてもらって喜んでるんだ」

「おれたち二人ですくって、一生懸命に投げたら、出てくる早さに追いつくかもしれんな」と警官。「うん、これはおもしろい」警官は左ききなので、二人は窓辺にうまくおさまった。

いいやつじゃないか、この警官。この近辺に性根の曲がった人間はいない。（ところで雨上がりに、お宅の軒下をのぞいたことはおありかな？）

昔には帰れない

You Can't Go Back

伊藤典夫訳

1

笛の音、古びた匂い、調べ、そして
ひとにぎりの骨と石くれが月からの贈り物！
きょう人びとは春の堰（せき）を切る、
懐かしみ、懐かしみつつ。
——『ヘレン読みかた帳』

ずっと後年のある晩のことだ。ヘレンが姿をみせ、亡夫ジョン・パーマーの所持品であった骨と石くれを持ちこんだ。いっしょにムーン・ホイッスルもあり、そうした品々を彼女はわれわれの前においた。

ヘレンは再婚し、今度の連れあいはジョンとは面識のない男だった。で、変てこな昔のがらくたは家におかないほうがよいだろうと、彼女は考えたのだ。

「ムーン・ホイッスルは、吹くあんたがいなきゃ意味がないよ、ヘレン」とヘクター・オディがいい、うながされてヘレンは笛を吹いた。並みはずれた大口でけたたましく吹くと、彼女の目には、あのころとすこしも変わらぬお茶目な稲妻がひらめいた。それからすぐヘレンは去り、階段をおり、建物から出ていったのだが、そのあわてぶりも遮二無二ころげ落ちてゆくふうで、いかにも彼女らしかった。

こうして、あとにはとりちらかった置きみやげが残された。何十年も昔、われわれが四回にわたってホワイトカウ（白い乳牛）・タウンに出かけたときの思い出のかけらである。われわれが行ったころも、ホワイトカウ・タウンは決してこみあった町ではなかった。そもそも、よほど高踏的なはねっかえりでもないかぎり、人がうっかり足を踏みいれる町ではないからだ。

オウセージ郡にはちっぽけな町が少なからずある。いわくビッグハート、フーラ、オーキアス、ワイルドホース、シドラー、ホワイトイーグル、ホースシュー、コー・シティ、ホグシューター、ロックソルト、ブルーステム。その一つ一つが、ほかの町に比べても小さいのだ。だが小さいことで群を抜いているのがホワイトカウ・タウンだった。

まず人が少ないということもあるのだが、住んでいる人間にしてからがたいそうひょろひょろしている。こんな言いならわしがある。「ホワイトカウ・タウンにゃ太っちょはいない」

（いま、ある情報通が教えてくれた。ホグシューターはオウセージ郡にはなくて、郡境いをへだてたワシントン郡にあるんだとか。記憶に照らして、そんなバカなことがあるものか！　まちがっているのはその情報通のほうだろう）

近ごろ、このポーカーと談論のたまり場に寄り集まるのは、バリー・シビーン、グローヴァー・ウェルク、シーザー・デュカート、ヘクター・オディイ、それにわたしぐらいとなり、ヘレンが形見の品を持ちこんだときも、たむろしていたのはその顔ぶれだった。だが過ぎ去った昔にはジョン・パーマーがいっしょであったし、ホワイトカウ・タウンにくりこむとなればヘレンの顔も見え、ブルーステム家の有志もいた。

最初のときには、われわれはブルーステム牧場第一号にトム・ブルーステムとその母親のビュイック・セダンで乗りこんだものだ。第一号はブルーステム牧場ではもっとも古く、トムの祖父母が切りまわしていた。二人ともたいへんな好人物で、開口一番、自分の家と思ってご自由にといってくれたものだ。

ムーン・ホイッスルはランチハウスの壁にぶらさがっていて、角笛や呼び子を吹く名人であったヘレンは、それを吹いてもよいかとおうかがいをたてた。

「ああ、それならあげるよ」とトムのばあさんはいい、ヘレンによこした。で、ヘレンはけたたましく笛を吹いた。

「そいつをここで吹いてはいかん！」だしぬけにブルーステムじいさんがどなった。「吹きたければ〈まいご月の谷〉に持っていきなさい。もしホワイトカウ・ロックに聞こえたら、うちの屋根をつぶされちまうぞ。ふん、ろくでもない笛だ！」

ブルーステムじいさんはいつも温厚な、優しい口調の人であるだけに、これは思いがけないかんしゃく玉の破裂だった。

なるほど、そのムーン・ホイッスルには、薄気味わるく、かん高い、強引な音色があった。というか、どこか無礼でさえあった。それは〝お召し〟の合図であり、だれか応じる者がなくてはならないのだ。

「あたし、〈まいご月の谷〉なんて知らないもん」とヘレンがいった。

「ああ、わたしが連れてってあげる」とブルーステムばあさんが請けあった。バリー、グローヴァー、シーザー、ヘクター、ジョン、ヘレン、わたし、これにトム・ブルーステムが加わり、われわれは牧場のトラックに乗りこむと、ブルーステムばあさんの運転で〈まいご月の谷〉にむかった。みんな年はそろって九歳。といってもジョン・パーマーは誕生日がすでにきて、十歳になりたてのほやほや。そしてブルーステムばあさんは、本人によれば五十歳だか百歳だが、数字に弱いのでどっちか忘れてしまったという。

〈まいご月の谷〉は、ホミニー・クリークが流れるところで、ブルーステム家の土地ではいちばん凹凸の激しい荒れ地である。危なっかしく頭上にせりだした大きな岩また岩、それもこんな小さな谷には不似合いな巨岩が、ぎりぎりの位置にまでせりだして心胆を寒からしめる。一つぐらいはいまにも落ちてきそうな錯覚を与えた。そのとき、中でもいちばん大きな岩が動きだし、われわれは恐怖とすれすれの感覚にわっと叫び声をあげた。

「ああ、あれはただのホワイトカウ・ロックさ」とブルーステムばあさんがいった。「ほかの岩とはちがうの。あれは月なんだよ。落っこちやしないよ。ゆっくり動くしね。ムーン・ホイッスルを吹いてごらん、ヘレン。降りてくるから」

ヘレンがムーン・ホイッスルを吹くと（ああ、なんと胸くそわるいキンキンした音色！）、ホワイトカウ・ロックはゆらつきながらのんびり百フィート降りてきて、トラックの真上に浮かんだ。最下部には一ぴきのヤギがさかさまに立っているが、いましも落下するといったふうには見えない。ほかにもまたホワイトカウ・ロックの下側を、ちらほらとアヒルがさかさまに歩いていた。

「登ろうよ」とトム・ブルーステムがいった。「まんなかのところにシャフトっていうか、抜け穴があいていて、てっぺんまで行けるんだ。こわがらなきゃ大丈夫。そりゃおっかないけどさ、でもそれだけだぜ」

「おれ、こわいもの一つもないんだ」とシーザーがいった。「だけど、びくつくっていうの、ときどきあるなあ。あのぷかぷか浮かんでるでっかい岩、あんなのはじめてだもん、びくついちゃうよ」

トラックの運転台の屋根から、われわれは岩の最下部にある抜け穴にもぐりこむことができた。トム・ブルーステムがまずよじのぼり、あとにはジョン・パーマー、バリー・シビーン、グローヴァー・ウェルク、シーザー・デュカート、ヘクター・オディ、わたし、それにヘレンがつづいた。

「ねえ、いっしょに来ないの、ブルーステムおばあちゃん？」とヘレンが呼びかけた。

「わたしが行くもんかい。もう年をとったからねえ、登れないよ。ホワイトカウ・ロックにゃ太った人はいないのさ、ホワイトカウ・タウンにはね」

抜け穴を登るにつれ、岩のてっぺんになぜ太った人が住んでいないのか、意味が呑みこめてきた。穴はところによって、ひどく狭くなるのだ。登るにはたしかに手ぎわがいるが、見かけほど危険ではなかった。穴が広がって、両側にまで手がとどかなくなるような場所は一つもなく、なめらかというか、すべりやすい個所もなかった。だが頂きは高く、道のりは長く、おまけに中は相当に暗かった。五十ヤードほど登ると短い横穴があり、奥は小さな洞窟になっていた。

「ここに入ろうぜ。ちょっと休もう」とシーザーがいった。

「入っちゃいけないんだ。休めないんだ」トム・ブルーステムが反対した。「そういう横穴のなかにはさ、ものすごくタチの悪いへんちくりんな生き物が住んでいて、やつらがしゃぶった骨なんかすごく気味が悪いんだぜ。ぼくらとおない年くらいの子どもの骨だってあるんだから。どんどん登ろうよ」

「その穴のなかには小鬼やトロールが住んでるのよね」とヘレンがいった。

「どうしてわかるんだよ」とバリーがきいた。「前に来たことなんかないくせに」

「どこでも月にはね、小鬼とかトロールとか、名前は土地によって変わるけど、そういう一族が月の中心に住んでいるの。ほら穴はみんな気味の悪い骨ばかりよ。ダイアウルフの骨や、毛ぶかサイの骨、人間の骨とかそういうもの」

あたりには鼻にツンとくる強烈なにおいがこもっていた。ホワイトカウ・ムーン全体を通じても、それは類のないにおいだった。われわれは残りの道のりをてっぺんまで登った。すると、そこはホワイトカウ・タウンのどまんなかで、いままで出会ったこともない明るい、親しみのもてる日ざしが照りつけていた。

ホワイトカウ・ロックは、岩と粘土からなるでこぼこの球体で、直径はおよそ百ヤードある。岩のてっぺんのホワイトカウ・タウンには、十三戸の家と一軒の店があった。そのうち九戸には、裏手に屋外便所がある。だが残りの四戸の裏手にかつてあった屋外便所は、過ぎ去った昔に、その岩、というか月の表面から崩れ落ちてしまっていた。必然的に、というのはホワイトカウ・ロックには平坦な土地がろくにないので、それらの便所は斜面をかなり下ったところに建っており、ときには岩全体がぐらつくこともあった。ホワイトカウ・タウンでは、裏手に建っているそれらの便所は、どれも安心して使えるというわけではなかった。

「とはいうがな」と、町に住むひとりの老人がいったものだ。「一日に少なくとも一回ぐらいは、そっちを使わんと安全とはいえんこともあるって」

さてと、そこで見た岩というか月のてっぺんは、まさしく魔術だった。ほかのどこへ行こうが、あんなにあざやかな色やかんばしい空気はない。ホワイトカウ・ロックは気ままに浮遊する。いまや岩は五百フィートばかり空に浮きあがり、半マイルほど北に寄っていた。おかげで〈まいご月の谷〉とブルーステム邸の両方が手にとるように見下ろせるばかりか、はるか北東には、霧にかすむポアスカの石塔群さえながめることができた。魔術的という意味では、これは気球で昇ったときの比ではなかった。

気球にはみんないちど、Tタウンのバートン行楽園で乗っていた。だが、その気球は三本のケーブルにつなぎとめ、ウィンチで操作するやつで、空に浮かぶといっても七十五フィートかそこら。こっちの月は、その記録をかるく一マイルは破っているのだ。

月面の家々はみんな古ぼけ、ペンキ塗りもされていなかったが、くっきりとした輪郭や細かい仕上げのあざやかさは、地球上の家屋ではまず見られないものだった。われわれにしてみれば、それは、ほんとうに明るい日ざしの中に生まれてはじめて足を踏みいれたようなものだった。

ホワイトカウの住民が飼っている生き物は、ニワトリとアヒルとヤギだけだった。この土地についての言いならわしは、こう改めるべきだろう。「ホワイトカウ・タウンにゃ太っちょもいなければ、大きな動物もいない」と。ヤギはこの月の原産種だという者があり、ニワトリもそうだということだった。アヒルがここに来たのは五百年ぐらい前、人間が住みついて千年ぐらいだという。しかし大型動物は、どうやらあのシャフトを抜けられなかったらしい。

ホワイトカウ・タウンが与える歓びと魔術は、ただもう〝空に住む〟ことに尽き、それが生きがいのすべてだった。〝空に住む〟ことには、切実さと晴れやかさ、満足と安逸と音楽と歓喜があった。

ホワイトカウ・タウンの男のうち四人は、下のブルーステム牧場に雇われ、草刈りや干し草しばり、柵の修繕、草地から草地への牛の追いたてなど、牧場の働き手がするような仕事をなんでもやっていた。女のひとりは、ブルーステムとグレイホースの中間にある統合学校の教師をしていた。また子ども九人もその同じ学校にかようため、毎日地球におりていた。ある男は月面に蒸留器を持っていて、密造酒をつくっていた。

「月で酒をつくっちゃいかんというんなら、その法律をわたしに見せてみろ」と、男は人びとの前でたんかを切ったものだ。蒸留器のおかげで、月ではどこへ行ってももろみ（サワーマッシュ）くさかったが、だからといって、それは町いちばんの悪臭でも異臭でもなかった。

「どうしてヤギやアヒルは、月の上をどこまでもというか、さかさまになってまで歩けるんだろう?」ヘクター・オディがわれわれに謎をぶつけた。「やつら、この丸い岩のどこを見ても歩いてるぜ」

「それは要するに重力の問題さ」ジョン・パーマーがいった。「弱い重力は小さなものなら引きとめるけれど、大きなものだとだめなんだ。ヤギやアヒルは月の上を歩けても、人間はぶらさがれないかもしれないぜ。誰かこの中で体重の軽いやつが、この月の上を底まで歩いていって、また上がってくればいいじゃないか。もし落っこちなければ、重いやつがやってみるからさ」

「ここの重力の数式はほんと狂ってるぜ」バリー・シビーンが割って入った。だが、ちんくしゃ顔にいわくありげな笑みがうかんでいるところを見ると、信用はおけない。「フォックスリーの第五構造式（フォーミュラ・ファイブ）を思いだしてごらんよ。そうすりゃ重力のこともちょっとは呑みこめてくるから。エドワードスンの楕円方程式を考えるんだ。マムフォードの単孔目（モノトリーム）を忘れるな！」

「そいつデモのスローガンにいいぜ。〝マムフォードのモノトリームを忘れるな！〟」グローヴァー・ウェルクがくすくすと笑った。「なんのこっちゃ」

「あたし、フォックスリーのフォーミュラ・ファイブって知ってるわ」ヘレンが口をはさんだ。「引力とは何の関係もないのよ。女の病気にきく薬で、青いびんに入ってるの。ママがときどき飲んでるもの」

ホワイトカウ・タウンには〝お尋ね者〟がひとり住んでいたが、シェリフには登っていって逮捕する気はないようだった。

「シェリフはおれさまがこわいのさ」と男はいった。

「おれは地球上の人間でこわいやつなんかいない」とシェリフは、その話を人づてに聞いて答えた。「逮捕する気なら、地球上のどこへだって行ってやる。だがな、ホワイトカウ・タウンは地球じゃないだろう。あんな野郎、ちっともこわかないさ。おれはただ、ああいったこの世ならぬところが気味悪いだけなんだ」

よろず屋では小さなラジオを売っていた。自家製で、そこらのラジオよりはるかに性能がよかった。スイッチをひねれば、五十マイル離れたブリストウのKVOO局がはいる。ホワイトカウ・ムーンが五百フィート以上の高みに昇りさえすれば、放送は大きくはっきりと聞こえた。

店にはニーハイの炭酸水もあった。だが値段は一本五セントではなく、六セントだった。

「運搬費こみだからね」と、店のおかみさんはいったものだ。「地球で買うより、やっぱり一セントは余分にもらわなくちゃ」

ホワイトカウ・タウンの子どもたちがロープを持ちだし、綱引きをしていたが、遊び方は見ていてなんとも意気地がなかった。われわれが引っぱっても手ごたえというものがない。

「なあ、いいか」とバリー・シビーンが連中にいった。「おれたち八人でそっちは九人だけど、勝負したらおまえらイチコロさ。町じゅう引きずりまわしてやるよ」

「いや、こっちは七人だぜ、バリー」とトム・ブルーステムがいった。「おれ、いち抜けた」これは奇妙なことだった。どんなゲームやスポーツをやらせても、トムの負けん気は人一倍なのだ。というわけで、残るは七人となった。対するホワイトカウ連は九人で、中にはわれわれより大きいのも見える。ところが、町じゅうを引きずりまわしたのは、われわれのほうだった。引きずりまわしたはいいが――

そう、連中が手をはなせば、こっちはホワイトカウ・ムーンからまっさかさまに転落ではないか。われわれは斜面のそんな下にまで踏みこんでいたのだ。

「助けてくれ、トム、どうしたらいいんだよう？」われわれは声をはりあげ、ふだんの彼らしくもなくゲームに加わらなかったトムを呼んだ。

「ここで綱引きをするときには、力のあるほうが勝ちじゃないんだぜ」とトムがいった。「〝負けるが勝ち〟なのさ」

「負けないように言ってくれよ」われわれは嘆願した。

相手方はやっと納得して踏みこたえると、〈どんづまりの木〉にロープをまわしてくれた。われわれはロープ伝いに安全地帯によじのぼった。しかしその後、月の子ども連にどんなに笑われ、ばかにされたことか。ことゲームにおいてここまでみじめな負け方はないというほど、さんざんに打ちのめされたのだ。それも相手は、空のかっぺ連中ときている。

ヘレンが、このままずっと月にいたいと言いだした。彼女のいちばん好きなもの二つ、アヒルの卵とヤギの乳がどっさりあるからだという。

「そのうち帰ってコルネットを吹きたくなるぜ」とジョン・パーマーがいった。「それに、いつでも来れるじゃないか」

「そうね。いつでも来れるわね」とヘレンはいった。

われわれは数種の鳥の大群に受けいれられた。鳥たちはホワイトカウ・ムーンに雲のように群がっていた。まっ黒なカラスとクロドリの雲、灰色にくすんだハトの雲、茶と黄のまざったヒバリの雲。そこにはネコマネドリやヨタカの群れもいた。タイランチョウやマネシツグミ、タカやワシの群れもいた。こうした鳥たちの大半は地球の人びとをさげすんでいたが、月の住人には人なつっこく、愛想がよかった。

さらにそこには、鳥ともつかぬ生き物たちがいた。何と呼べばいいのか、われわれにはわからない。とにかく異なる翼をもった生き物で、彼らの巣にちらばる骨は、その異様さといい種類の多さといい、トロールの洞窟で見た骨にヒケをとらなかった。

ホワイトカウ・ムーンには雨のたね雲も棲んでいて、中には、きらめく水滴をためこんで宝石さながらきらきら輝いているものもあった。地上ににわか雨を降らせたいと思うと、一つの雲が「行け」という、また一つの雲が「行け」といい、三つめの雲も「行け」という。そして急降下していっては雨を放出し、地上をぐしょ濡れにするのだ。抜け穴を百フィートもぐった場所からは、昼の空に星を見ることができた。

そしてまたこの月は、〝ふしぎな夜の灯〟が昼間棲みついているところでもあった。オウセージ郡のへんぴな地域には、たいていどこにでもその土地なりの怪しい灯があって、少なくとも百年ぐらい前からそれがつづいている。それらは注意をひく一方、人びとをこわがらせてきた。ときには新聞にも書きたてられたが、説明はつかなかった。ところが、それがどこから来るかといえば、実はホワイトカウ・ムーンから来ているのである。とはいえ、その〝ふしぎな夜の灯〟も、昼間見るとあまりさえなかった。日ざしのなかに寄り集まり、おしゃべりしている姿は、どうみても灯とは思えなかった。

もう一つホワイトカウ・ムーンには、ピョンピョンはねるかわいい蚤たちが何百万、何千万といた。蚤というのは、どこでも月なら、地球にいるときより多少は高くとびあがれるものだ。これは重力の問題である。

われわれは夕暮れになるまでそこで遊んだ。生涯をふりかえっても、あんなに楽しかった一日はそうたくさんない。やがてブルーステムばあさんが、はるか下界、それもずっと南にずれたところから、トラックのホーンを鳴らすのが聞こえた。ホワイトカウ・ムーンが空の高みにあるとき、そのてっぺんにいると、遠くの音がよく聞こえたものだ。ヘレンが「下がれ、下がれ！」とムーン・ホイッスルを吹いた。その堂にいった吹きっぷり！ホワイトカウ・ムーンは〈まいご月の谷〉にふたたび舞いおりた。われわれは今度は逆向きに抜け穴を下り（内部は相変わらず暗く、気味が悪かった）、ようやく抜けだしてトラックの屋根にとびおりた。こうしてわれわれはブルーステム牧場に帰った。

「だけど、あれ、ほんとは何だい？」ヘクター・オディがいいだしたのは、ランチハウスに着き、ランチハウスふうの夕食に舌つづみを打っているときだった。「ほんとはさ」

救われないヘック！〝ほんとは〟とは、どういう意味なのか？ われわれは現のなかにいた。大空に浮かぶ現のなかで、ほとんどまる一日遊びほうけたではないか。なぜ無粋な質問をするのか？

「ああ、あれは地球の月の一つさ」とブルーステムじいさんがいった。

「どうして、どうして？」ヘクターはしつこく問いかける。「地球の月のどういう一つなんだよ？」

「直径や質量などはっきりした数値は、わしも知らん」ブルーステムじいさんはほほえんだ。「しかし地球にある二つの月のうち、小さいほうではあるな」

「だけど、どっから来たんだよ？」ヘクターはなおも食いさがる。

「ああ、あれは昔はミズーリにいたんだ。セントルイスの南西百マイルの近辺にな。その後一八〇二年になって、オウセージ・インディアンの一部がミズーリからこっちに流れてきたとき、どうしたものか例の月もあとからついてきて、ここに落ち着いたわけさ。オウセージ族とはずっと仲よくやってきたが、人間はたいてい好かんらしい」

ブルーステムじいさんは、もちろん純血のオウセージ・インディアンだった。

だからといって何がわかったわけでもない。どんな月であれ、月には、地球上で決して見つからないものがたくさんある。そこには特別な魔術があるのだ。それは、地球にしたって魔術には事欠かない。だが月の魔術は、まったく別のカテゴリーに属するものなのだ。どんな子どものグループにも、それぞれ自分たちだけの月があるべきだろう。

だが、われわれにはほかにもいい遊びや歓びがあった。あの年ごろには人生は、果てしない歓びの連続だった。そのような場合、とりわけ重要な宝物は、一つぐらいたいせつにしまっておくにこしたことはない。というわけで、少年期のすばらしいその十年間に、われわれはたった三回しかホワイトカウ・ムーンに戻らなかった。十歳の夏に一度、十一の夏に一度、もう一度は十二になってからである（このときには三日間逗留した）。

ジョン・パーマーとバリー・シビーンが、月の地底のまんなかに住む小鬼だかトロールだかの洞窟にもぐり、南京袋いっぱいに石ころや骨を詰めてきたのも、その最後の、いちばん長い遠征のときだった。

バリーがクロロフォルム爆弾をつくって洞窟に投げこみ、その奇妙な住人たちをみんなノックアウトした。ジョン・パーマーは、自分とバリー用にガスマスクをこしらえていた。そして二人でマスクをかぶって這いおり、袋に詰めこんできたというわけだ。これらの石や骨は研究に供され、多くの疑問を提起することになるが、いまなお満足な解答は与えられていない。

しかし、世界に——というかその近辺まで含めて——二つとない魔術的な場所ではあるものの、われわれは、あの十二の年の特別な長期逗留ののち、少年期にはとうとうそこへ戻らなかった。ほかにやることがありすぎたのだ。ほとんど忘れてさえいた、あの地にみちみちていた魔術も、そしてあの強烈な異臭も。とはいえ、それがわれわれ一党にとって埋もれた宝、——空の高みに埋もれた、かけがえない宝であることに変わりはなかった。

2

大空低きところ、それはいまだ目覚めない。
遠い日の姿そのままに……しかし
なお、おぼろな魔術はたゆとうている、
失われ、失われつつ。
——バリーのざれ歌

われわれが大人になって永劫が過ぎた〝後年〟に、話はふたたび戻る。「誰がでっちあげた、誰がでっちあげた？　で、どんなふうにやってのけたんだ？」ヘクター・オデイがかみついたのは、そんな後年のある日、ヘレンが骨と石くれとムーン・ホイッスルを持ちこんだ晩のことである。われわれがホワイトカウ・ムーンに最後に登ってから、もう何十年という歳月が流れていた。

「犯人はおたくとジョン・パーマーだな、バリー」とヘクター。「二人とも頭がよかったし、よく本を読んでいた。しかし、どういう仕掛けを使って、骨と石ころをあのでっかい岩からひねりだしたんだ？　われわれがすっかりだまされて、月だと思いこんでいたあのでっかい岩だよ」

「おれはでっちあげちゃいない。ジョンがやったとも思わんな」とバリーがいった。

「そりゃたしかに、変てこなものばかり入ってた。洞窟で見つかった、あの歯形のある骨は、人間の子どものもあれば、小熊や、カンムリワシや、犬くらいの大きさの絶滅したサイのもあった。要するにそういうての骨さ、ヘック、どこでも月に行ってトロールの洞窟に入れば、見つかるようなやつだよ。それから化石のほうだが、こいつはちょっと不思議だ。地球生物とは相当に違ううえ、年代的にももっと古い生き物が、あの小さな月に棲んでいたらしい」

「絶妙な偽造、そういって結論をつけた学者がいたぜ、バリー。しかしどんなふうに偽造したかとなると、連中にも説明ができなかった。どうしてできなかったんだ、偽造の名人バリーさんよ？」

「なぜなら偽造じゃないからさ。少なくともおれは、偽造だとは思ってない」

「この騒ぎのそもそも〝根源〟にあるのは何なのかね？」シーザー・デュカートがわれ

われ一同に問いかけた。「かつてわれわれが未熟なあまりに、月だとみずから信じてしまったもの――あれはいったい何だったのか？　そう、ブルーステム牧場の〈まいご月の谷〉地区には、たしかに球形に近い大きな岩があったようだ。その岩には亀裂があって、そこから岩のてっぺんに登ることができた。岩に危なっかしいぐらつき、というか、少なくともある種の動きがともなったことはたしかだろう。そこで、われわれはなんらかの催眠術におちいり、そいつを低い空に浮かぶちっちゃな月と信じこんでしまった。九つだから、信じるとなればあっけない。ここでわたしに解せないのは、そのあと十二になって概念的思考ができるようになってからも、まだそいつを信じていたことだ。なんたる催眠術！」

「おれたちに術をかけて、理性を狂わせられるやつが、どこにいたっていうんだ？」バリーがきいた。「ここにいる何人かは、ほとんど催眠術が通じないタイプだ。あれを月だといいくるめられる人間がどこにいる？　もし月じゃないとすればの話だがな。しかし月だったんだ」

「ヘレンならできたろうさ、バリー。ジョン・パーマーならできたろう。きみだって、ちっとはその才能があった。きみら三人が力を合わせれば、まずまちがいなく――」

「なに、なに、なにい？　いま、おたくは〝しかし月だった〟といったな、バリー？

だが、あれは違うのさ。そんなことはありえん」

「ありうるさ、ああ」バリー・シビーンは譲らなかった。「存在したといういちばんの根拠は、あれがまだ存在するってことだ。おれはときどきヘリコプターで上を飛んでる。下側を飛ぶこともあるよ。これはもっとたしかな裏付けになる。どうだ、みんな朝になったらおれのコプターで飛んで、小さな月に着陸してみないか？　それなら、まだあるという証拠になるだろう、ヘクター？」

「ばかな、信じられん！　物理学的かつ心理学的に不可能だ。十二のあの年以降、あれを見たと錯覚してる人間は、われわれの仲間にはいないよ」

「ちがうね、ヘクター。十年前にトム・ブルーステムとジュリア・フラックスフィールドが、ホワイトカウ・ムーンに新婚旅行に行ってる」

「だけど二人ともインディアンだぜ。しかも大人といったって、そんなに成熟していたとはいえん。のぼせあがって、どこに行こうが月に行ったようなものだったさ。くだらんね、バリー。道理をわきまえた人間なら、あんなところに小さな月があるなんて認められやしないはずだ」

「そうかい、シーザー、あんたもだ、ヘクター・オデイ、よく聞けよ。もしきみらが地球の通常の、というか大きな月を認めるのなら、オウセージ郡の低い空にかかってる例の小さな月を認めるのは、その百万倍もたやすいはずだぞ。きみらは地球の通常の大きな月を認めるか？　あのいわゆる月はそもそもが異常で、異常の親玉みたいなものだ。理不尽だし、ありえない。われわれがその存在を信じている唯一の理由は、目に見え、そこへ行ったと称する人間が何人かいるというだけに尽きる。器械による証明もどっさりある。しかし小さな月の場合には、存在を信じるもっと有力な証拠があるんだ。われわれは近くからそいつを見てるんだからな。よく知ってる人間（われわれのことだね）のなかには、上に乗った者もいる。暗い内部通路を踏破しさえした。さらに電波が大きな月からはねかえってきたのなら、われわれは小さな月に野球ボールをぶつけて、はねかえらせた。野球ボールのほうが手ごたえはずっとある。そう、小さな月は現実なんだ」

「少年期の心理とのかかわりからいえば、現実だろうね」とグローヴァー・ウェルクがいった。「だが、ほかの意味あいでは現実にほど遠い。あれの心理的な影響がわれわれにとってよかったか悪かったか、そのへんはまだ不明確にしても」

「こいつに決着をつける理性的な人間がひとりぐらいいてもいいだろう」ヘクターがいった。「おたくの曲がったつむじを正常に戻せるやつがな、バリー」

「ああ、おれは理性的だぜ」バリーがのりだした。「決着をつける方法は先に出したが、あらためて提案しよう。朝になったら、おれのコプターに乗って、小さな月を見つけにいくんだ。真下を飛び、真上を飛び、着陸もしよう。もしそれができれば、月は現実だ。できなかったら、まぼろしなんだ。飛びたつ時間は、ちょうどころあいのいい朝八時半だ。いいか、シーズ、グローヴ、ヘック、アル？」

「いいとも」と、われわれは声をそろえていった。それが間違いだったのだ。

あくる朝ヘレンに電話を入れたが、彼女は行かないと答えた。

「夢がこわれちゃうもの」とヘレンはいった。だが娘のキャサリン・パーマー（「年とってからの子だから、かわいい」とヘレンはよくいっていたものだ）が、行きたいといいだし、母親からその旨が電話で伝えられた。「キャサリンは大丈夫よ。生まれたときから大人だったから、月がひどいところとわかってもへっちゃらね。でもわたしは永遠に子どもだから、きっと打ちのめされると思うわ。いうでしょう、〝昔には帰れない〟って」

こうして、十七歳の成熟した大人にして心理人類学の専攻学生キャサリン・パーマーが、われわれに同行することになった。これが陽気な娘だった。

「うん、あの小さな月にはわたしも登ったことあるわ」と彼女はいった。「おととしの夏、ブルーステムの子どもたちといっしょにね。でも、なんてことなかったなあ。おとしの夏にまだ心理学への方向づけができてなかったから。今度こそは究明してやろう。あの小さな月が昔、頑固じいさんたちにどんなちょっかいをしかけたか。この年になってまだ忘れられず、〝魔術！〟だとかつぶやく人がどうしているのかもね」

もしキャサリンがこんなにも十七歳っぽい、かわいい娘でなかったら、いまの心理学的肩たたきの責任はまぬがれなかっただろう。

われわれはジェンクス空港から飛びたった。Tタウンからの距離でいえば、ここはTタウン空港よりも近い。また自家用機やコプター用の施設もそろっていて、いわゆる定期旅客便に目の色を変えていない。われわれの目的地へも三十マイル足らず。それにしても、この晩春の晴れわたった朝、ぱたぱたとコプターを飛ばしてみどりの大地を見下ろすのはなんと爽快なことか！

「キャサリン、これだけは肝に銘じてくれ。ホワイトカウ・ムーンは魔術の国なんだ」

バリーの声音(こわね)は歌声に近かった。「近ごろの若い人たちは、どうも魔術に接することが少ないようだからな。着いたら、こころゆくまで香気を吸いこみなさい、キャット」

「はいはい」

「キャサリン、そう、うっとりするほどだったよ」ヘクター・オディがいった。「あれが本当であったら、あのときも本当であって、今度も本当になってくれたら。そう願うばかりだ。きみがあの不思議を味わえればと思うが、こっちにしたって、なぜあんなことができたのか見当もつかないんだ。きみにそっくり見せてあげたいが、残念ながら、これはかなえられそうもない」

「お気持は感謝するわ」と若いキャサリンはいった。

「ああ、まさに驚異、まさに妖精界、まさに歓びだったな」シーザー・デュカートがつぶやいた。「あれは特別の場所だった。エレガンスと魅惑があったね。と同時に、益体もないふざけた魔術なんだ。〃われわれだけの世界〃であり、〃われわれだけの月〃だった。あれはこの世の陰の支配者だけが知っていた場所なんだ。われわれもその一族だったんだよ。あの小さな月が空想の産物でしかなかったというのは悲しいことだ」

「デュカートさん、あなたのおひげは、何かに熱中するとぶるぶる震えるのね」とキャサリン。

「渇望と満足がいっしょにきたみたいなものだな」グローヴァー・ウェルクが思いのたけを吐きだした。「〃願いの成就〃だった。あれが存在しなかったとは情けない。しかし記憶にあるというだけでもすばらしいことだよ」

「なぜ二本の座標軸で立たせといてやれないのかしら」とキャサリンがいった。そういう軽口をたたくとき、彼女は母親のヘレンに似ていた。

「ほら、ないじゃないか！」ヘクター・オディがなかば悲しげな、なかば満足げな叫びをあげた。ヘリコプターはすでに地区の上空に来ている。

「見ろ、あるじゃないか！」バリー・シビーンがやりかえした。

「あそこだ。ちょっと感じのちがうグリーンで、ほとんど地球にすりよるように〈まいご月の谷〉の上にいる。まわりによく似た色やよく似た大きさの岩がたくさんあって、うまく見分けはつかんがね。ムーン・ホイッスルを吹いてくれ、キャサリン。〝上がれ、上がれ！〟の節で吹くんだ。空高々と舞い上がらせようぜ」

キャサリン・パーマーが笛を吹いた。母親のヘレンに負けず劣らずの大口で、角笛や呼び子を吹く才能もヒケをとらなかった。その節が鳴りひびくと、ホワイトカウ・ムーンはゆらゆらと数百フィート上空に浮かびあがった。

「覚えていたほど大きくはないな」グローヴァー・ウェルクが悲しげにいった。

「いや大きいよ、グローヴ」シーザーがとつぜん活気づいた。「てっぺんの木立ちが独特のグリーンをしている。変わってない。あのグリーンはどういう名で呼んだらいいのかな」

「胆汁色っぽいグリーンよ、うっとうしい胆汁色がかったグリーン」若いキャサリンがいった。もちろん彼女のいうとおりだった。ホワイトカウ・ムーンは五百フィートほど高みに昇っていた。バリー・シビーンは何回かその下をくぐり、次にはちょうど真下の宙にコプターを停止させると、岩の底からてっぺんにまで通じる亀裂をのぞけるようにした。こうして間近に見ると、なるほどホワイトカウ・ムーンは本当に存在しているようだった。

「どうだみんな、これで現実だと納得したか？」バリーがからかった。

「いや、納得しきったわけじゃない」ヘクター・オディが考え考えつぶやいた。「こう見ていてもあまり説得力がないな。バリー、それは認めざるをえまい」

「うん、たしかにない」バリーも認めた。「なぜ迫ってくるものがないのだろう。しかし昔とおんなじように大きいことは大きいんだ。まださしわたし百ヤードくらいはある」

「ああ。だがヤードが昔ほど長くはなくなってるからな」ウェルクが泣き言をいった。

われわれはホワイトカウ・ムーンの斜面にそって上昇し、てっぺんの中央部に着陸した。そう、いまにいたっても例の強烈な異臭は、われわれの子どものころとすこしも変わりなく、ホワイトカウ・ムーンにどっかりといすわっていた。当時は不快なにおいだとは気づきもしなかったが、いまのわれわれにとって、それは胸の悪くなるようなにおいだった。

「まるで管理状態のわるい動物園みたい」とキャサリンがいった。「これはきっと大型イエティーだか、なまぐさイエティーと呼ばれている生き物の体臭だわ。科学の振興のために、彼にインタビューしてみなくっちゃ」

ホワイトカウ・ムーンには四戸の家が残るだけだった。屋外便所も一つしかなかった。「あの最後の便所が落っこってしまったら、もうわしらの運命はわからんよ」と、町に住む老人がいった。「絶滅だろう、たぶん。便所のない人間なんてのは、人間とはいえん」

「いまになってみると、ホワイトカウ・ムーンの記憶するに足りない真実の属性が見分けられるな」とバリー・シビーンがいった。

「だがそれをどう名づけたらよいか、ちゃんとしたことばが出てこない」

「〝うすぎたない〟がぴったりね」キャサリンがいった。もちろん彼女のいうとおりだった。わたしは胸から喉にかけて締めつけられるような息苦しさをおぼえた。友人たちも同じものを感じていたのではないかと思う。

「この月は、沼気（しょうき）だか何だかでむんむんしてるぞ」とシーザーがいった。「あの魔術とやらも、たんなる沼気でしかなかったのかな」

キャサリンが町の井戸にぶらさがっていた水飲み用のヒョウタンをとり、近くにいたヤギの乳をしぼって満たした。ヤギはみんな皮膚病にかかっていた。ニワトリもやられていた。ホワイトカウ・ムーンでは、アヒルさえも皮膚病からまぬがれていなかった。

「母さんもわたしも、健康のためにたくさんヤギのミルクを飲むの」キャサリンがいった。「まあ、すっぱい！」

「すっぱいのはヒョウタンで、そいつがミルクをすっぱくするんだろう」バリーが希望的観測を述べた。

「ちがうちがう、ヤギそのものがすっぱいから、ミルクがすっぱくなるのよ。そうだ、この月の地中を走ってる穴のなかに、大型イエティーだか、なまぐさイエティーがいるんだわ。わたし、見つけに行こうっと」いってキャサリン・パーマーは、ホワイトカウ・ムーンを縦貫する抜け穴のなかに消えた。

「さて、どうだね、ここの景気は？」バリーが住人のひとりにきいた。

「わるいね」と、その男は答えた。「いちばんの問題は人口が減ってることだ。もうたった七人しか残ってないよ。百年前には百人がとこいたもんだが」

「じゃ、次に大きな問題は何だね？」グローヴァー・ウェルクがたずねた。

「風紀の乱れさね」と住人はいった。「この月の中心に住むトロールというかイエティーが、子どもをすっかり堕落させちまった。男も女もさ。そそのかされて、ふしだらなことはする、いいつけには背く、へらず口はたたく。やつらが地中で栽培してる酔っぱらいキノコ、そいつを子どもに食わすおかげで皮膚病にもなるんだ。ああ、ホワイトカウ・ムーンの将来はまっ暗だね。お先まっ暗闇。それから、この月の三つめの問題は蚤だ」

蚤だって？　そう、ここには蚤がたくさんいて、それが体じゅうにとびかかるのだ。掻いていたらキリがない。なるほど、ここには前から蚤はたくさんいた。だが昔はこんなにがっついていなかった気がする。

「トロールやイエティーがいれば、蚤だっているさ」と、ある住人がいった。「この二つはつきものだからな」

そのときキャサリンが抜け穴から上がってきた。イエティーがひとり、あとから出てきた。身の丈八フィート、毛むくじゃらで、骨と皮ばかりにやせほそり（ホワイトカウ・ムーンにゃ太ったイエティーはいない）、ひどくくさい。月に充満する強烈なにおいの約三十三・三パーセントは、こいつが原因だった。

「彼はほんもののホモ・イエティー・プーテンスよ、別名なまぐさイエティー」とキャサリンがいった。「あともう二人いるの。男性がひとりと女性がひとり。いくら科学の振興のためといっても、このイエティーたちには研究の対象となるものがないわ。全然なし、ゼロ。いままで見たなかで、こんなに興味をかきたてられない生き物ははじめて。もっとも、害は加えないようだけど」

「それはどうかな」ヘクター・オディがうなるようにいった。「おい、のっぽ、おまえさんの穴ぐらにあった歯形のついた骨、あれをどう言いわけする？　人間の子どもの骨もあったぞ」

「みんな骨もっとたくさん嚙めば、みんな歯が丈夫になる」とイエティーがいった。

「はっ、また陳腐なせりふ！」キャサリンがぞくっと身をふるわせ、ちょっぴり気まずい空気が流れた。

「偉大な思い出がなんと縮こまってしまったものか！」シーザー・デュカートが嘆いた。

「そうともいえるし、そうでもないよ」ヘクターが謎めいたことばを吐いた。「いや、月のことだがな。いまがこうだからといって、昔こうであったかどうかは、あまり関係ないことなんだ」

「魔術が失われてしまったばかりか、それに取って換わるものがないときてる」バリー・シビーンが悲しんだ。「この場所を何といったっけ？　あ、そうか、〝うすぎたない〟か。おれは泣きたいよ」

「あの亀裂に涙をひとしずくこぼせば、ずっと下まで落ちていくし、もしそのとき空に住む人が穴から下をのぞいたら、きっと昼間の星みたいに見えるでしょうね」キャサリンがとつぜん詩的洞察力をみせていった。

若いキャサリン・パーマーが「退却！」とムーン・ホイッスルを吹いた。われわれはみんなコプターに乗りこみ、ぱたぱたとその地を去った。

「昔には帰れない」と、ことわざはいう。

そう、帰れないのはよいことなのだ。

II

忘れた偽足

Old Foot Forgot

伊藤典夫訳

「ドゥーク＝ドクター、スファイリコス患者ですわ」と平修女モイラ・P・T・ド・Cがしあわせそうな叫びをあげた。「正真正銘の球状エイリアン患者です。こんなことはじめてですわね、ほんと。これこそ先生の御身に起こります――そのう――しあわせな出来事から気をまぎらすのに絶好のものだと思いますわ。ドゥーク＝ドクターだって、ときには毛色の変わった患者も診なくては」

「ありがとう、シスター。よろしい、その者というか、彼、彼女というか、第四性、第五性だかなんだかを入れなさい。さよう、スファイリコスを診るのははじめてだ。この患者がそうかどうかは疑わしいが、会うのは嬉しいことだね」

スファイリコスが転がるというか、身をうごめかせてはいってきた。太った子どもだろうか、成長した大人だろうか、とにかく体は大きい。動きにつれて、偽足が出たり引っこんだりしている。そして、にこにこしながら停止した。うつろいやすい色彩の、大きな半透明の弾力性のあるボール。

「やあ、ドゥーク＝ドクター」とスファイリコスは陽気にいった。「第一に、わたし自身から、また先生とお話しする機会のない友人たちになり代わって、このたびのしあわせな出来事について心からの同情を申し上げます。それから第二といたしまして、じつは診ていただきたい病気があるのです」

「しかし球体生物は病気にはかからん」とドゥーク＝ドクター・ドレイグは誠実にいった。

それにしても、なぜドクターはこの丸い生き物がにこにこしているとわかったのか？　もちろん色からだ。うつりかわってゆく色からだ。これはにこにこ笑いの色なのである。

「わたしの病気は体ではなく、頭のほうなのです」とスファイリコスはいった。

「しかしスファイリコスに頭はないと思うがね、きみ」

「では別の名前の別の部位のことですな、ドゥーク＝ドクター。わたしのなかに苦しんでいるものがあるのです。あなたをドゥーク＝ドクターと見こんで、こうしてやってきました。わたしのドゥークが病んでいるのです」

「それはスファイリコスにはありそうもないことだ。きみたちは見事にバランスがとれている、一個一個が完成されたコスモスだ。しかもきみたちには、どんな悩みも解いてしまう中枢分泌液がある。きみの名前はなんだね？」

「クルーグ16です。ということは、クルーグの十六番目の息子ということです。もちろん、十六番目の第五性の子どもですがね。ドゥーク先生、苦しみは必ずしもわたしのなかにあるんじゃないのです。むかし行方知れずになった体の一部にあるのです」

「しかし、きみたちスファイリコスには部分はないぞ、クルーグ16よ。きみたちは完全にして区分不能の存在だ。そんなきみたちが、どうやったら部分を持つんだね？」

「問題はわたしの偽足なのです。子どもの時分、一秒足らずのあいだ出して引っこめた偽足のひとつが、怒って叫んで、もどりたいといいはるのです。まえから気になっていたのですが、いまはもうたまりません。ひっきりなしに泣きわめいています」

「同じやつがまた出てくるということはないのかね？」

「それはないです。絶対に。まったく同じものは二度と出てきません。小川の水が、同じ場所を二度流れるなどということがありますか？　そう。出しては引っこめ、またせりだす——百万回も、千万回も。だけど同じものが出てくることはないのです。個性や独自性というものがないですから。ところが、この足は出たいといって泣き、いまではわたしをせっついています。ドゥーク先生、どうなんでしょう？　子どもの時分と同じ細胞なんか一個も残っていないのに。その偽足は何も残っていません。いくらかずつが別の偽足にまじって出てきて、もう出てないところはないのです。その偽足で残されたところはかけらもない。いろんな偽足に百万回も吸いこまれている。ところが、それでも泣き叫ぶのです！　こっちもだんだん哀れに思えてきましてね」

「クルーグ16よ、これは肉体的ないし機械的な異状じゃないのかな。吸いこまれそこなった偽足、いわばヘルニアのようなものを、きみは取り違えて解釈しているのだ。もしそうであれば、自分のところの病院、というか医者に持ちこんだほうがいい。たしか、ひとりいたはずだが」

「あのもうろくじいさんには無理ですよ、ドゥーク先生。それに、われわれの偽足はいつも完全に吸いこまれます。この体はきらめくゼリー状の分泌液（サルヴ）にくるまれていましてね、われわれの体積の三分の一にもなります。サルヴがもっとほしければ自分で作れるし、足りなければ、第四性がめちゃくちゃな量でこしらえるので、そちらから分けてもらえます。これはなんでも癒（いや）します。どんな傷の痛みも軽くなって、体をボールみたいに丸くしてくれます。ご自分でも使ってごらんになるといいですよ、ドゥーク先生。ところが小さな足が一本、遠い昔に溶けたはずのやつが、いまになっても文句をつけてくるのです。ああ、ああ、あの泣き声！　おぞましい夢！」

「しかしスファイリコス族は眠らないし、夢も見ないはずだが」

「そのとおりです、ドゥーク先生。ところが死んで久しいその足だけは、いまでもこれ見よがしにもじゃもじゃした夢を見ているのです」

　球体人はもうにこにこしていなかった。鬱々とさまよい転がっている。しかし、なぜドゥーク＝ドクターは鬱々としているとわかったのか？　それは流れゆく色からだ。そこにあるのはいま、憂鬱の色なのである。

「クルーグ16よ、きみの病状を考えなければならないようだな。これに似た症状が文献に出ているかどうか――まあ、出ていないと思うが――調べてみよう。似た症例をさがすぞ。あらゆる可能性を掘り下げるぞ。明日また同じ時間に来てくれるかね？」

「はいはい、まいりますよ、ドゥーク＝ドクター」クルーグ16はため息をついた。「あの消え失せたちび助が、わななき叫んでいるのを感じたくないですから」

　患者は偽足を出したり入れたりしながら、転がるというか、身をずらせていった。その球状体の柔らかい体表から、小さないぼいぼが突きだし、あとはまたきれいに引っこんでゆく。池面に落ちる雨のしずくのほうが、スファイリコスの消える偽足よりその存在をずっとあとまで残すだろう。

しかし過ぎ去った遠い少年時代、クルーグ16の偽足のひとつは、すっかり消えてしまったわけではなかったのだ。

「ほかにも待ってますことよ、ふざけ屋さんが何人か」と平修女モイラ・P・T・ド・Cが、すこしたって告げた。「ちゃんとした患者もいるんじゃないかしら。見た目にはわかりませんけど」

「またスファイリコスかい？」ドゥーク＝ドクターは急にげんなり顔になった。

「いいえ、まさか。スファイリコスは、今朝ごらんになったひとりだけです。どこか具合が悪いところなんかあったんでしょうか？　スファイリコスは病気にはかからないはずでしょう。待っているのは、みんなほかの種族の方たちですわ。いつもの朝の面々」

そんなわけで、スファイリコスの来院を別にすれば、いつもと同じ診療所の朝だった。待っているのは十人あまり、種族に分ければ五、六種。そのうち半分はふざけ屋だろう。いつだってそうなのだ。

ほっそりした見上げるような錐状生物（スブラ）がひとりいた。スブラの年齢や性別はわからない。しかし、くすくす笑いは感じられた。音、色、電波、臭気――およそなんでもありうる人間やエイリアンの表情のなかで、くすくす笑いはひとりでに知れる。その塀の向こう側、角を曲がったところ、識閾のすぐ下に隠れてはいるが、たしかに存在するのだ。

「歯が痛くて痛くてたまりませんでね」スブラがあまりきんきん声なので、ドゥーク＝ドクターは装置をたよりに聞かなければならなかった。「ぶちのめすような痛みです。苦悶の一語です。頭をちょん切ってしまおうかと思ってます。こちらには頭を切り放すカッターはありませんかね、ドクター？」

「では、歯を見せてもらおうか」そう訊きながらも、ドゥーク＝ドクター・ドレイグは漠然としたいらだちをおぼえた。

「とんがりブーツをはいて、飛んだり跳ねたりしている歯があるのです」スブラは金切り声でいった。「毒針みたいに刺す歯があるのです。目の粗いノコギリみたいに切り裂く歯があるのです。小さなたき火みたいに焼く歯があるのです」

「歯を見せてもらおう」ドゥーク＝ドクターは穏やかにうなった。

「ドリルで穴をいくつも掘って、軒並みに爆薬を仕掛けているやつがいるのです」スブラはさらに金切り声になった。「で、爆発させるのです。ワウ！　それじゃ、おさらば！」

「歯を見せてくれ！」

「プヒィィ！」とスブラは叫んだ。歯が滝のようにほとばしり出た。半ブッシェルもあるだろうか、一万本ほどの歯が診療所のフロア一面にとびちった。

「プヒィィ」とスブラはまた叫び、診療所からとびだしていった。

これがくすくす笑い？（しかしスブラに歯がないぐらい思いださねばいけないだろう）――くすくす笑いだと？　それは気のふれた馬の高笑いを思わせた。ドルクスの空気ハンマーそこのけのいなきであり、オーフィスの狂燥的な忍び笑いであり（歯と見えたものは、半ブッシェルにのぼる小さなへっぴり巻貝で、すでに腐りはじめている）、またアルクトスの道化笑いにも似ていた（診療所に住むことはもはやできないだろう。しかしそれは問題ではない。焼きはらって、今夜のうちにまた建てなおすからだ）。

ふざけ屋ども、ふざけ屋どもめ、ドクターをからかって楽しむ連中はあとを絶たないが、そうして何の効用があるのだろうか。

「じつは悩みがあるのです」と若いドルクスがいった。「だけど、うまくいえないのです。ドゥーク先生に話そうとするだけで、ぶるぶるしてきます」

「なるべく楽にするように」ドゥーク＝ドクターは悪い予感がした。「とにかく、どういう方法でもいいから、悩みを打ち明けてくれたまえ。わたしはあらゆる生き物の悩みや苦痛を癒すためにここにいるのだよ。いいなさい」

「ああ、ああ、たまりません。死んでしまう。しぼんでしまう。こんなに体がぶるぶるしては困ったことになってしまう」

「悩みを話しなさい。きみの力になるためにここにいるんだよ」

「フゥィ――、フゥゥィ――。もう困ったことになってしまった！　ぶるぶるしてるといったでしょう」

　ドルクスはフロアに盛大に小便をまきちらした。そして笑いながら退散した。笑い声、悲鳴、いななき、そして肉を骨から引き裂くようなかん高いあざけり笑い（しかし、ドルクスが小便をしないことぐらい思いだしてしかるべきだろう。彼らの排泄物は堅くずっしりしているのだ）。やじり声、笑い声！　よくよく見れば、それはコルムラ沼の緑の汚水を袋からぶちまけたのだった。これには居合わせたエイリアン患者たちも喉を詰まらせ、鼻をつく緑の笑い声をもらした。

　それはもちろん何人かは、軽い病気を抱えた本物の患者だったが、ふざけ屋はそれに輪をかけて多かった。たとえば、つぎにはいってきたアルクトスなどは――（待った、待った。このいたずらは人間族がいるまえではとても話せたものではない。あまりの露骨さにスブラやオーフィスさえ全身をラベンダー色に染める。この手のいたずらは、アルクトス同士でしか話せない）それからまたひとりのドルクスは――

あとからあとからふざけ屋どもが押し寄せる。いつもと変わらぬ診療所の朝だった。人は、個より勝る〈一なるもの〉のために最善を尽くす。ドゥーク＝ドクター・ドレイグの場合、それはかなりの自己犠牲を意味した。ここで異様なエイリアン種族の診療にたずさわる人びとは、あらゆる物質的報酬や生活の質的向上をあきらめなければならない。しかしドゥーク＝ドクターは職務に命を捧げた男だった。

といっても、ドゥーク＝ドクターの暮らしは快適だった。簡素ながらも工夫があり、人生の瑣事とのダイナミックなかかわりあいに満ちていた。集団生活に適した熱意と精神的バランスが彼にはそなわっていた。

住まいとなる小さな家々は、ギオラッハ草をていねいな二重ラッペルで編んだものだ。どれにも住むのは七日間だけで、あとは焼きはらって灰をまきちらし、その苦いひとつまみを舌でなめ、現世のはかなさと回帰のすばらしさを思いだすよすがとする。ひとつ家に七日以上住むと、感覚が鈍り、惰性におちいってしまう弊害があるが、ギオラッハ草は、刈って編んで七日が過ぎないと燃えにくいので、それじたいが家の寿命を規定していた。半日で建て、七日間住み、半日かけて儀式的に燃やし、灰をまき、再建前夜をスペア色の空のもとで過ごすのである。

ドゥーク＝ドクターはライベを食べ、イヌインやウルやピオラを旬になると食べた。年に九日間、こうしたものがどれも出まわらない時期には、何も食べなかった。

衣類はコルグを自分で仕立てたものだ。使う紙はパイルメ草でできている。印刷機にはブアフ・インクを使い、スリン石を削って使っている。必要なものはみんな、生垣をなす低木の並びに自然に見つかるものを利用して、手ずから作りだす。耕作地や異邦の民からは何ひとつ受け取らない。彼は貧しい献身的なしもべなのだ。

いま彼は診療所から手持ちの品々を集めて積み上げたところ。平修女モイラ・P・T・ド・Cは、ほかの備品を明日まで保管するため、自分のギオラッハ家に運びこんだ。やがてドゥーク＝ドクターは診療所にうやうやしく火を放つと、すこしあとには自宅も燃えあがらせた。これはすべて大いなるノストス、すなわち回帰のシンボルなのだ。彼が偉大な頌歌の朗唱にはいると、同じ人間族の仲間が集まってきて、唱和した。

「ギオラッハのどんな小さなひげ根さえも死ぬことはなく」彼は朗唱した。「いっさいはただちにより輝かしい分かたれることない生命のなかにはいる。灰は戸口でありすべての灰は神聖である。いっさいは個より偉大な〈一なるもの〉に加わる。

ギウイス床材のどんな小さなそげさえも死ぬことはなく、割れ目をふさぐ粘土の一かけも、編み目のダニもシラミも死ぬことはない。いっさいは個より偉大な〈一なるもの〉に加わる」

彼は火を燃やし、灰を散らし、頌歌をささげ、苦い灰をひとつまみ舌で味わった。大いなる統合をわがことのように感じた。聖なるイヌインを食べ、聖なるウルを食べた。そして自宅と診療所両方の儀式が終わると、再建に先立つ夜をスペア色の空のもとで眠った。

朝になると彼は再建にかかった。最初は診療所、つぎは自宅だ。

「どちらも建てるのはこれが最後か」とドゥーク＝ドクターはいった。彼の身に起こるしあわせな出来事とは、残された命があとわずかで、苦しみのない退場が約束されているということなのである。だからこの〈最後の再建式〉には細心の注意をこめた。どちらの建物も、特別なウイール粘土ですきまをふさいだ。この粘土は、燃やす段になったとき、灰に独特の苦みがつくのである。

クルーグ16が通りかかったとき、最後の診療所はまだ建築中だった。若い球体人は作業を手伝いながら、泣き叫ぶ偽足の問題をドゥーク＝ドクターと相談した。クルーグ16は偽足をあやつって、ギオラッハ草を驚くばかりに編み、織り、ラッペルした。十枚でも百枚でも、厚いのも薄いのもお望みのまま、すばらしく器用にこしらえた。

「あの忘れられた足はまだ苦しがっているかね、クルーグ16？」とドゥーク＝ドクター・ドレイグはたずねた。

「苦しがり、のたうち、狂乱状態です。いまはどこにいるのやら。足は自分の居場所なんかわかっていないし、そもそもわたしがなぜその存在を知っているかも大きな謎です。わたしを、足を、助ける方法は見つかりましたか？」

「いいや。残念ながら、まだ見つからないんだ」

「医学文献にも出ていないのですか？」

「うん。あてはまる記述はひとつもないね」

「たとえ話になるようなものも見つかってないのですか？」

「それはあったんだ、クルーグ16、うう——ある意味では、似た話は見つかったといえる。だが、きみには役に立ちそうもないな。わたしにもね」

「残念です、ドゥーク先生。まあ、何とか耐えていきますよ。ちび足もあきらめて死んでいくでしょう。察するところ、ドゥーク先生のお悩みもわたしと似たようなものなのですか？」

「いいや。わたしの問題は、きみよりきみの足のほうの悩みに近いな」

「そうですか。それでは自分なりに、足なりにやっていくしかありませんね。昔の治療法にもどります。しかし、きらきらした分泌液(サルヴ)にはもうとっくにくるまれている」

「わたしだってそうさ、クルーグ16、ある意味ではね」

「まえには恥ずかしくて、この悩みをおおっぴらに話せませんでした。しかし、先生に話したあとでは、みんなにもしゃべっています。ひょっとしたら治せそうです。もっと早く口を滑らせてればよかった」

「スファイリコス族に口はないんじゃないか」

「仲間うちのジョークですよ、ドゥーク先生。特別なサルヴがあるのです。自分のでは効かないので、別のを使うことにしました」

「特別なやつかね、クルーグ16？ それは興味あるな。わたしのサルヴは効きめがなくなってきているようだ」

「ガールフレンドがいましてね、ドゥーク先生、いや、ボーイフレンドにあたるのか。どういったらいいんでしょう？ わたしの第五性に対するに、友人は第四性なんです。はすっぱ者だけれどエキスパートでありまして、特別な癒し薬をいっぱい分泌するのです」

「残念だが、わたしの体質に合う薬ではなさそうだな、クルーグ16よ。しかし、きみには特効薬かもしれん。特別か。みんな溶かしてしまうのか、異議や不服なんかも？」

「きらきらサルヴのうちでもいちばんの特別製です、ドゥーク先生。なんでも解いて溶かしてしまう。きっと怒れる足のところに届いて、ふんわりした永遠の眠りを与えてくれるでしょう。眠るのが本分であって、眠りは苦痛ではないと、きっとわかってくれると思います」

「わたしが――うう――失職するのでなければ、すこしもらって分析したいところだね。その特別な第四性の友人というのは、名前をなんというんだ？」

「トーチイ12といいます」

「ああ。彼女のことは噂に聞いてる」

ドゥーク＝ドクターの人生の最後の週がきたことは、いまでは知らない者はなく、みんながしあわせをさらに豊かにしようと知恵をしぼった。なかでも一番の功労者は、毎朝のいたずら者たちで、ことにアルクトス族は大奮闘だった。なんといっても、ドクターが死にかけているのはアルクトス族の病気のせいであり、しかもそれはアルクトスにとってはさほど重い病気ではないのだ。診療所をかこんで、彼らの騒ぎっぷりがあまりにも陽気で盛大なので、ひょっとしたら自分は死なないのではないかと、ドゥーク＝ドクターは疑心にとらわれた。

しかし、これは正しい態度ではない。そこで平司祭ミグマ・P・T・ド・Cは、あるべき態度を彼にたたきこむことにした。

「これは大いなる統合への旅なのですぞ、ドゥーク先生。〈一なるもの〉こそが個に勝るしあわせなのです」

「ああ、わかっているよ。だが、あんたは念の押しすぎだ。赤んぼうのころから教えられてきた。もうあきらめてるよ」

「あきらめる、ですと？　歓喜していただかなくては！　もちろん個は滅びます。しかし進化する〈一なるもの〉の不可決のアトムとして、大海における水滴のごとくに生きるのです」

「それはそうさ、ミグマ。しかし水滴だって、雲のなかにいた思い出にこだわることもある。空から落ちた思い出、小川を流れた思い出をなつかしむこともある。もしかしたら、こういうかもしれないぞ――〝この海には塩が多すぎる。消えてしまいそうだ〟」

「しかし水滴は消えてしまいたがるものです、ドゥーク先生。存在の唯一の目的は、存在をやめることです。それに、進化する〈一なるもの〉には、塩はあまり多くは含まれていないでしょう。何かが多すぎるなどということはありません。そのなかで、すべては一つのはずですから。塩も硫黄も一つに分かちがたく結ばれるのです。腐肉も魂も一つなのです。織りこまれ、溶けあう忘却に祝福あれ」

「行け行けどんどんか。やめてくれ、平司祭」

ドゥーク先生、行け行けどんどん、ですと？　なんだかよくわかりませんがぴったりですな。さよう、さいがっさいが、その偉大なる――ここでわたしも、かの師にならって言葉を発明していっよろしいですか？――その偉大なる〝行けどん性〟に向かって消えていくのです！」

「いやいや、ぴったりしすぎなくらいの言いまわしだ」

「至高の元質、すべての個性と記憶のしあわせな死、偉大なる無形性への生と死の統合です。また――」

「古い古いサルヴだ。もうそのきらめきもない」ドゥーク＝ドクターは悲しげな顔をした。「あの昔の名言はどうだったかな？　サルヴがねばつきだしたら、二度と身を剥がせない、か」

　ドゥーク＝ドクターはあるべき姿勢に立ち戻りそうもない。やむなくみんなで、その方向に押しやることにした。時間は少ない。死はまぢかだ。ドゥーク＝ドクターには、然るべき旅立ちは無理か、という空気が流れた。

　見たとおり、彼はしあわせな最期を不満たらたらで迎えようとしている。

その週が過ぎた。最後の夕べがきた。ドゥーク＝ドクターは診療所にうやうやしく火をつけ、数分後には自宅も燃えあがらせた。

火を燃やし、灰を散らし、最後の頌歌をささげた。聖なるイヌインを食べ、聖なるウルを食べた。とびきり苦い灰をひとつまみ舌で味わい、スペア色の夜空のもと、最後の眠りにつくために横たわった。

死ぬのはこわくはなかった。

「喜んであの橋をわたろう」と心にいった。「だが、それにしても、あの橋に向こう岸があってほしいものだ。もし無いとしたら、無いことを確認する自分でいたいものだ。人はいう――〝祈れば、しあわせな消え方ができる。聖なる忘却を称(たた)えよう〟と。しかし、わたしはしあわせな消え方を祈ることなんかせんぞ。地獄の火で永遠に焼かれるほうが、しあわせな忘却に落ちこむよりどれだけマシなことか！　焼かれるのがわたしであるなら、焼かれたっていい。わたしはわたしでいたいのだ。呑みこまれるのだけは永遠にごめんこうむる」

安らぎのない夜が過ぎていった。そう、夜明けまで眠らずへとへとになれば、楽に死ねるかもしれなかった。

「ほかの連中は、こんなにじたばたせずに死んでいく」と心にいう（その心を彼は失いたくないのだ)。「ほかの連中は、しあわせそうに呑みこまれていく。なぜわたしだけが急にちがってしまったのだろう？　ほかはみんな、どんどんどん消えていく。子ども時代の、大人になっての信仰はどこへ行ってしまったのか？　わたしのどこがそんなにユニークなのか？」

答えはなかった。

「何がユニークであれ、そいつをなくしはしないぞ。奪われたりするようなら、何億世紀だって泣いて吼えくるってやる。そりゃ、抜け目なく立ちまわるさ！　もしまた自分に出会ったら、すぐわかるように合図を考えておこう」

あと一時間で夜明けというころ、平司祭ミグマ・P・T・ド・Cが、ドゥーク＝ドクター・ドレイグのもとにやってきた。ドクターがいっこうに静まらず、正しい退場がおこなわれていないと、ドルクスやアルクトスが通報したのだ。

「たとえ話をひとつしましょう、ドゥーク＝ドクター。心が休まるかもしれない」と平司祭はひっそりとささやいた。「――大いなる安らぎに至り、大いなる慰めを見いだすかも――」

「行ってしまえ、あんたのサルヴにもう輝きは見えない」

「われわれは生きてはいないと考えてみなさい、生きているように思えるだけだと。われわれは死ぬのではないと考えてみなさい、大いなる無我の意識のなかに戻るだけだと。この世界の変てこなスファイリコス族のことを考えてみなさい――」

「スファイリコス族がどうした？　彼らのことはよく考えるよ」

「彼らはわれわれを指導するために置かれているのではないかと、わたしは思うのですよ。スファイリコスは完全な球体――偉大な〈一なるもの〉と似たタイプです。つぎには、それがときおりしわを寄せ、その柔らかい体表から小さな偽足を出すところを考えてみなさい。その偽足がほんの短い一瞬、自分を独自の存在と見たとしたら、それを変なことだと思いますか？　あなたは見て笑いますか？」

「いやいや、わたしは笑わない」いって、ドゥーク＝ドクターは立ちあがった。

「そして一秒もたたないうちに、偽足はまたスファイリコスの体に吸いこまれてしまった。人生もこれと似たようなものです。何ひとつ死ぬものはないのです。〈一なるもの〉の表面にさざ波が走っただけ。その偽足が自分を忘れない、忘れたくないなどという――そんなたわけた考えが受け入れられますか？」

「受け入れるとも。そいつのことを忘れてしまう十億の連中に代わって、わたしが十億年覚えていてやる」

ドゥーク＝ドクターは夜の闇のなか、丘の斜面をかけ登っていた。巨木も茂みもおかまいなく、それらの存在を永遠に心に刻もうとするかのように体当たりしてゆく。

「焼かれるのはいい。だが、焼かれているのが自分だとわかる何かがほしい」

暗がりのなかでわめき、つまずきながら、スファイリコス族の丸い小屋の並びをすぎ、さらに進んでゆく。めざす先にはひとつの小屋がある。――何やら定かでない評判のたっている小屋、個性がきらびやかに輝く、ほかに二つとない小屋だ。

「開けろ、開けろ、助けてくれ！」ドゥーク＝ドクターは、丘のつきあたりの小屋のまえに立ちはだかった。

「帰んなさい、人間！」なかから声が文句をつけた。「もうお客はみんな帰ったし、夜も明けてしまう。人間の男がここに何の用事があるんだろうね？」

疼くような闇の奥から、まん丸いきらめく声がした。だが、そこには途切れることのない独自性があった。あちこちのすきまから、きらめく途切れない独自性の色がもれだし、目にとびこんでくる。さらにそこには、〝出会ッタラ自分トスグワカル〟色のちらつきさえ見てとれた。

「トーチイ12よ、助けてくれ。聞いてきたんだが、ここには究極の悩みを解いてくれる特別なサルヴがあるそうだな。おまけにそれを使うと、解かれたものが必ずその悩みだとわかるともいう」

「おやおや、ドゥーク先生！　どうしてまたトーチィのところへ？」

「ふんわりした永遠の眠りにつかせたいものがある」うめくようにいった。「その眠らせたいものというのが、じつはわたしなんだよ。なんとか力を貸してくれないだろうか？」

「はいってはいって、ドゥーク先生。このトーチィは、はすっぱ者だけれどエキスパートですからね。お助けしますとも――」

ゴールデン・トラバント

Golden Trabant

浅倉久志訳

店にやってきた男は、物静かで足どりもひそやかだったが、そこいらの飼いならされた家畜ではなかった。自分がほしいもの、不足を感じたものを手にいれるためには、人殺しをもいとわぬ男らしい。しかし、小脇にかかえた包みを扱いかねているようだ。その男の肌はうっすら緑色を呈しており、荷物の中身もたぶんそんな色だろう、とパトリック・T・Kは推測した。

これがもっと古い時代なら、その男はさっそく船乗りのレッテルを貼られたことだろう。どう見てもその男は船乗りだが、彼が乗りこむ船はもっと希薄な海を往き来しているのにちがいなかった。小脇の荷物はじょうぶな包装の上から、古新聞でくるまれている。大きな包みではないが、ずいぶん重そうだ。

船乗りの体は痩せぎすだが、驚くばかりに筋金入りだった。パトリック・T・Kは肥満体だが、目だけは痩せて飢えており、けっしてごまかされることがない。その男がかかえた包みの重さを、パトリックは百二十ポンドと踏んだ。

もしそれがおなじかさの鉄だとすれば、目方は三分の一ぐらいにしかならない。たとえ鉛(なまり)でも、やはりそれほどの重さはない。パトリックは男の首すじに盛りあがった腱と、手の甲にういた静脈を観察した。男の脚の踏んばりぐあいをながめ、その包みを含めた男の重心の位置を計算した。水銀でもこれほど重くはあるまい。プラチナなら、逆にもう一割がた重いだろう。パトリック・T・Kもときおり判断ミスを犯すが、一割もの誤差を出したためしはなかった。

とすれば、この船乗りが売りにきたのは金塊だ。

べつにめずらしくはない。パトリック・T・Kは、この町のだれよりも密輸の金塊をたくさん扱ってきた男だった。

「聞いた話だが」と船乗りはいった。「だれから聞いたかはべつにして、あんたならおれが持ってきた品物を即金で買ってくれると思ってな。だが、買いたたこうとしてもむだだぜ。おれはもう売り値をきめてある」

「わしも買い値をきめてある」パトリック・T・Kはいった。「二万ドルだ。どういう札でほしいかね？　さあ、さあ、いいなさい、どうする？　二十ドル札か、五十ドル札か、百ドル札か、千ドル札か、それともまぜこぜか？」

「おれの売り値はもうちょっと高い」と男はいった。

「なになに？　あんたが小脇にかかえたそのちっぽけなパン一本にか？　一ポンド二百ドルの単価で百ポンド分。それがわしの出せるぎりぎり決着の値段だ」

「目方はもっとあるぜ」

「目方がどれぐらいあるかはわかっとるよ。だが、わしはきりのいい数字が好きでね」

「包みをほどこうか？　これを検査する場所はあるのか？」

「いや、そのままでけっこう。これがその代金だ。もし一枚か二枚不足していたら、不正直なまちがいだと思ってくれ」

「この品物を手に入れた場所には、まだもっとあるんだが」

「二週間にいちど、これぐらいの分量なら引きとれるよ。それじゃまた」

「中身を見ないのか？　どうやって中身に自信がもてる？」

「わしはX線視力の持ち主でね」

「ほう」

しかし、ひとりになるが早いか、パトリック・T・Kはほかの仕事をうっちゃり、まずドアに鍵をかけた。息をあえがせつつ、その包みを奥の部屋まで運んだ。にらんだとおりの重さだったからだ。彼は包みをほどいた。

こと金塊に関して、パトリックが知らないことはまずなかった。彼の知るかぎり、アフリカの金は、黄金海岸産でも南アフリカ産でも、やや緑色を帯びている。シベリアのコリマでとれる金はなめらかで、きわめて入手困難。シエラマドレ山脈の金は、グアテマラ産も、メキシコ産も、第二銅の色がまじっている。ミルン・ベイ産の金の思いがけない輝き、カナダ産の金のざらつきかげん、南アフリカのウィトワーテルスラントでとれる金の筋肉を思わせる表面、カリフォルニア産やメキシコのソノラ産の金の明るい色、そして、ミルン・ベイの上手のニューギニアでとれる白い金（ほとんど琥珀金の色に近い）も、すべてなじみがある。

だが、これはそのどれでもない。未精錬だが高品質で、ごく微量の第二銅がまじっている。その緑がかった色あいは、あの男の肌色にほぼ近い。パトリックはその金塊の重量をノートに書きとめた。産地欄の記入には、なんのためらいも感じなかった。彼はそこに〝地球外〟と書きこんだ。

これがその品物についての最初の記述だった。

のちに、その品物はサン・シメオン金（運送ルートにある中継地の名で、産地名ではない）として知られるようになったが、年季を積んだ宝石商で、密輸金塊の取引業者でもあるパトリック・T・Kの目はあざむかれなかった。

それからひと月たたないうちに、〈ウォール・ストリート・ジャーナル〉も、この新しい金を地球外の産物と言及した。この新聞の記者も、どこで知識を得たかはともかく、金塊についてはくわしかった。だが、なまじ正しい推測をしたため、〈ウォール・ストリート・ジャーナル〉は嘲笑の的になった。なにかのオペレーションのついでに宇宙船パイロットが掘りだしたものでないかぎり、そんな金塊が出まわる道理はないからだ。必要な掘削機械の輸送、宇宙探測の原始的な状態、それに、めぼしい金鉱がどこにも発見されてないことを考えれば、その経費はべらぼうに高くつく。地球外で金鉱が採掘されるのは、まだ一世代も先の話だろう。

その会社は四人の男から成り立っていた——さえぎるものなき天才のロバート・ファウンテン、無慈悲な無法者のジョージ・グラインダー、最後の征服者（コンキスタドール）で、最初の新人類かもしれないカルロス・トレビーノ、そして、死人の身元と死人の名前を騙（かた）っているアイルランド生まれの人殺し、アーパッド・シルド。

ある晩、このうちの三人がトレビーノの家で静かにぜいたくな食事をとっていると、シルドがとつぜんその部屋のなかに現われた。「ドアも窓も閉まっていたのにな」と、ファウンテンが彼らしい辛辣な皮肉を口にしたが、それは事実でないかもしれなかった。

「おれはあそこへ行ってきた。あんたらをあそこへ連れていってやる」シルドはだしぬけにそう切りだした。あいた席につくと、ボウルから手づかみでむしゃむしゃやりはじめた。

「おまえをすりつぶしたとしても、うちの牛たちの補助食料にさえならん」とトレビーノがいった。「いったいおまえは何者だ？　われわれをどこへ連れていくというんだ？」

「ゴールデン・トラバント。あの伝説のことを話しあってたんだろうが」

「わかった。その伝説のことを話せ。てっとりばやく」ロバート・ファウンテンがいった。「あんまり時間はないぞ」そういうと、自分の前のテーブルの上に、銃身のおそろしく短い拳銃をおいた。

「その形はビーム材か丸太ん棒みたいだ」とシルドはいった。「長径二千五百ヤード、短径千五百ヤード——体積は二立方マイルたらず。見たところは、いびつで先細りの丸太ん棒か、とがったほうの端にくびれのある卵だな。そいつがくるくるとんぼがえりを打ち、自転周期は三十分弱。この世にふたつとない性悪な岩だ。へたをすると、こっちがずたずたにされる。大気はないはずだが、いくら宇宙服を着ていても、肺がずたずたになりそうなガスがにおう。いっとくがな、あそこはけんのんな場所だ。しかし、金のかたまりだぜ」

それがゴールデン・トラバントだった。火星と木星のあいだで軌道を描く千八百個のおもなアステロイドのなかでも、むしろ小さいほうに属する。それから数年後にようやく測量が行なわれたとき、このアステロイドは〝有毒なもの（ヴェネナトス）〟という不快な名前を与えられた——しかし、それはある処置によってその性質が変わったあとのことだ。

「ここにはそれぐらいのサイズまでのやつを含めた、アステロイドの完全カタログがある」とグラインダーがいった。「くわしいことは書いてないが、どれにも番号がついていて、小惑星帯での相対的位置と速度が出ている。そのなかのどれと名ざしができるのか？」

「できる。だが、教えない」とシルドはいった。「あんたらをそこへ連れていってやるだけだ」

シルドは最初からエースで勝負するしかないのを知っていた。いったんこの三人を目的地まで連れていけば、むこうはこっちを生かしておく必要がなくなる。しかし、シルドが命を張るのは、これがはじめてではなかった。

おれは現地へ行ったことがあるし、その位置もよく知っている、とシルドはいった。その口調はめっぽう自信ありげなので、三人もシルドの言葉を信じる気になった。彼らは宇宙船を一隻買いこみ、それに乗りこんだ。

その宇宙船はおんぼろで、しかもエンジンは運転不能になっていた。カルロス・トレビーノが放出品として捨て値で買いとり、トレビーノ一族が所有する人里離れた海岸までタグボートで運ばせたものだ。ファウンテンの天才と、グラインダーの実行力によって、その宇宙船は航行可能になった。乗組員として十二人の若いヒスパニックの技術者が雇われたが、生きて自分の体験を物語ることができたものはひとりもいなかった。彼らは行く先でなんにでくわすかも、また、現地での採掘と積みこみがどんな苦しい作業になるかも知らなかった。彼らは宇宙へ旅立ち、そして、掘り出し物を積みこんだ。

宇宙船は帰還したが、乗っているのは四人だけで、十二人の若い技術者は影も形もなかった。最初の積荷。たった五週間の旅。トラバントはそんなに遠くなかったのだ。

生き残ることにかけて、シルドは抜群の才能を発揮した。彼のようにしぶとく抜け目のない男、一瞬たりとも隙を見せない男は、殺すのがむずかしい。二週間のもどり旅の途中、シルドは小さい個室にバリケードを築いてたてこもり、とうとう三人のリーダーも地球へ帰りつくまで彼を殺すのを延期した。むこうがそのての仕事をほとんど他人まかせにしているのを、シルドは知っていた。シルド自身、彼らの依頼で、十二人の若い技術者を殺さなければならなかったのだ。

ほかの三人が地球大気圏への再突入と安全な着陸に気をとられている隙に、シルドはいちもくさんに逃げだした。

「逃げきれるもんか」とトレビーノがいった。

着陸地の周囲をとりまいたジャングルを突破するのはむりだ。だが、シルドは突破した。トレビーノは自分の土地を細かく知りつくしており、シルドの足どりは手にとるようにわかるはずだ。だが、わからなかった。もっとも、シルドが持ち逃げできた量はたかが知れていた。百二十ポンドそこそこ。宇宙船が持ち帰った積荷ぜんたいからすればわずかな量である上に、どんな物語をしても人に信じてもらえないだろう。シルドはどんな物語もする理由がなかった。だから、そうしなかった。

しかし、シルドはどうにかこうにか港へたどりつき、北行きの船に乗りこんだ。そう、シルドこそ、パトリック・T・Kにあの最初の金塊を売りこんだ男なのだ。

これがほかの人間なら、それだけで満足して、あとはあの三人を避けて通ったかもしれない。シルドはちがう。にもかかわらず、あの三人はまた驚きを味わうことになった。こんどこそ宇宙船の名に恥じない宇宙船で二度目の出発にとりかかろうという直前、シルドがひょっこりもどってきたのだ。内陸のほうから大草原を横ぎってきたらしい。

「〝わたしがちょっと家をあけると、いつもこうなんだから〟——どこかの母親が、食われたばかりの子供の下顎骨と頭頂骨を手にとって、そういったそうな」シルドは三人へのあいさつ代わりにそういった。「おれをはずして出発するつもりだったのかい？こんどのニュースはえらく大ざっぱなんで、あやうく乗り遅れるところだったぜ」

「やつを殺せ！」とロバート・ファウンテンがいった。

「やつを殺せ、とファウンテンがいっても、ほかのふたりは顔を見あわせてるだけか。なあ、ファウンテンよ、こんなばつのわるい沈黙の場を避けるためにも、あんたが殺せといえばさっさと殺すような男を連れていくほうが利口じゃないかね？だけど、おれの殺しかたはえげつないぜ。おれはだれよりも長もちする、みんながへこたれたあとまでな」

シルドは三人に同行した。三人は、船積みの重労働が終わったあとでシルドを殺すつもりだった。往復の旅のあいだ、シルドにちゃんと当直をやらせてから殺すつもりだった。いずれそのうちに、シルドを殺すつもりだった。

二度目の旅で彼らが持ち帰った金塊は、二百トンにのぼった。さらに三度目の旅、そして、四度目、五度目の旅がつづいた。


サン・シメオン連邦の建国は、世界を揺るがしはしなかった。最初はだ。だれもそんな名前は初耳だった。ただのいたずらに思えた。たぶん無法者のたてこもった砦の名前だろう。

だが、この連邦は、建国初日に、隣接する中米人ふたりから承認をとりつけた。そのふたりは新国家の共同保護者となった。それればかりか、なかのひとりは新国家に自分の土地を割譲していた。トレビーノ一族の古いさびれた牧場を。これだけの保護の裏には、よほどの交換条件があるにちがいなかった。

その後まもなく、ずっしりとしたサン・シメオン・ドゥーロ（五十ドル金貨）が、世界の津々浦々に出まわりはじめた。

このドゥーロの出現は、その枚数と不釣り合いなほどの不安感をもたらした。一年目に発行された金貨は、おそらくぜんぶで二千万枚（つまり、十億ドルの価値）たらずと思われる。新興の小国のわりには巨額だが、世界のたががはずれるほどではない。だが、実際はあやうくそうなりかけた。

社会のなかへ金貨が姿を現わす習慣は、もうとっくに廃(すた)れていた。ずいぶん以前から、金貨は金庫室にしまいこまれたままで、それを兌換(だかん)紙幣に換算するために計算機が使われていた。ピカピカの金貨が市場に復活した状況にどう対処するべきか、だれにもわからなかった。それに、もしこの流れが、文字どおりの大河のはじまりだったらどうする？

すでにその流れの幅はひろがりはじめていた。中米の三カ国が金景気にわいた。ほかの国々もそのおこぼれにあずかった。

サン・シメオン連邦の謎は解けなかった。その国の正確な位置はまだ世界に知られていない。その国の政治形態もまだ確認されていない。その国の統計データは調べるにつれて溶けてなくなっていく。その国にはフエンテスという大統領がいる。モリネロという首相もいる――彼は粉挽(こなひ)き屋だ。トレビーノという外務大臣もいる。その国は世界一の堅固な通貨をもっている。その国の国技は、世界各国の通貨を手玉にとることだ。

ハツカネズミやドブネズミの巣に一ぴきの小さいトガリネズミがまぎれこめば、大騒動がおっぱじまる。トガリネズミはほかのどんなネズミよりも小さく、一ぴきで何百ぴきをも相手にすることになる。しかし、トガリネズミは相手を食ってしまう。生きながら食ってしまう。時間さえあれば、相手を全滅させるかもしれない。

それと似たことが、世界の紙幣――緑色の札や、白い札や、虹色の札の上に起きていた。代用貨幣（トークン）は、本物の前ですくみあがった。気まで育ちざかりの金貨の前にはひとたまりもなかった。

しかし、ネズミの巣がある程度まで大きければ、トガリネズミを封じこめることは可能だ。ドブネズミのなかには、巣から飛びだし、べつのトガリネズミを味方に雇ってくるだけの才覚と政治力をもつものもいるだろう。しょせん、金貨の水源をいつまでも隠しとおすのはむりなのだから。

秘密が洩れた理由のひとつは（そうするのはまちがいだとシルドが口をすっぱくしていい、ロバート・ファウンテンも同意したが、ほかのふたりは聞きいれなかった）、最初の宇宙船がぞくぞくと子を生みはじめたことだった。トレビーノとグラインダーは欲に目がくらみ、そそっかしくなっていた。ただの一隻にしておけばいいものを、二年目になると十二隻もの宇宙船をくりだした。つまり、五十人ないし百人の人間が、金塊の出所を知ったことになる。

岸はえぐられはじめた。黄金の流れは大河となった。奔流となった。一隻また一隻と脱走する船が出はじめた。脱走者たちは地球へもどり、出発地とはべつの土地に着陸した。そして、どこへ着陸しても、そこでまた新しい宇宙船を生みだした。

三年目には十数ヵ国がこの競争に参加した。いまや私掠船と公然の宙賊行為が幅をきかせていた。宇宙船は武装を備えた死の球体となり、恐るべき消耗ぶりを示した。しかし、金塊流入の洪水はやまなかった。

四年目になると、全世界の金塊輸入量は、もしそれをまだドルに換算できるならば、年間五千億ドルに達した。ドルそのものが、以前ほど堅固な通貨ではなくなっていた。トラバントも変化した。その自転周期は、いまや二十三分たらず。卵はひび割れ、あっちこっちで中身をえぐられ、とがったほうの端にあったくびれは、二本の角にはさまれた谷間になっていた。その角の片方を根もとから切断し、百万立方ヤードの塊に小さく砕いて、地球へ曳航しようというプロジェクトも生まれた。これはずいぶんな量の金塊だ。

ここらで腹黒い策略の出番が近づき、ついにはその策略が編みだされた。大量の金塊がこの世界に与えた効果は、それほどわるいものではなかった。その効果は、たいていの人びとにとってすばらしいものだった。しかし、ここに登場する小集団は、つねに通貨政策の決定という重荷をになっていた。彼らはこの無制限な金塊流入に不安を感じていた。これではいまに手綱がきかなくなる。そこで対策が立てられた。

切れ者ばかりの小委員会がある解決法を見つけた。自分たちの専門分野で、彼らは原因と結果を理解していた。彼らは怪しげな権威にもとづいて行動したが、その行動についての意見は分かれていた。しかし、ともかくそれは実行された。

彼らはトラバントを殺したのだ。

その小岩塊への処置はいちどでじゅうぶんだった。それを洗い流すことはできない。いったん処置すれば、それを無毒化するのは不可能だ。むこう千年間、そこは死の世界になる。というわけで、その小岩塊に最初の公式名称がつけられた。有毒アステロイドを意味するヴェネナトス。そこに近づいたがさいご、放射線の影響で、その人間の肉は骨から剝がれ落ちるだろう。

約三年で事態は正常にもどった。トガリネズミたちは共食いをはじめ、利口なドブネズミたちがふたたび巣を切りまわすようになった。新しい巨万の富は崩壊し、古手どもの袋のなかにおさまった。

どこかで、ついにその正確な位置は不明のまま、サン・シメオン連邦は（もはや高い保護料を支払えずに）独立を失い、ふたたびおんぼろ牧場になりさがった。

ある人間の手には、ほかの人間よりも金貨が長くくっついていた。ファウンテンとグラインダーの富はけっして涸れはてることがなかった。トレビーノは政治のひもで首を絞められた。こと志とは異なり、彼は自分の小国と心中することになった。

シルドはあれだけの金をどこでどう使ったのか思いだせなかった。金の出入りに無関心で、神経質なパートナーたちほど分け前をたくさん受けとらなかったような気もする。シルドは男らしく金を使った。湯水のように使いはたした。億万長者から浮浪者になることに、陰気なたのしみを味わった。やがて、アーパッド・シルドに残されたサン・シメオン・ドゥーロ金貨は、とうとう最後の一枚になった。

シルドは大笑いした。ここしばらく、なにかが自分の人生から失われていたようだ。そいつをまたとりもどせるかもしれない。金貨はすっかりなくなった。さあ、どうする?

また金塊をとりにいくさ。

放射線で人間の肉が剝がれ落ちるという、あの有毒アステロイドのヴェネナトスへ?

そうとも。シルドはその噂をあまり本気にしていなかった。

パトリック・T・Kがひとりで店にいるところへ、小さな重い荷物をかかえた頭巾の男がはいってきた。

「もう会えないかと思ってたよ」とパトリックはいった。「宇宙船の往き来が絶えたと聞いたんでね。しかし、これは意外だ。あんたはあのときの人物、最初の提供者だと思うが、顔がよく見えないな」

「おれには顔がない」頭巾の男はいった。「この品物をいくらで買ってくれる？」

「そうだな、十ドル」

「ポンドあたりで？」

「いや。ぜんぶで。ポンドあたりは八セント。汚染金塊に出せる値段は、そこらでぎりぎりだよ。もちろん、洗浄はできる。できないといってるのは、利口な人間だけさ。その手間賃をかけても、わしにはかなりの儲けがあるが、あんたの儲けはない。このての金塊は二束三文なんだ」

「そりゃまた安いな。この品物はまだもっとあるんだがね。ちょいとした分量が」

「週にいちど、これぐらいの分量なら引きとれる。週十ドルで生活していけるかね？」

「うん。おれはもうなんにも食わない――胃がないから。眠りもしない。ただ動きつづけるだけ。十ドルで生活していける」

「そのちょいとした分量もなくなったら？」

「また、とりにいくさ」

「あそこへいったらさいご、だれももどってこられないという話だが」

「おれはもどってきたぜ。だが、いまはあそこも静かなもんだ」

「わしにはめったに味わえない気分だな。なにか手助けしよう。あんたは目が見えないのかね？」

「そうらしい。だけど、残った感覚を総動員すりゃ、なんとか用はたりる。だから、手助け無用。おれはこの世界でたったひとりの幸福な男、黄金の壺を見つけた男さ。やつらにそれを奪われてたまるか。いつまでもあれをとりにいってやる」

「死んだあとまで？」

「そうとも。おれは宇宙の幽霊に会ったことがある。こんどはこっちもその同類になるわけだ。べつに一線を越えるわけじゃない。もちろん、いまも幻覚のなかで生きてるわけさ。苦痛は鈍らないが、物の見かたはたしかに変わる。最後の旅をして、おれはくたばった。おれも金塊も幽霊になったとわかれば、ずいぶんらくになるだろう。そう、煉獄の夜はたしかに長いが、永久に呪われたわけじゃない。まだ金塊があるんだから」

「あんたはわしよりも幸福な男だ。じゃ、品物をもらおうか」

「ほらよ、これだ」

しかし、その重くて小さい荷物をパトリックに渡したシルドの手は、ひびのはいった骨ばかり、手首のまわりに黒い肉がわずかに付着しているだけだった。

それを見てパトリック・T・Kは片眉を上げたが、それほど高くは上げなかった。密輸金塊の取引業者ともなれば、客種は種々雑多なのだから。

そして、わが名は

And Name My Name

伊藤典夫訳

1

われら言葉をなくすか減らすかしたという
何につけ、いわれたのは悪いことばかり
だが、われら尾なし猿七名
いたるところから来て、いま山を登る

彼らは決して楽ではない道をたどり、このクルディスタンの山地へやってきた。彼らの動きには、どこかこそこそしたところがあった。まるで透明な姿で来たかったようにさえ見えた。たしか前回も、それ以前からもずっとそうで、ほかのグループでもこれは共通していた。

やってくるグループはたいてい七名から成り、このグループも七名だった。インド方面から二名、大アフリカから二名、小アフリカ（ときにはヨーロッパとも呼ばれる）から二名、そして一名は小アジアからである。べつに規則があるわけではないが、どんな群れにもそういうバラエティがあった。

「おれはまえから、こんどのやつは本物じゃないと思っていた」と、日の出のジョーがいった。彼は小アジアの出で、図体が大きく、まだらの毛をしていた。「うん、いままでもやっぱり出しゃばり屋だという考えは変わらん。そりゃまあ、こっち以上にすごい力を見せたのは認める。われわれをひとところへ押しこめ、あれ以来、こっちはろくに話もしなくなったし、うまくしゃべれもしない。何をやっても、昔みたいにはうまくいかなくなった。たしかにやつは主人だろうが、それもいっときのことだし、やり口もけちなものさ。もっとも、その〝いっとき〟も、今日をもって終わりだ。おそらく今後は、われわれのうちの悲しむべき変わり種——逆もどりとはいわないまでも、はみだし者として記憶されるだろう。

しかし今日は、連鎖上の輝かしいひと刻みとなるな。われわれの絶頂期みたいに。われわれが世界と動物みんなに名前をつけ、位を定めたときみたいに」

「古い情報筋から聞いたわ」といったのは雨の森のメアリで、インド方面から来たブロンドっぽい、というか赤毛っぽい女性である。「〈鯨の時代〉はたいしたものだったと。派手さでは、わたしたちが取って換わったとき以上だった。そのときの話は鯨語で岩に刻まれていて、どこか遠い深い海の底にあるという。これを読める鯨は、いま七頭といない。だけど大烏賊で読めるのが何びきかいて、烏賊っていうのは名うてのおしゃべりだって。そういう話がいろいろ流れてるわ。

　ほかにも記憶に残るすばらしい時代があったけど、実態は、いわれているものとずれがありそうね。それから、あまりぱっとしなかったものもある。たとえば〈ハイエナの時代〉とか、目下の主権者（わたしたちとそっくりでいながら、およそ似ていない）の時代――それももう終わりかけてる。わたし個人は終わってよかったと思うけど」

「新来者は優雅な雰囲気をもっているな」と草原のキングマンがいった。大アフリカを代表してやってきた男性である。「この新来者も、てっぺんから落ちてくるやつとは違う意味で、われわれとそっくりでいながら、およそ似ていないといわれている。その姿はまだ見えないが、優雅そのものであるのは予知されている。ああ、しかし、われわれだって短い治世のあいだ優雅ではあったのだ！　聞くところでは象もそうだった。〈イルカの時代〉にも、なにか特別なものがあった。しかし、この飛び入りの食わせ者には、たいして特別のところはなかった」

「だけど、もしこんどの集合と来臨で、おれたちがもっとはずれるとしたら？」と身軽のリンガーが心配そうにたずねた。「もっと言葉や技が削られてしまうとしたら？　おれたち自身の後退はどうしたらいい？」

「にやりと笑えばいいさ」と日の出のジョーがすこし憤然としていった。「歯ぎしりすればいいさ。おたがい慰めあうんだ、やつのほうがもっと後退するんだといって」

「やつ？　誰？」とキングマン。

「割りこみ屋さ。この短かったいびつな時代に、われわれを治めていたやつだ。〈割りこみ屋の時代〉はいつも短くて、終わるときにはすべての特長が消え、これまでの霊長のなかに吸収されていく」

「わたしたちといっしょになるの？　ウグッ！」と雨の森のメアリが声をあげた。

この群れは七名というか七ひきの生き物から成り、小アジアから来た日の出のジョーが、自他ともに許すリーダーと見えた。遅いけれども着実なその足どりは、靴やマントに慣れていないかのように、どこか痛々しかった。だが履き物であれ衣類であれ装備は充分で、みんな砂漠の民が着るような、山地の民ではあまり見かけないような、白や灰色のマントですっぽりとおおわれていた。頭巾をかぶり、ベルトをきつく締め、背嚢や巻いた毛布を背負っていた。大きな灰色の手袋をしているので、ほとんど手がないように見え、頭巾や防寒具のなかで、ほとんど顔がないように見えた。

しかし、よくよく目をこらせば、二つの事実は隠せなかった。観察おこたりない大きな茶色の油断ない目（その目はすでに一万世代にわたり、控えめな観察をつづけてきたのである）、そして顔や体が外にのぞいている個所でははっきりとわかる毛深さだ。

さて、彼らにはめざす目的地があり、そこへ向かう途中なのだが、そのようすはひどく不安げだった。ところでこの七名は、地球上に残存するその眷族何種かのなかで、いまだに言語と抽象的思考の能力を保っている少数の者だった。それにしても、彼らの近しい仲間からこうした能力が失われてしまったのは、どのような暗い日のことであったのか？

しかもこの特色は、出会いの場めざして進む、たがいにおよそ無縁な多くの群れのほとんどどれにおいても共通していた。これはエランドやアンテロープの群れ、豚や河馬の群れ、驢馬や縞馬、鷲や鶴、アリゲーターやガビアル、イルカや鮫の群れにおいても、みんな共通していた。彼らは圧倒的多数のなかから選り抜かれた少数のエリートであり、大多数が失ったエリートのある種の属性をいまだに保っていた。

2

クレタを横目に氷山に乗り
北極熊がやってきた。それからマンモス
つぎは痛々しいがに股のクロコダイル
はたまた鯨がクルディスタンに

はじめは近東一帯に、やがては世界中に、〝見えない動物〟にまつわるふざけた目撃報告と陽気な騒ぎが広がっていった。当然、人間のように歩いたり話したりする熊もいて、彼らはロシア方面から来たというもっぱらの評判だった。あるジョークによれば、イスタンブールのバーに熊が一頭現われたという。熊はシックな身なりをし、葉巻をくわえ、カウンターに百リラ札をおいて、ラムのコーラ割りを注文した。

バーテンダーはどう応じてよいやらわからず、奥の事務所に行って、ボスに相談した。

「飲ませてやれ」とボスはいった。「ただし、九十リラの釣はやるな。十リラだけ返せ。天才動物には、天才なりの代償を払わせろ」

バーテンダーはもどって、いわれたとおりにし、熊は黙ってグラスを傾けた。沈黙に耐えきれなくなったところで、バーテンが口をひらいた。「熊が酒を飲みに来るっていうのは珍しいね」

「一杯九十リラじゃ無理もないさ」と熊はいった。

その時期、ものいう動物をネタにしたジョークが何千と生まれた。だが、ふつうのジョークと違うのは、どれもが一言一句に至るまで事実であることだった。

さて、つぎには見えないアフリカ象の群れ（なぜアフリカ象が、白昼の野天で目に見えないなどということがありうるのか？）が、シナイ半島の荒れ地を抜け、さらにシリアの砂漠地帯をどこまでも歩いていったという話がある。七頭のたいへん大型のアフリカ象で、まわりであんぐり口を開けたやじ馬に向かい、礼儀正しく話しかけた。世界でわずか七頭生き残った、ものいうアフリカ象であり、ほかはみんなとうの昔にしゃべる能力を失っていた。もちろん、こういう常識はずれの象を目撃したと認める者はなかった。発狂を認めるに等しかったからである。

長い乾燥した土地を、苦痛に耐えながら旅してきた大型のクロコダイルの群れがいた。

大アフリカから、ふんふんと鼻うごめかせてやってきた縞馬やキリンの群れがいた。黒や黄褐色のたてがみを生やしたライオンの群れがいた。駝鳥やアフリカ水牛や大蛇ボアがいた〈蛇の時代〉があったのは遠い昔のことだ〉。どれも大きな群れではなく、五頭か七頭か、せいぜい九頭だった。みんな、どちらかといえば種族のなかで優秀な個体であった。みんな、ものをいうことができ、理性をそなえていた。みんな、態度は垢抜け、苦いユーモアをたっぷりふりまいたが、そのくせ誰もが、恐怖の弟分ともいえる不思議な衝動に取り憑かれているように見えた。

こうした〝見えない動物〟を見たと認める者はいなかった。だが、そういうものを見たと、独特のおどおどしたようすで打ち明ける者は多かった。大角鹿(おおつのじか)の群れを見た者がいるという噂が流れた。大角鹿はすでに数十万年まえに絶滅しているが、そんなことは問題ではなかった。レポーター風のおどけ者というのは、どうやらあとを絶たないものらしい。また、この稀少な鹿の群れが、自分たちは種族の末裔だといったことも事実だった。

地中海の東側、キプロス島の近くを、二つの浮島が動いてゆくのを目撃した者も多かった。浮島のひとつには、南米から来たさまざまな動物が乗っていた。もうひとつには北米大陸生まれの雑多な動物が乗っていて、見るも痛ましいほどこみあっていた。少なくともそのうちの半分は、すでに絶滅したと思われている動物だった。おそらく何種類かは、何百年も巧みに身を隠した末、いまついに〝見えない動物〟として現われたものであろう。

　しかしそれ以上に変わった生き物が、インドやイランの平原を越えて近づきつつあった。ぴょんぴょん跳ねる動物である。じっさい彼らの動きは、フルスピードでとばしているときには、ギャロップで走る馬の後半身、または前半身のない馬を思わせた。大きなカンガルーとか小さなワラビーとかその仲間である。しかし彼らがこんなところで何をしているのか？　彼らにまじって、オーストラリアやニュージーランド、タスマニアやインポッシブル諸島生まれの生き物たちもたくさんいた。

　それはそうと、クレタ島を横目に見て、小アジアへと向かう小さな氷山に乗っていた北極熊の群れはどうなったのか？　氷山にはオットセイの姿もあった。風下にあたる氷山の陰では、トドたちが遊んでいた。何といっても奇妙なのは、氷山上では小さな吹雪が絶えまなく吹きすさび、周囲には海水の泡だつ灰色の円があり、一帯の海とはっきり違っていたことである。

　しかしクルディスタンの山地に鯨だと？　なんだなんだ、それは？　さよう、その年は河川の水位がたいへん高かったのである。あちこちに水路が生まれ、古い水路の一部は点々と連なる湖となっていた。それにしても山地に鯨とは！　たしかにこんな話は、眉に唾でもつけなければ口にすることもできない。それでも、あちこちで話は語られていた。

　では、空から降りてきた天使の件はどうなのか？　天使は高原地帯に降り立つと、なにか嬉しい悩みを抱えているように見えたという。男が、自分は天使ではないと語ったのは事実である。ただの人であり、名前は〈人〉であるといった。なるほど、男の姿は人間とよく似ていて、あまり天使らしくなかった（といっても、天使がどんな格好をしているか誰も知らない）。男は人間らしかったが、たいへん上等な種類の人間に見えた。もっとも、これもまた仮定的な言説であって、そもそも男と個人的に会ったことを認める者はひとりもいないのだった。

　それにしても、鯨が山に登り、〈人〉という名の新しい特別な人間が現われるとは！　加えて、何千という天才動物たち。これが全部、おどけ者たちのふざけた報告だろうか？

3

われらにとっては、輝く魔法の装置
世界はただのパン屑になり果てた
われらがいまだ人ではないのなら
いったい人はいつ現われる？

しかし地球上のそのおなじ土地で、ほかにも七人のきわめて特別な人間の出会いが生じていた。——というか、ある種の人為的なめぐりあわせによって、出くわしたといったほうが正確かもしれない。彼らが人間であることは疑いなかった。しかし彼らが取り上げている話題のなかには、本日あるいは翌日をもって、彼らの人間性が否定されるかもしれないという報道がはいっていた。

七人はイラク北部の都市モスルにいて、そのインターナショナル・ホテルの人目につかない集会室で顔合わせした。彼らはモスルの彼方に向かう旅の準備をしていた。モスルの彼方といっても、どちらの方角なのか？　さて、それこそ彼らが首をひねりながら論じている本題だった。モスルの東とか南とか西とか北とか上とか下ではなさそうである。ただの彼方、モスルのほんのすこし彼方なのだ。

七人はつぎのような特別な人間から成っていた。アナトール・ケシシュは、トルコ＝ギリシャ＝アルメニア人の血をひく都会派の知識人。ヘレン・ルーブリックは、偉大な女性にして永遠の謎。トイ・トンクは、まるで花をいけるように哲学理論を構築する欧亜混血の若い女性。ハタリ・ナフーブは、陸地も文化の境界も超えるカリスマ的な黒人。リサ・バロンは目も髪の色も明るい民族の出で、ほかの六人に比べれば考え方もしゃべり方も明るい。チャーリー・ミカケは、アメリカ・インディアン六部族の血をひくほか、フランス人、アイルランド人、黒い目黒い髪のオランダ人、それにユダヤ人の血までまじっている。ホルヘ・セグンドは、世界のラテン民族をひとりに煮詰めたような男だが、なかでは古代ローマ人の血が勝っている（ある識者によれば、われわれは古代ローマ人がイタリア人であったことを忘れ、イギリス人だと思いがちで、これはとんでもない間違いであるという）。

彼らはそのすばらしい知性を、さながら液体宝石のようにしたたらせていた。これはわれわれにしても、言葉ではうまくいいあらわせないイメージで、彼らの断片的な言語では不可能に近い。

この七人が、わけもわからない使命のためになぜ選ばれたか、その理由は謎だった。

しかし七人は、誰からの指令も示唆もないのに、世界中からここに集まってきたのである。一種の心理・生物学的衝動につき動かされるままに、この瞬間この場所にやってきたのだ。

「とにかくこうして集まったわけだが、なぜかというのがよくわからない」ホルヘ・セグンドがいった。「みんな個人的には見ず知らずで、ただその名声を通して多少知っているにすぎない。呼ばれはしたが、呼んだのは誰なんだ？　まるでレミングみたいにやってきたぞ」

「レミングたちも今日着いたわ」とトイ・トンク。「でも七ひきだけ。パニック状態でもなかった。それはこちらも同じなんだけど、ここはあわてるべきところじゃないのかしら。これはもしかしたら〈幼年期の終わり〉なのよ、前世紀の大クラークが予言したような。いよいよ〈人間の第二期〉にはいるのかしら？　そしてわたしたちは、つぎに到来する人（これまでの報告によると、この〝人〟はあらゆる意味で単数形であるという）から見たら、子どもみたいになってしまうのかしら？」

「おそらくこれは新しい夜明けなんだわ。おなじクラークがいった〈九十億の神の御名〉のまたひとつの顕現で、わたしたちは強化されるか、さもなければ子ども以下の存在に縮こめられてしまうのよ」リサ・バロンが明るくいった。「でも何かが起こっているようには思えないわね」

「今日わたしはラクダと立ち話をした」とチャーリー・ミカケがいった。「それでも何も起こっていないって？　〝見慣れないへんてこな動物連中が通りすぎていくが、これをなんだと思う？〟そうラクダがきいた。〝かなりの難問だぜ。それと、おれがしゃべってるのをどう思う？　おれも含めて、うちの種族では数えるしかいないがね、もうずいぶん長いことしゃべっていない。まだキノコが皮かむりで、あんたがよちよち歩きの時分からだ。変な話じゃないか、え、猿さん〟、〝わたしは人間であって猿ではないよ〟そう答えたんだが、すこしこわばってしまったね。しかしラクダとそういう会話があったこと自体、何かが起こっている証拠じゃないのかい」

「多分あんたの頭のなかだけの出来事だろう」とアナトールがからかった。「わたしも今日はいろんな種類の動物と話しあった。その全員が、これは異常な能力だといってる。口がきけるというのは、連中のあいだでも稀なことなのだ。だがそれだって、いままで見ず知らずのわれわれ七人が、こうやって集まって話していることに比べれば、たいして不思議でもないだろう」

「そう、われわれは魔法の七人だ」と醒めた口調でいったのはハタリだが、目にはどこか浮かされたような光が宿っていた。「歴史上のどの時代にも（そのなかで、われわれの時代は最後から二番目のものだろうと信じているが）、かなめの時点になると、精神磁気に引かれて七人の魔法の人間が集まってくる。われわれは全生命のスポークスマンなんだ。しかし、もしスポークスマンだとしたら、いったい何を誰に向かっていえばいいんだ？」

「もしわたしたちが人間であるなら（今日の今日まで疑いもしなかったけど）、話す相手はわたしたちの変異体（あの謎めいた輝く男）で、何をいうかは話しかけるその瞬間にわかるはずだわ」ヘレン・ルーブリックは、目を半眼にしてつぶやいている。「けれど、今日の件はなんだか不安で、わたしたちはぎりぎりの縁に立たされているように思えるのよ。道具立ても舞台装置もなにかおかしいの」

「何をいいだすんだ、ヘレン？」とホルへ。「舞台装置がどうしたって？」

「調子が悪いの。くるいが出てる。画像も音声も二重になっているみたいよ、ホルへ」

「なおせないのか？　おいおい、おれは何をいってる？　一瞬、スクリーンのなかのアニメ画像みたいに思えてきたじゃないか。しかし、これはテレビ装置じゃない。もっとスケールの大きいものだ」

「これは全世界装置なのよ、ホルへ」とヘレン・ルーブリックがつぶやく。「それに、わたしたちが自力でなおすには、故障が大きくなりすぎてる。その新登場の人間にはなおせるかもしれない。だけど、わたしたち自身が縮小され、格下げされているような気がするの。朦朧とした箱のなかに入れられ、狭い片隅に追いこまれてしまったように。今日わたしは分身と出会って、話をしたわ。名前は雨の森のメアリというの。彼女、わたしを姉妹みたいに悲しそうに見ていた。そしてもし、わたしたちが皮一重で姉妹だとすれば、違いはあちらの皮のほうが厚くて毛深いだけ。ちっとやそっとでは動じないくらい作りもタフかもしれない。彼女が何の種かわかるけど、わたしはなんという名前の動物なのかしら？

彼女が話をするというのも変だった。ひとつの時代の最後の七日間だけに起こるっていたわ。そういえば、そもそもわたしが話せるというのも同じように変な気がする。七日以上まえから、こんなふうに話していたのかしら。わたしたちの時代はたいへん短くて、よけいなものだったと思う」

モスルのインターナショナル・ホテルの集会室には、どこかのスキー・ロッジを思わせるものがあった。暗い夜、はだかの火を囲んで、雪の斜面をかけまわった疲れをいやすのだ。はだかの火だと？　雪の斜面だと？　そんなものはすべて幻覚だ。

むしろそこは洞穴のように思われた。はだかの火であろうが何であろうが、洞穴の壁では光と影がゆらめき踊っていた。そして時代の終わる夜、彼らの話し声はますます朦朧としてきた。

そして朝になった。前夜はそんなに長いものではなく、わずか数時間程度のものだった。過ぎた時代はそんなに長かったわけではなく、せいぜい三万年か、四万年くらいのものだった。その朝、彼らは旅立つと、モスルのほんのすこし彼方をめざした。魔法の七人が、その魔法のはじまりとなるか終わりとなるか、いずれかの朝を迎えたのだ。

4

文明、落ち着きのない猿もどきの生
一時的な派生物
そしてなぜか、鉄筋コンクリートの巣は
様式に乏しい

輝く男はどこかから着いたわけではなかった。どこから来ようが、あらゆる経路は、何かかにかの生き物によって見張られていた。ところがいま、活気づく山のてっぺんに男は立っていた。男の姿は、彼らがじっさい見るまえに想像した姿と、かなり似かよっていた。輝くというほどでもなく威圧的な感じもなく、経験不足のような、愚かといっていいくらいの顔つきで、表情は複雑でもなく魔術的でもない。ただし、やることはてきぱきし、どこか板につかない優美さがあった。

不安げなところはない。不安はもちろん、彼ほどの卓越した存在にはありえないことだ。だが仕事は多く、つらそうなようすはあった。

活気づく山は、平らな低い山といった程度で(といっても、周囲の山に比べれば高いが)、生き物におおわれていた。列をなし層をなし段をなし、群れ、集まり、勢ぞろいしている。生き物たちは数知れず、地球全土を埋めつくさんばかりで、じっさい平たい山はほとんど隙間がなかった。

男は生き物を呼びあげ、名づけていった。おおらかな権威をみせて、つぎからつぎへと種に声をかけ、送りかえした。また言葉を失い、訪れる新しい時代のために、ふたたび割り当てられた場所、割り当てられた仕事へもどってゆくのだ。

ミミズ、かぶと虫、糸とんぼ、蜜蜂、いなご、せみが現われ、去っていった。これから彼らは、以前とはほんのすこし変わった世界で、ほんのすこし新しい任務につくことになるのだ。もず、鷲、鳩、こうのとりが、こみあった空を飛んできた。彼らは話し、ときには文句をつけ、納得し、あるいは納得しないまでも任務を受け入れた。そして羽ばたくと、言葉はなくしたものの、あいかわらずけたたましく飛び去っていった。

時はゆるんで折り重なり、男が堂々と指図をつづけるあいだ、太陽はほとんどその場から動かなかった。空間もまた多元化していた。そもそも普段の状態であったら、平らな山にこんなに何千という種をおさめられるわけがないのだ。

「わたしたちは最後のほうでしょう」リサ・バロンが魔法の仲間たちにいった。「いちばん高等な種族だし、万物の霊長だから、指示や評価は最後に出ると思うわ。第一期の人類として推賞と認可を受け、あの変わり種の生き物の介添えで（あまり適役には見えないけど）第二期にはいるのよ。みんな気をひきしめて、まじめに彼と協議するようにしましょう。彼の官職のほうが、彼その人より大事だと考えることね。こちらは巨人で、向こうは小人だけど、地位はこちらより高いのよ。わたしたちの上に立つ任務を与えられているんだから」

「われわれは最後じゃない」とホルヘ・セグンドがいった。「呼びだしと指示がみんな同時だというのに気がつかないか？　なのに、われわれは待っている。まるでほかのみんなの存在には気づいていて、われわれにだけは気づいていないみたいだ。おおかたわれわれの達成したものに嫉妬しているのだろう。しかし木々や草までが、やってきて帰っていくのが見えないか？　ちょっとのあいだやつと話し、また言葉をなくして、元の場所へ下がっていく。いま目のまえで起こっているのは、エコロジーの脱自然化、生態学的バランスの超自然化なんだ。自然の世界はいつもバランスがくるっていた。人類なしでは、また人類以前には、バランスのとれたエコロジーはありえなかった。だとすれば、なぜわれわれは自分の治世のあいだにそのバランスを生みださなかったのか？　われわれは人間じゃないのか？」

鯨たちは、何やらおおいに満足し、おおいに安堵したようすで去っていった。しかし男がしたことといえば、祝福を与え、「おまえの名前は鯨である」といっただけなのである。

いくつかの種とは長い会話がかわされ、こういうとき男は否応なく雄弁になった。しかし長い対面もさほど大きな時間はくわなかった。すべてが入れ子式に重なり、同時に起こっていたのだ。

「おまえの名前はライオン……おまえの名前はバッファロー……おまえの名前は驢馬」と男はつづける。いまや疲れぎみで、たいへんな労苦に耐えているようだった。しかし生き物たちに名をつけ、役目を与える仕事はやめなかった。どの場合にも議論や指示は盛りだくさんだったが、ほとんど時間はとらなかった。たとえば「おまえの名前は豚である」は、その全文中にすべての議論と指示が盛りこまれていた。言葉は、ビルの完成時にとりこわされる建築用の足場を思わせた。「おまえの名前は鯉である」はみごとに完成した構造をもち、力点のかけ方にも組み立てにもひとかたならぬ注意が払われていた。

「おまえの名前は尾なし猿である」男は苦しみに耐えながら、ほほえんだ。

「いや、いや、いや、われわれは人間です」と叫んだのは日の出のジョー、小アジアから来た大きなまだらの毛の猿である。「猿などではない。そう呼んだのは、あそこにいる見苦しいはんぱ者です。やつが正しいなんてことがあるのですか?」

「それはないし、あの者自身のことで正しいことなど何ひとつない」と男はいった。「しかしあの者は自分を知らなかったのだ。あれはただの空気だ、雑音だ。おまえが名前をつけた日のことは覚えているだろう。ライオン、バッファロー、マンモスなどとつけていった。このはんぱ者にも短い時代があった。名づけたように聞こえただろうし、じっさいいったのかもしれない。ここで、わたしがちゃんと名づけよう。〝おまえの名前は尾なし猿である〟さあ行って、自分の持場(ニッチ)につきなさい」

話はそれだけではないが、どの対面のときともおなじように、あっという間に終わった。雨の森のメアリ、草原のキングマン、身軽のリンガー、その他の仲間から嘆きの声があがった。毛深い顔がのぞき、大きな茶色の目が涙をうかべていた。しかしやっと受け入れ、立ち去るときには、得心がいき、落着きももどったようすで、言葉は失ったもののあいかわらず騒々しく、マントやマフラーを脱ぎ捨て、元の毛深い姿にもどっていった。彼らは尾なし猿の地位を保証され、いままで以上に充実した生に帰ったのだ。

どうやら残りはひとつの群れだけになったようだった。じっさいどの群れからも、それが最後に残った群れのように見えた。それでいながら、すべての群れにほかの群れを命名する声が聞こえた。というのも、すべては同時だったからである。

「さあ、こっちだこっちだ、先生」とアナトール・ケシシュが男にいい、両手をたたいて注意をうながした。「さて、動物連中をかたづけたからには(まあ、ときどきしゃべりすぎもあったが、けっこううまくやったんじゃないか)、われわれと会談にはいる時間だ。まず世界状況をざっと説明しよう。そのつぎに、あんたに与えられた特別使命とメッセージを聞くことにする。われわれもそのメッセージを長いこと待っていたんだが、正直なところ、もうすこし貫禄のある使者が来ると思っていたよ」

「おまえに名前はない」と男が無愛想にいった。「おまえという種は、今日をもって別個の存在としては消える。もともと確立した種ではなかった。体も魂もない。空気と雑音ばかりだ。おまえたちを出しゃばり屋、はんぱ者と呼んだ動物もいたが、そのとおりだ。埋もれてしまえ! 無に帰れ!」

「いや、いや、いや、われわれは人間です」ホルヘ・セグンドの叫びは、あのまだらの猿、日の出のジョーの叫びと変わりなかった。「われわれは万物の霊長です。世界文明を築いています。〈人類の第一期〉にあたるものです」

「おまえたちは〈猿類の第二期〉にあたる。それも短い欠陥だらけの時代だった。いままでにも、こういう破産に終わったはんぱな時代、時代ともつかぬ時代はあった。おっと、そうだ、おまえたちの残したガラクタを処分する仕事をまかされていたんだ」

七人の人間、というか〝元〟人間から、とつぜん魔法が消えた。その姿からはがれ落ちたかけらは、地面の上でクラゲのようにきらめいた。

「われわれは核分裂を開発した、宇宙旅行もできる」ハタリ・ナフードが抗議した。「大きな都市があり、ありとあらゆる建物を建てている」

「わかっている」と男。「おまえたちは群居生物だ。だがおまえたちの巣や建物には、庭師鳥(にわしどり)や蜜蜂やアフリカ白蟻にあるような様式というものがない。もっとも、おまえたちが都市と称する鉄筋コンクリートの巣を作るにあたって、どういう作り方をするか、ちょっとようすを見たこともある。おまえたちは石灰や鉄鉱を食べ、それらを吐き戻しや排泄物と混ぜあわせているか？　グロテスクな建築法だが、おまえたちみたいな群居生物の盲目的・本能的行動は、わたしのような思考する生物にとっては、いつだってグロテスクに見えるのだから仕方がない。しかし、おまえたちはなんと無思慮で不経済だろう！　この鉄筋コンクリートと木材と石とクロームの巣――おまえたちが何十億という仲間のために作った巣は、そこらの蟻塚に比べて、場違いで無思慮で役立たずもいいところだ。行け、心をもたない群居生物よ。目ざわりだ」

「しかし、われわれには文明がある。電磁気複合体や原子力複合体をもっている」とチャーリー・ミカケが歯向かった。

「蛍の尻にも明かりがつくよ」と男。「行け。おまえの短い時代は終わった」

「だけど、美や芸があるわ」トイ・トンクが声をあげた。いまにも涙の芸を見せそうなようすだ。

「モッキングバードのように歌えるか、孔雀のように見せびらかせるか？」と男。「おまえたちにどんな美や芸がある？　さあ、行け」

(これは決して長い議論ではなかった。おしゃべり好きのカラスなどは、もっと長くごねていた。それに、これもまたほかのグループへの命名と同時に進行していたのだ)

「行かないわ。まだ名づけてもらってないのよ」ヘレン・ルーブリックがいった。

「名前はいわないほうがいいだろう。いまのままでも、おまえたちは縮こまっていく。都市の巣にもどって、朽ち果てていくがいい。言葉はでたらめになり、速やかな衰退がはじまる」

「そうか、あなたの正体がわかった」リサ・バロンが声をはりあげた。「あなたは創世(ジェネシス)神話なのよ。もっとはっきりいえば、処女発生神話(パーセノ・ジェネシス)。どの言語にも〝処女(パーセン)〟の男性形がないのは変だと思わない？　神話がなぜ苦しげな顔をしているかもわかったわ。それはもう、産みの苦しみでしょうからね。わたしはいろいろな才があるけど、医師でもあるの。産婆をしましょうか？」

「いや、その必要はない。ひとつ話しておこう、名なしの種の女よ。どんな神話も、充分なときが流れれば真実となる。昔、ミミズの偉大な神話があった。おまえたちについても、ある種の神話のようなものがあった。女よ、おまえは同胞よりいくらか多くのものをもちあわせている。何かが起こるまえに、おまえたちが来て、去ってしまうのは残念なことだ」

「われわれは去らない、われわれは消えないぞ」アナトール・ケシシュは強情だった。

「誰だって何かの役に立つ。できることはないか？」すると彼の口から、器用さは永遠に失われた。

「できるのは屈従と後退だけだ」と男はいった。

「おい、最後に教えてくれ、われわれのほんとうの名前は何だ？」とハタリ・ナフーブがたずねた。それが彼の発した最後の言葉になった。

「おまえの名前は尾なし猿だ」と男はいった。「もっとはっきりいえば〝二等尾なし猿〟だ」

白い顔黒い顔がのぞき、青やグレイや茶色の目に涙がきらめいた。七人も先刻の七名のあとにつづき、永遠に言葉をなくし、マントやマフラーを脱ぎ捨てた。すでに都市の巣には荒廃の影がさしているだろう。自分たちの精神や技能も失われかけていると知っているが、やがてはそれもわからなくなり、いっさいは無に帰るのだ。

大河の千の岸辺

All Pieces of a Rivershore

浅倉久志訳

もとのそれは、とても長くて、不規則で、信じられないほど入り組んだ詳細な川岸だった。やがて、そこに奇妙なことが起きた。切り刻まれて、こまぎれにされたのだ。ある断片は折り畳まれ、圧縮されて梱包になった。べつの断片は心棒に巻きつけられた。またべつの断片は、よりいっそうこまぎれにされ、装飾やインディアンの薬として使われた。巻かれたり、梱包にされたりした川岸の断片は、それぞれ納屋や古い倉庫、屋根裏部屋や洞窟に落ちつくことになった。あるものは地中に埋められた。

にもかかわらず、大河そのものは、まだ物理的に存在しているし、その岸辺も存在しているから、調べようと思えばそこへでかけて調べられる。だが、あなたがいまその大河の流れにそって見いだす岸辺は、折り畳んで梱包にされたり、心棒に巻きつけられたりした古い岸辺とまったくおなじではないし、屋根裏部屋や洞窟で見つかる岸辺も、まったくおなじではない。

その男の名前はレオ・ネーションといい、金持ちのインディアンとして知られていた。しかし、いまの彼の富は、すべてコレクションの中にあった。詮索好きで、収集癖のある男だったからだ。彼には牧場の牛があり、小麦畑があり、小さい油田があったが、そこからの収入をぜんぶコレクションにつぎこんだ。もし、もっと収入があれば、もっとコレクションが大量にふえていたことだろう。

彼の収集品の中には、古い拳銃や、古い球形砲弾や、砥石や、初期の風車や、馬が曳く脱穀機や、亜麻すき櫛(ぐし)や、幌馬車や、真鍮(しんちゅう)のたがのはまった樽や、野牛革のひざ掛けや、メキシコ型の鞍や、スリックホーン型の鞍や、かなとこや、アルガン灯や、ろうそく立てや、干し草ストーブや、調馬用の端綱(はづな)や、焼きごてや、炊事用馬車(チャックワゴン)や、ロングホーン牛の角や、ビーズつきのサラーピ毛布や、メキシコとインディアンの革細工や、バックスキンや、ビーズや、羽根や、リスの尾で作った足飾りや、矢じりや、鹿革のシャツや、蒸気機関車や、市電や、水車の輪や、貨物運送船(キールボート)や、二輪馬車や、牡牛のくびきや、古い家庭用オルガンや、バイオレンス小説や、古いサーカスのポスターや、馬具の鈴や、メキシコ製の荷馬車や、タバコ屋の看板である木彫りのインディアンや、百年前の強烈なケーブル・ツイスト葉巻や、痰壺（それも四百個）や、大観覧車や、サーカスの馬車や、サーカスのいろいろな大道具や、カンバス地に書かれたサーカスの広告があった。いま、彼はもっとべつのものを収集しようと考えていた。そして、友人のひとり、博覧強記の生き字引のチャールズ・ロングバンクに、そのことを話しているところだった。

「チャーリー、あんたはサーカスや演芸場でよく見世物にされていた〝世界一の長い絵〟のことを、なにか知ってるか？」

「ああ、その絵のことなら少々は知ってるよ、レオ。あれは興味深いアメリカーナのひとつだ——十九世紀の田舎では熱狂的な人気があった。触れこみでは、ミシシッピーの岸辺の絵とされている。広告の謳い文句には、長さ一キロとか、八キロとか、十五キロとか書いてある。中のひとつは、実際には百メートル程度のものだったと思う。安物のカンバス地に、安絵具を使って、おそまつな木々や、泥の岸や、さざ波や、簡単な人物像が描いてあったが、壁紙のようにくりかえしが多い。大きな筆と三原色の安絵具をふんだんに使って、腕力のある男が一日に何メートルかを描きあげたんだろうな。しかし、あれは正真正銘のアメリカーナだよ。あれを収集する気なのかね、レオ？」

「そうだ。しかし、本物はあんたがいうようなもんじゃない」

「レオ、わたしはあの絵を実際に見たことがあるんだよ。ただ大きいだけの、おそまつきわまりない絵だった」

「あんたのいうような絵なら、おれは二十本も持ってるよ、チャーリー。だが、それとまるきりちがう絵が三本ある。ここにある古いサーカスのポスターは、その絵の広告なんだ」

レオ・ネーションは、両手を雄弁に動かし、口で説明をつけ加えたあと、茶色に古びたポスターをいとおしげにひろげた――

《世界一の大サーカス、アーカンソー・トラベラー。幌馬車八台、大観覧車、動物、踊る美女たち、奇術、怪物、一攫千金のゲーム。加うるに、今回の呼び物は世界最長の絵。長さ六キロにおよぶ精密きわまりなき写実画なり。これぞ純正パノラマ画。拙劣なる模造品にあらず》

「なあ、チャーリー、これで区別があるのがわかったろう。一方には本物があり、一方にはおそまつな模造品があったわけだ」

「そりゃ、中にはいくぶん出来のいいものもあったろうよ、レオ。もともとがあれ以上まずくは描けないしろものだからね。もちろん、きみがそうしたいのなら収集すればいい。これまでには、もっとくだらないものだって収集してきたんだから」

「チャーリー、おれが持ってるのは、むかしアーカンソー・トラベラーの呼び物だった、そのパノラマ画の一部なんだ。それを見せてやるよ。それともうひとつ、べつのポスターがある――

《サーカスの王者、キング・サーカス。幌馬車十四台。一万もの驚異。ゴム人間を見よ。炎の輪くぐりを見よ。世界一の長い絵、ミシシッピー川の象の群れを見よ。これぞ正真の岸辺の精密画。往々にして見られるまがいものにあらず》」

「きみはありきたりのほうを二十本持ってるといったな、レオ。そして、出来のちがうのが三本ある、と？」

「そうだ、そういったよ、チャーリー。おれはもっとたくさんの本物を集めるつもりだ。できれば、川ぜんたいを集めたい」

「では、その一本を見にいこうじゃないか、レオ。どこがちがうかを見せてもらおう」

ふたりは干し草納屋のひとつに足を運んだ。レオ・ネーションはずらっと並んだ干し草納屋の中に収集品をしまっているのだ。

「ほかにどんなやりようがある？」と、むかしレオはたずねたことがある。「大工を呼んで、博物館を建てろとたのむのか？　大工はいうだろう。〝レオ、ちゃんとした設計図やなにかがなけりゃ、博物館は建たないよ。設計図をよこしてくれ〟とな。だが、設計図なんかどこにある？　だから、おれはいつも大工にこうたのむ。長さ三十メートル、幅二十メートル、高さ十五メートルの干し草納屋を建てろ。納屋ができると、自分でそれを四階か五階に仕切って床板を張り、背の高い品物をおくために吹き抜けを残しておくんだ。干し草納屋なら、博物館を建てるほど高くつかないはずだしね」

さて、レオ・ネーションは干し草納屋博物館にはいりながら、こういった。「これはどでかい分野になるぞ、チャーリー。こいつを解明するには、あんたの科学知識を総がかりで取り組んでもらわなくちゃな。おれの持ってる三本の本物は、どれもが百六十メートルぐらいの長さだ。それがだいたい標準の長さじゃないかと思う。中にはその何倍も長いのがあるかもしれない。見世物にされていた時代には、どれもが絵として通っていた。だが、実は絵じゃないんだよ、チャーリー」

「絵じゃなければ、いったいなんだね、レオ？」

「それを調べてもらうためにあんたを雇ったんじゃないか。あんたは博覧強記の生き字引だろうが」

その納屋の中には、樽形のリールが二本あった。どちらも高さは人間の背丈ほどで、奥にはもう何本かのリールが収納されていた。

「この古い回転機構のほうが、絵よりも値打ち物だろうな」チャールズ・ロングバンクはレオ・ネーションにいった。「これをまわすには、踏み車に乗ったラバの力か、挽き臼のまわりをぐるぐるまわるラバの力を使ったんだ。ことによると、もうひとつ時代の古い十八世紀の品物かもしれない」

「ああ。だけど、電気のモーターを使うことにしたよ」とレオはいった。「うちにいるただ一頭のラバは、おれの親友だ。あいつにこれをまわさせる気はない。もしもおれがラバだったら、あいつもおれにそんなことはさせないだろう。チャーリー、これからたぶん正しいと思う方向に、こいつを向けるよ。つまり、いっぱいのリールを北に、からのリールを南におくわけだ。つぎにそれを巻きとっていく。つまり、南から北へ旅をするというか、順にながめていくというか、顔を西に向けて川上へさかのぼるわけさ」

「おかしなカンバス地だし、おかしな絵具だね。前に見たものより、ずっと出来がいい」とチャールズ・ロングバンクはいった。「それに、長い年月がたっているのに、すりきれた感じがない」

「これはどちらでもないのよ、カンバス地でも絵具でも」どこからともなく現われた、レオの妻のジンジャー・ネーションがいった。「これは絵じゃないもの」

レオ・ネーションは二本のリールを回転させた。それは川に面した森林のながめだった。砂利と石灰岩の岸辺には、泥がかぶさっている。そして、すぐ水際までうっそうたる樹木が茂っている。

「たしかに出来はいいな」とチャールズ・ロングバンクは認めた。「前にわたしが見たものや、本で読んだところから予想していたのとは、大ちがいだ」しだいに巻きとられていく絵は、たしかにくりかえしが見あたらないが、この画家ほどすぐれた目の持ち主でなければ、川岸そのものが少々退屈に感じられそうだった。

「ここの森の大半は落葉樹で、まったく斧がはいってない」とチャールズ・ロングバンクがいった。「現代の世界の大河の中で、こんな温帯林が残っている場所はどこにもないだろう。とっくに伐採が進んでいるはずだ。これだけの大森林は、十九世紀にもそれほどほうぼうにあったとは思えない。とはいうものの、これは実在の川岸の忠実な模写であって、架空の風景ではないような気がする」

巻きとられていく川岸。ハコヤナギ、ジョージア松、シカモア、スベリニレ、エノキ、そしてまた松。

「チャーリー、おれはこのての絵をたくさん集めてくるから、あんたはそれをフィルムに撮って自分で分析するか、どこかのコンピューターに分析させてくれ。太陽の角度から見て、たくさんの絵がどんな順番に並んでいるのか、そのあいだに抜けているすきまがどれぐらい大きいか、見当がつくだろう」

「むりだよ、レオ。そのためには、どの絵もおなじ一日のおなじ時間を描いたものでないと」

「ところが、どれもおなじ一日のおなじ時間なの」ジンジャー・ネーションが割りこんできた。「どうやってこの中に、ふたつの日のふたつの時間が入れられるわけ？」

「ジンジャーのいうとおりだよ、チャーリー」とレオ・ネーションがいった。「本物の絵は、どれもたったひとつの原画の一部なんだ。それは前からわかってた」

巻きとられていく川岸に茂る松、ローレル・オーク、クルミ、柿、そして、またもや松。

「なんにしても、驚くべき模写だな」とチャールズ・ロングバンクがいった。「しかし、いくら出来がよくても、長く見ているると、くりかえしの多い壁紙とおなじで、退屈するんじゃないのかね」

「はっ」とレオはいった。「チャーリー、あんたほどの利口者にしちゃ、まぬけな目だな。どの木もぜんぶちがうし、どの葉もぜんぶちがうじゃないか。それに、どの木も若葉だ。季節は三月の最後の週あたりだな。しかし、それはどこの川であるかによってちがう。三月の第三週かもしれないし、四月の第一週かもしれない。生き字引のチャーリー、問題は鳥だよ。なぜこの岸辺にもっと鳥が見あたらないんだ？　それと、あそこにいる鳥、あれはなんだ？」

「旅行バトだよ、レオ。もう何十年も前に絶滅した鳥だ。なぜあそこにもっと鳥が見あたらないのか？　それには冗談めいた答があるが、その答からすると、いよいよこの絵は古い時代の本物ということになる。なぜもっと鳥が見あたらないかというと、それは鳥のカムフラージュが行きとどいているからなんだ。今日の北アメリカは、バード・ウォッチャーの天国といえる。それは色あざやかな鳥たちの多くが、土着の鳥類にとって代わったヨーロッパからの新しい侵入者だからだ。新しい鳥たちはまだこの土地に適応していないので、背景から浮きあがってよく目立つ。本当だよ、レオ、これは事実だ。四、五百年の短期間では、鳥類は適応できない。だから、あそこにだって、目を皿にすればちゃんといる。鳥、鳥、鳥がね」

「おれは最初から目を皿にしてるよ、チャーリー。あんたにも目を皿にしてほしかっただけだ」

「レオ、この巻きとられていく長いカンバス地かなにかの帯は、高さが約二メートルだ。成熟した樹木の丈や、ほかのものからおしはかると、縮尺は十分の一というところかな」

「ああ、そのぐらいだろうな、チャーリー。ここにある三本の本物の絵には、それぞれ一キロ半ぐらいの川岸がはいってると思う。ただな、チャーリー、このての絵の中には、ちょっと話したくないことがあるんだ。あんたの神経にそこまで信用がおけないんでね。しかし、あんたがこのての絵をくわしく調べていけば、いずれは自分の目でそれを見ることになるさ」

「どういうことだ、レオ。いますぐに話してくれ。そうすれば、なんに気をつければいいかが、前もってわかる」

「そこにあるものぜんぶだよ、チャーリー。あらゆる木の葉、あらゆる木の幹のこぶ。あらゆる苔の生えかた。おれはその一部分をスライドにして、顕微鏡を十倍、五十倍、四百倍の倍率でのぞいてみた。すると、実物に鼻をくっつけても肉眼で見えないような細かいところが、ちゃんと見えるんだ。葉や苔の細胞までだぜ。ふつうの絵を顕微鏡の下に入れて、それだけの倍率をかけてみなよ、見えるのは絵具の盛りあがりや、筆の跡が作った峡谷や山脈だけだ。チャーリー、いくらあんたが鵜の目鷹の目で、この大きな絵をさがしても、筆の跡はどこにも見つからないだろう。本物のほうにはな」

十分の一の縮尺から計算して時速約六キロに相当するスピードで、ゆっくりその川をさかのぼっていくのは、なかなか快適な旅だった。実際に画面がふたりの前を通りすぎていくスピードは、時速ほぼ八百メートルである。巻きとられていく岸辺、巻きとられていく木々。ピンク・オーク、アメリカニレ、松、クロヤナギ、ギンヤナギ。

「どうしてここにギンヤナギがあって、シロヤナギがないんだ？　教えてくれるか、チャーリー」とレオはきいた。

「もしこれが本当にミシシッピー川で、もしこれが本当の写実画だとすればだね、レオ、これはうんと北の部分にちがいない」

「いいや。これはアーカンソーだぜ、チャーリー。アーカンソーならどこを見ても、おれにはすぐわかる。どうしてアーカンソーにギンヤナギがあるんだ？」

「もし、これがアーカンソーで、もしこれが本物の写実画なら、この時代はいまより寒かったんだろう」

「どうしてシロヤナギがないんだ？」

「シロヤナギはヨーロッパからの外来種だよ。ごく初期に渡来して、急速にひろがりはしたがね。この絵には、話がうまくできすぎているところが多すぎる。きみが持っている三本の本物だが、それはどれもよく似ているのか？」

「ああ。しかし、まったくおなじ岸辺じゃない。どれも、太陽の角度がすこしずつちがうし、芝土や下生えもすこしずつちがう」

「こういう絵がもっと手にはいりそうなのか？」

「うん。ぜんぶの絵を集めれば、千五百キロ以上もの川岸になると思う。どこをさがせばいいかさえわかれば、千本やそこらは手にはいるだろう」

「サーカスの広告に出ていた絵が、かりに十かニ十あったにしても、大部分はとっくにぼろぼろになってるだろうな。それに、その十か二十の中には、たぶん偽物も混じっていただろう。サーカスはしょっちゅう呼び物を変えるから、きみの持ってる三本が、これまでに存在したすべてかもしれない。どれもが、ほうぼうのサーカスや演芸場で、べつべつの時期に見世物にされていたとも考えられる」

「いいや、数はもっとあるよ、チャーリー。おれの持ってる絵の中には、象が出てこない。このての絵は、まだどこかに千本以上残ってると思う。それがほしいと（ただし、ずさんな偽物じゃなく、本物がほしいと）広告を出せば、きっと返事がくるだろう」

「どれだけの数にしろ、最初にあったものはいまでもあるはずよ」ジンジャー・ネーションがいった。「これはぼろぼろにならないもの。うちのコレクションのひとつは、火事でリールが焼けてしまったけど、本体はへっちゃら。それどころか、火をつけても燃えないのよ」

「レオ、古ぼけたカンバスに大金をつぎこむのはきみの自由だよ」とチャールズ・ロングバンクはいった。「しかし、お望みとあれば分析をしよう。いまでもいいし、これだけの数が集まれば充分だときみが思ったときでもいい」

「もっと集まるまで待ってくれ、チャーリー」とレオ・ネーションはいった。「おれは利口な広告を出すつもりだ。〝おたくの無用の長物を引きとります〟と書くつもりだ。みんな、きっと喜ぶと思うよ。燃えない、こわれない、おまけにリールを入れて一本一トンもあるような古物を処分できるんだからね。こわれないのが本物なんだ。見ろよ、チャーリー、あの水面のすぐ下にいる大きなナマズ！　あのナマズのいじわるそうな目！　当時のこの川は、まだいまほど濁ってなかったんだ。たとえ春の増水期でもな」

巻きとられていく岸辺と木々。松、ヤマボウシ、ベイスギ、シラカシ、ペカン、また松、ヒッコリー。やがて、巻きとられていった絵が、ついに終わりにきた。

「二十分ちょっとかかったな。わたしの測定では」とチャールズ・ロングバンクがいった。「そう、前世紀の田舎者なら、この絵が一キロどころか、八キロも十五キロもの長さがあるといわれても、あっさり信じただろう」

「いいや」とレオがいった。「むかしの人間は利口だったよ、チャーリー。いまよりもっと利口だった。あんたのいう田舎者は、たぶんこの絵の長さを一ファーロング

（約二百メートル）たらずに見積もったろう。だが、きっとこの絵が気にいったはずだ。だけど、ひょっとしたら、八キロとか、十五キロとかの長さの絵があるかもしれないんだぜ。でなくて、なぜむかしの連中があんな広告を出したりする？　おれはいまから旅に出て、このての絵がたくさんありそうな場所をさがしてみるよ。旅先からときどきうちへ電話を入れれば、ジンジャーが広告に返事をよこした人間の住所を教えてくれるだろう。チャーリー、六カ月したら、もういちどここへきてくれ。そのときには、あんたが分析できるほど、この川のほうぼうの部分が集まってるはずだ。ジンジャー、六カ月ぐらいひとりにされても、べつに淋しくはないだろう？」

「ええ。干し草の刈りとり人たちがくるし、牛の競売人たちがくるし、石油の検査官たちがくるし、このチャーリー・ロングバンクもうちへ寄ってくれるし、町の人たちも、ヒルトップ酒場の常連もいるしね。淋しくなんかならないわ」

「ジンジャーがいうのは冗談だよ、チャーリー」とレオはいった。「べつにその男たちと浮気をするわけじゃない」

「冗談はいわないたちよ」ジンジャーはいった。「あんたが七カ月うちを留守にしたって、あたしは平気ですからね」

レオ・ネーションは、五カ月にわたってほうぼうを旅行した。何万ドルかを使って、本物の川岸の絵を五十本あまり手に入れた。そのためにむこう二年ほどは借金で首がまわらなくなりそうだった。おおぜいの人が手持ちの絵をただでよこしたり、ごく安値で譲ってくれたりしなければ、もっと窮地に立たされたことだろう。しかし、中には高値でなければうんといわない、頑固な男たちや女たちもいた。これが収集につきものの危険であり、そこがまたこたえられないおもしろさでもある。高値をふっかけられた絵はどれもえりぬきの逸品で、レオとしても見逃すわけにはいかなかった。

レオがどこからそれだけの絵をさがしあてたのかは、彼しか知らない謎だが、レオ・ネーションはそれを嗅ぎつけるだけの鼻をもっていた。彼は遠くからそのにおいを嗅ぎつけた。どんな分野の収集家でも、よくきく鼻をもっていなければ失格だ。

ミズーリ州ローラのある大学教授は、自宅の床ぜんたいに、本物の絵を敷物代わりに使っていた。

「たしかにこれは丈夫な材料だよ、ネーション」とその教授はいった。「うちでは四十年間これを敷物に使ってきたが、どこにもすりきれた跡がない。見てくれ、どの樹木も青々としてるだろう！　この敷物を切るには電動鋸が必要だった。こんなにしなやかで手ざわりがいいのに、世界のどんな硬木よりも堅いんだよ」

「この敷物と、あんたの手持ちの切れ端の切れ端をぜんぶまとめて、いくらなら売るね？」レオは不安そうにたずねた。この絵を敷物に使うのはどこかまちがっている気がしたが、この男はまちがった人間ではなさそうだった。

「ああ、敷物を売る気はないが、いくつかの切れ端をただであげてもいいよ。きみがそれだけご執心ならね。残しておいた大きな切れ端もあげよう。これまでだれもあまり関心を寄せてくれなくてな。この材料を大学で分析してみたこともある。高度なプラスチックだよ、これは。この材料を複製するというか、よく似たものを作るのは不可能じゃない。だが、不可能なほど高価につくし、これの三分の二の強度をもったふつうのプラスチックなら、うんと安く作れるからね。しかし、奇妙なのは、このしろものの歴史をさかのぼっていくと、世界最初のプラスチックが製造されるより何十年も前までたどれることだ。そこに大きな謎がある。それに食らいつくだけの好奇心をもった人間にはね」

「おれにはそれだけの好奇心があるし、すでにそれに食らいついてるよ」レオ・ネーションはいった。「あんたが壁に飾っているあの絵だけど——あれはまるで——あれをもっと拡大して見たら——」

「わかったわかった、ネーション。あれは蜜蜂の群れのように見えるが、事実そのとおり。あの端をすこし切りとって、スライドにしてあるんだよ。こっちへきて、のぞいてみたまえ。これまでおおぜいの知識人に見せたが、〝だから、どうなんだ？〟としかいわん。あの態度は、どう考えても理解できないね」

レオ・ネーションは、そのスライドを顕微鏡でのぞいて歓声をあげた。「ほんとだ、蜜蜂の脚に生えた毛まで見える。こっちのスライドでは、その毛の細胞まで見える」長い時間、彼は高倍率と低倍率を往復させて、それをのぞきつづけた。「しかし、この蜜蜂はどうもおかしいね。むかし、おやじにこういう蜜蜂の話を聞かされて、嘘だと思ったおぼえがある」

「現在のアメリカの蜜蜂は、遅い時期にヨーロッパで生まれたものだよ、ネーション」と教授はいった。「アメリカ土着の蜜蜂は、人間の観点からすると奇妙で非能率的に見える。しかし、いまもまだ絶滅したわけじゃない。ほかの画面には、もっと古い動物と思われるものも出てくる」

「キッチンの床の敷物の、あのおどけた動物は？」とレオはたずねた。「いや、この道化者はどれもでっかいなあ！」

「地上性ナマケモノだよ、ネーション。これで時代がぐっと古くに設定される。もしこれが悪ふざけだったら、わたしがこれまでにでくわした最高の悪ふざけだ。絶滅した動物のために特殊な形態の体毛を考えるだけでも、かなりの想像力が要求される。熱帯地方に現存するナマケモノの体毛をいくら調べても……もっと寒い地方に住んでいたナマケモノの体毛とはちがうかもしれない。しかし、たとえ一平方メートルにしろ、あれほどの極微のディテールを描くには、いったいどれほどの歳月がかかると思う？　この絵のどこを見ても期待は裏切られないよ、ネーション。どこの一平方センチをとってみても、とてつもない情報がそこに詰めこまれている」

「なぜ馬があんなに小さくて、バッファローがあんなに大きいんだろう？」

「わからないな、ネーション。それを解明するには、百もの科学に通暁した人間が必要だ。百もの科学に通暁した人間が、こんな悪ふざけをしたのでないかぎりは。第一、二百五十年前にそんな人間がどこにいただろう？」

「この敷物の由来をそこまでさかのぼってつきとめたわけか？」

「そうだ。そして、ここに描かれた景色そのものは、一万五千年前のものであるかもしれない。いっておくが、これは謎だ。もしお望みなら、そのへんの切れ端を持って帰ってもいいよ。ひとつ残った大きい切れ端は、いまの梱包のままできみの家へ送らせよう」

アーカンソーのある男は、その絵の一本を洞窟の中に保管していた。その鍾乳洞は観光名所だったが、川岸の絵はほとんど客寄せになっていなかった。

「みんなはこの洞窟の中で映画を映写してると思うらしい」とその男はいった。「〝だれがわざわざ洞窟まで映画を見にいくか〟とみんなはいう。〝もし川岸が見たければ、川岸を見にいくよ。なにも洞窟へ見にいくことはない〟ってね。そう、うまい客寄せだと思ったけど、とんだあてはずれでよ」

「どうやってあれだけ大きいものをここまで運びこんだんだい？」とレオ・ネーションはその男にたずねた。「この通路はせまくて、あんなものが通りぬけられそうもないのに」

「ああ、あの絵はもとからここにあったもんだ。岩で作ったローラーまで、一式ぜんぶそろってた。十五年前に、おらがあそこの石のカーテンをへし折って這いこんだときからな」

「じゃ、うんと前からここにあったんだな。そのあとであの壁ができたわけか」

「いや、そんなに前じゃないって」男はいった。「こういう石灰岩のつらら<ruby>は</ruby>、これだけ地下水がちょろちょろ流れてると、わりあいに速く育つもんだ。こいつがここへ持ちこまれたのは、ほんの五百年ぐらい前かもしれんぜ。ああ、いいとも、売ってやるよ。

こいつを外へ出すのに、そのへんの壁をぶちこわしたっていい。どのみち、観光客にはいってもらうには、通路をもっとひろげないとな。観光客ってのは、腹這いで洞窟へはいりたがらないんだ。どうしてだろうね。おらなんか、腹這いで洞窟にはいるのが大好きだけど」

これはレオ・ネーションが買い集めた中でもいちばん高価な一本だった。その絵の一部分で、木の間に見えるものにレオが興味を示していたら、もっと高値をふっかけられたかもしれない。はじめてそれを見たとき、レオは心臓が口まで飛びだしかけたので、あわててそれをのみこみ、なんとか無表情をよそおったのだ。それこそ、ミシシッピー川に象のいる一部分だった。

その象（マンムート・アメリカヌム）は、実をいうとマストドンだった。それぐらいのことは、レオもチャールズ・ロングバンクから聞かされていた。ああ、だがいまの彼は象を手に入れたのだ。これで、パズルの中の重要な一片が手にはいったのだ。

メキシコにはたくさんの絵が残っていた。あらゆるものが、すこし古びると、メキシコへ流れていく。レオ・ネーションはメキシコ人の富豪と話しあったが、この男も彼とおなじく、生まれはインディアンだった。

「いや、長い絵が最初どこからやってきたかは、わしもよく知らんな」とその富豪はいった。「しかし、北からきたのはまちがいない。大河の岸辺のどこかからだ。探険家のデソトの時代には（ということは、五百年たらずの前だ）、まだインディアンの中に長い絵の伝説があったが、デソトにはそれが理解できなかった。もちろん、北のおまえさんらは、まるで子供さ。カドン族のように記憶のいい部族でさえ、五百年より前の記憶はもってない。

ここのインディアンは、それよりもっと前の記憶をまだ残している。だが、それについておぼえていることはだね、偉大な家族のそれぞれが、南のメキシコへやってくるときに、長い絵の一部をもってきた、ということだけだ。われわれが征服者として南下したときのことだから、たぶん八百年ほど前だろう。いま、それらの絵は、歴史の古い偉大なインディアンの家族にとっての宝物、むかしの故郷を思いだす秘宝のようなものになっている。歴史の古い家族の中でも、ほかのものはおまえさんにそんなことを話さない。そんな絵をもってることさえ否定するだろう。わしがおまえさんにそれを話し、それを見せ、それを与えるのは、ほかの仲間とちがって、わしが反体制派の不満分子だからだ」

「ドン・カエターノ、初期のインディアン伝説の中には、長い絵が最初にどこからやってきたか、だれがその絵を描いたかってことも、語り伝えられてるんですか？」

「もちろんだ。伝説によると、それを描いたのは非常に風変わりで偉大な生物で、その名前は（聞いて驚くなよ）〝大きな川岸の絵の絵かき〟というらしい。これは参考になるだろう。おまえさんがどうやら軽蔑している偽物、またはずさんな模造品だが、あれを軽蔑してはいかん。あれは見かけどおりのものではないし、金ほしさに描かれたものでもない。あの輝かしい本物が合衆国の中で生まれたように、ずさんな模造品はメキシコの中で生まれた。古い偉大な家族をまねようとした新しい偉大な家族の手で、やはり古代の宝と古代の幸運を分かちあいたい願いから製作されたんだ。このわしは、べつの偉大な家族の模倣からやっと脱却したばかりだから、その模造品に対してほろ苦い理解がある。不運なことに、そうした絵が描かれたのは、美術の欠けた後世だったが、どのみち本物とは最初から勝負になるまい——〝大きな川岸の絵の絵かき〟の横に並べたら、すべての美術がものたりなく見えるだろうからな。

ずさんな模造品は、メキシコ戦争で、アメリカ陸軍のグリンゴ兵士に略奪された。きっと、メキシコ人の家族がそれを大切にしているのを見て、自分もほしくなったんだろう。やがてその絵が、略奪者の手から十九世紀中ごろの合衆国のサーカス団に移ったわけだ」

「ドン・カエターノ、その絵の小さい一部分が、高倍率に拡大してもぜんぜんぼやけないこと、肉眼ではとても見えないほど細かいところまで描きこまれていることを知ってますか？」

「そういってくれるとはうれしいね。わしはいつもそれを信じていたんだが、実際にためしてみるほどの堅い信念がなくてな。そう、われわれは以前から信じていたよ。あの絵には汲めどもつきせぬ深みがある、と」

「ドン・カエターノ、なぜこの画面の中にメキシコの野豚がいるんです？　この絵は、なんとなくメキシコ風に見えますね」

「いや。ペッカリーは純粋なアメリカ産の豚だよ、レオ。最初は、北アメリカから氷原までの一帯に住んでいた。ところが、メキシコの原野を除いたあらゆる土地で、ヨーロッパの豚にとって代わられたんだ。その絵がほしいのか？　では、執事に荷造りをさせて、おまえさんの家まで送らせよう」

「ああ、しかし、そこまでご好意に甘えるわけには──」

「いや、レオ、ただでさしあげるよ。おまえさんが気にいった。どうか受けとってくれ。どうか神のご加護がありますように！　おお、そうだ、レオ。別れぎわに思いだしたよ。おまえさんは奇妙な物の収集家だから、わしの持っている光り物の小箱が気にいるかもしれん。ただの無価値なざくろ石といえばそれまでだが、きれいだとは思わんかね？」

ざくろ石？　それはざくろ石ではなかった。無価値？　では、どうしてレオ・ネーションの目がきらめき、心臓が口まで飛びだしてきたのだろう？　ふるえる手で彼は小箱いっぱいの小石をあらため、そして嘆賞した。ドン・カエターノが千ドルというしるしばかりの値段でそれを譲ってくれたとき、レオの胸は高鳴った。

教えようか？　本当をいうと、それは無価値なざくろ石だった。だが、あの運命の一瞬にレオ・ネーションはいったいなにを考えたのだろう？　ドン・カエターノはどんな魔法をかけて、レオにそれをすてきな宝石だと思わせたのだろう？

まあいい、こっちで勝てば、あっちで負けるのが人生だ。それに、ドン・カエターノは、その貴重な絵を、本当にただでレオの家まで送ってくれたのだから。

レオ・ネーションは、五カ月の放浪と収集のすえに帰宅した。

「あなたがいなくても、五カ月がまんできたわよ」と妻のジンジャーはいった。「六カ月じゃがまんできなかったと思うし、七カ月ならなおさらだけど。あれは冗談よ。べつにそこらの男と浮気はしなかった。あなたが送ってきた絵をしまっておくために、大工にいって、干し草納屋をもう一棟（ひとむね）建てさせたわよ。だって、五十本以上もあったもんね」

レオ・ネーションは、友人のチャールズ・ロングバンクを呼びよせた。

「新着の絵が五十七本ふえたよ、チャーリー。前からあるのをたすと、ちょうど六十本。いまのおれは九十キロの川岸の持ち主ってことになる。そいつを分析してくれ、チャーリー。そこからなんとかデータをとりだし、コンピューターへ入力してくれ。最初に知りたいのは、六十本の絵が南から北へどんな順序でつながるのか、絵と絵のあいだのすきまがどれぐらいあるか、ということだ」

「レオ、前にも説明したと思うが、それには（本物の写実画だという前提のほかに）、どれもがおなじ一日のおなじ時間に描かれたという前提が必要だよ」

「その前提でやってくれ、チャーリー。どの絵もおなじ時間に描かれた。とにかくそう考えようや。その前提から出発しよう」

「レオ、ああ――わたしはきみの収集の失敗を願っていた。いまでもやはりこれは断念するべきだと思う」

「いや、おれは収集の成功を願っていたよ、チャーリー。それにおれの願いかたはあんたより強かった。なぜ亡霊を怖がる？　おれなんか、人生の一時間ごとに亡霊にでくわしてきたぜ。亡霊がいるから空気がいつも新鮮なんだ」

「わたしは亡霊が怖いんだよ、レオ。わかった、明日ここへ必要な道具を運びこもう。だが、やはり怖い。はっきりいってくれ、レオ、いったいここにはだれがいたんだ？」

「ここにはだれもいなかったわよ」ジンジャーがいった。「チャーリーにいったことをあなたにもいうわね。あれは冗談。あたしはだれとも浮気してないわ」

翌日、チャールズ・ロングバンクは必要な道具をそこへ持ちこんだ。チャールズその人は顔色がわるく、すこしウイスキーに酔っているらしく、落ちつかないようすで、まるで背中にフクロウがとまっているかのように、しょっちゅう後ろをふりかえっていた。しかし、彼は何日かをかけてその絵をつぎつぎに巻きとり、ぜんぶを走査フィルムに写しとった。つぎはコンピューターをプログラムして、走査フィルムのデータをそこへ入力するつもりだった。

「いくつかの絵に、影みたいな、薄い雲みたいなものが見える」とレオ・ネーションはいった。「あれがなんだか見当がつくかい、チャーリー？」

「レオ、ゆうべの夜中にわたしはベッドを抜けだして、あの岩の多い裏道を三キロも上り下りした。自分に気合いを入れるためにな。あの薄い雲がなんであるか、見当がつきかけたように思えたからだ。なあ、後生だよ、レオ、ここにはだれがきたんだろう？」

チャールズ・ロングバンクはそのデータを町へ持ち帰り、自分のコンピューターに入力した。

数日後、彼は答をたずさえて現われた。

「レオ、前以上にわたしは怖くなってきた」チャールズは、まるで頭のてっぺんから足の爪先まで亡霊にかじられたような顔つきだった。「もうこのへんですっぱりあきらめよう。なんなら、依頼料だって返してもいい」

「いや、それはだめだ。いったん依頼料を受けとったからには、依頼に応じてもらおう。南から北までどんな順番に並んでるかはわかったのか、チャーリー?」

「ああ、その答はここにある。しかし、それはよせ、レオ、それはよせ」

「チャーリー、おれはフォークリフトで絵を持ちあげて、順番どおりに並べるだけだ。一時間もあればすむ」

そのとおり、一時間でその作業は終わった。

「さあ、いちばん南のやつから見るぞ、チャーリー。そのつぎはいちばん北のやつを見る」

「だめだ、レオ、だめだ! それはよせ」

「なぜだめなんだ?」

「怖くてたまらないからだよ。たしかにこれらの絵にはひとつの順序がある。どれも本当におなじ一日のおなじ時間を描いたものかもしれない。ここへやってきたのはだれなんだ、レオ？　わたしの肩ごしにのぞいている巨人はだれなんだ？」

「ああ、その巨人はたしかに大物だ。ちがうか、チャーリー？　だけど、やっこさんはすごい絵かきだし、芸術家ってものは、少々風変わりにできてるものなんだ。やっこさんはおれの肩ごしにもしょっちゅうのぞいてるよ」

レオ・ネーションは長い絵のいちばん南の部分をローラーにかけた。それは陸と水とのいりまじった風景、島とバイユーと沼沢、濁った川の流れこむ、入江と海の風景だった。

「きれいだが、ミシシッピーじゃないな」レオは目の前にひらける風景を見ながらいった。「南のほうのべつの川だ。ミシシッピーなら、これだけ年月がたっても、見おぼえがあるはずだぜ」

「そのとおり」チャールズ・ロングバンクがごくんと唾をのみこんだ。「これはアチャファライア川だ。あれだけの絵を綿密に調べて、コンピューターで太陽の角度を比較した結果、すべての断片についてかなり正確な方位がわかった。これはアチャファライア川の河口だが、過去の地質年代に、何度もミシシッピーの大河口になったことがある。しかし、その時代にここへきていなければ、どうしてこの画家にそんなことがわかる？

ぎゃはっ、あの人食い鬼がまた肩ごしにのぞいている。わたしは怖いよ、レオ」

「わかるよ、チャーリー。人間は毎晩ぐっすり眠るために、すくなくとも一日一回本当に怖い思いをすべきなんだ。おれなんか、すくなくともここ一週間、怖い思いをしつづけたが、あの大物絵かきのことは好きだな。さて、これで一巻目はそろそろ終わりだ。つぎはいちばん北を見よう。

そうとも、チャーリー、そうなんだよ。あんたが怖がるのは、この絵が本物だからだ。ただわからんのは、おれたちがこれを巻きとってるときに、なぜやっこさんが肩ごしにのぞきこまなくちゃならんのか。もし、やっこさんがおれの考えているとおりのものだったら、こんなものはぜんぶ見てるはずなのに」

レオ・ネーションは、コレクションの中でいちばん北に位置する断片をローラーにかけた。

「これはどのぐらい北の地方なんだ、チャーリー？」

「のちにシーダー川とアイオワ川が流れこむあたりだ」

「それがいちばん北かい？　すると、この川の北の三分の一は、おれのコレクションにないわけか？」

「そう、これがいちばん北だよ、レオ。ああ神さま、これが最後の一巻きだ」

「この一巻きにも雲みたいなものがかかってるな、チャーリー。いったいあれはなんだ？　おい、ミシシッピーの春にしちゃ、ずいぶん寒そうな感じだぜ」

「あなた、顔色がよくないわね、長い岸のチャーリー」とジンジャー・ネーションがいった。「オポッサムの血を混ぜたウイスキーでも飲んでみる？」

「そのなんとかを混ぜないやつがもらえないかな？　いや、やっぱり両方いっしょにいただこう。どうやらそれが必要らしい。早くたのむよ、ジンジャー」

「いまでもふしぎでたまらないんだ。この世界にどうしてこんなにすばらしい絵があるんだろうな」レオが述懐した。

「まだ気がつかないのか、レオ？」チャールズは身ぶるいしながらいった。「これは絵じゃないよ」

「だから最初にいったでしょう。まったく、人のいうことを聞いてないんだから」とジンジャー・ネーションがいった。「あたしはいったわよ、これはカンバス地でも絵具でもない。これは絵じゃないって。レオもいちどそれとおなじことをいったくせに、もう忘れちゃってるんだから。さあ、飲んでみて、チャーリー」

　チャールズ・ロングバンクが上等のウイスキーとオポッサムの血を混ぜた治療薬を飲んでいるあいだに、川の最北端の断片はなおも巻きとられていった。

「また、絵の上に雲が出てきたぞ、チャーリー」とレオがいった。「おれたちと岸辺のあいだの空中に、大きなよごれがあるみたいだ」

「そう、そのうちにまたべつのが見えるよ」チャールズはうめきをもらした。「ということは、そろそろ終わりに近づいたわけだ。彼らは何者だったんだろう、レオ？ これはどれほどむかしにできたものだろう？ ああ——その質問の答はかなりくわしくわかっているような気がする——だが、もしそうだと、彼らが人間であったはずはない、ちがうか？ レオ、もしこれがただの不出来な廃物だとしたら、なぜ彼らの正体がまだ不明なんだろう？」

「落ちつけ、チャーリー、落ちつけ。おんや、川が白く濁って、泡立ってきたぞ！ チャーリー、このぜんぶをマイクロフィルムに転写して、コンピューターに入れたら、すべての答が出るんじゃないのか？」

「ああ神さま、レオ、これがすでにそうなんだよ！」

「これがすでになんだって？ おい、この霧はなんだ、このもやは？ あのもやのうしろに大きくそびえてるものはなんだ？ おい、あれは青い霧の山なのか——」

「氷河だよ、ばか、あれは氷河だ」チャールズ・ロングバンクはうめきをもらした。そして、川の最北端の断片はその終わりにきた。

「上等のウイスキーとオポッサムの血の混ぜものを、もうすこし作ってくれよ、ジンジャー」とレオ・ネーションはいった。「どうやらおれたちみんなにそいつが必要らしい」

「そんなに古いものなのか、ええ？」しばらくのち、みんなが強い酒にすこしむせかえった中で、レオはきいた。

「そう、そんなに古いものだ」チャールズ・ロングバンクはがたがたふるえた。「ああ、ここへきたのは何者だろうな、レオ？」

「それよりチャーリー、これがすでにそうだとは、どういうことなんだ？」

「これがすでにマイクロフィルムなんだよ、レオ。彼らにとってはね。それもおそらく廃棄された不良品だ」

「ははあ、ウイスキーとオポッサムの血の混ぜものが、どうしてカクテルとして人気がないかわかってきたよ」レオはいった。「そのころには、もうオポッサムはいたのかな？」

「オポッサムはいたが、人間はまだいなかった」チャールズ・ロングバンクはぞくっと身ぶるいした。「だが、どうやらオポッサムより起源が古くて、もっと大きい鼻を持ったなにかが、このへんを嗅ぎまわっていたらしい」

チャールズ・ロングバンクの身ぶるいはひどかった。もうひと押しされれば、発狂しそうだった。

「するとチャーリー、あの……あー……フィルムの上の雲だが、あれはいったいなんだい？」レオ・ネーションはたずねた。

そして、ついにチャールズ・ロングバンクの神経はへこたれた。

「ああ、わが頭上の神よ」彼はけいれんする顔からうめき声をしぼりだした。「フィルムの上のあれが雲ならどんなにいいか。ああ、レオ、レオ、彼らは何者だったんだ、ここへやってきたのは？」

「おれは寒いよ、チャーリー」レオ・ネーションがいった。「骨のずいまでしみとおる冷たいすきま風が、どこかから吹いてくる」

そのよごれ……まるでなにかそっくりだが、それにしては大きすぎるもの――それは、長さ六メートルの蹄状紋と渦状紋で……。

すべての陸地ふたたび溢れいづるとき

When All the Lands Pour Out Again

浅倉久志訳

このすべてから逃れたい人は？　全面的変化を望みたい？　そう願ったほうがいい。どのみちそうなるのだから。いまがそのとき。きょうがその日だ。

ある大学術都市のある学術センターに三人の大学者が集まり、ここ数千年間起きたことのない現象、もしかするといちども起きたためしのない現象について論じあっていた。もしあなたが学問のはしくれでもかじっていれば、すくなくともこの三人の名前は知っているはずだ。

「はじめて起きたときも、いや、何度目に起きたときも、それは理解されなかった」とジョージ・ルーイル教授はいった。「二、三の研究はあるが、その発生当時にくらべてむしろ理解の程度は落ちている。さまざまな出来事の記述も、屁理屈をこじつけられ、歪曲され、軽んじられて、すっかりまちがったものになった。もともとそれらの出来事はけっして理屈に合わず、けっして歪んでおらず、けっしてささいなものではなかったのに」

「興味深いのはだな、ジョージ、時の粘土の上に記されたおびただしい二次的な足跡の多くが非常に興味深いことだよ」とラルフ・アマース博士は答えた。「しかし、それらは第三氷河期のクマの穴や砂利と同様、なんの重要性もない。その復活もありえない」

「どうかな、このジョージが、第三氷河期のクマの穴や砂利をそれと関係づけられないといいきれるかい？」ノーベル賞受賞者のウィルバートン・ローマーがからかった。

（この三人は稀代の碩学なのだ。でなくて、われわれが彼らの話に波長を合わせたりするだろうか？）「しかし、本物の足跡の発見はむりだろうな、ジョージ。見つかるのはせいぜい足跡の足跡ぐらいさ。それにはこちらが把握できるような形がないし、しっかりした手がかりもないし、それを呼ぶための名称もない」

「いや、わたしならそれを祝祭と呼ぶな」とジョージ・ルーイルは答えた。

「つまり、世界がまだ若かった時代、人間がまだ完全には人間でなかった時代に、祝祭と呼ばれていたものかね？」ローマーはたずねた。

「当時の世界はいまより年老いていた」とルーイルは答えた。「世界はつねにどんどん若くなっていく。どんな地質学者にでも聞いてみたまえ。世界は古い堆積物を捨てて、どんどん脱皮していく。そして、人間はつねに人間だった」

「その点に関するきみの偏見にこっちを巻きこまないでくれよ、ジョージ」とラルフ・アマースは懇願した。「ところで、見えるものや手がかりはぜんぜんないな。いったい祝祭とはなんだね？」

「繁殖の衝動とおなじぐらいに強く、生存の欲求とおなじぐらいに強いものだ」とルーイルは答えた。「それは周期的な必然性だったし、いまもそうだ。それなくして、われわれが真の人間といえるだろうか？」

「それがあったときのわれわれは動物だった。それがあったとしての話だがね」とアマースは答えた。「そう、それなしでも真の人間になれるさ。いまのわれわれがまさにそうだよ、ジョージ。それはきみの奇妙な小理論のひとつにすぎない。かりにむかしそんなことが起きたというなら、そう、たしかに起きたんだろうさ。しかし、そこに真の目的はなかった」

「ただ、この世界と、その上を動きまわるすべてのものを一新するという以外にはな」ジョージ・ルーイルはゆずらなかった。「受精と、コントラストと、文化と、瞬間を提供する以外にはな。さて、現在のわれわれはどのように一新されるのか？　今日の世界にこれらのものがなんによって提供されるのか？」

「いまのわれわれはけっこううまくやっているよ、ジョージ」とローマーがいった。

「木の上や沼地や洞穴に住んでいたころよりは、はるかにうまくやっていると思う。たとえそうできるとしても、わたしはいまなにかを変えようとは思わない」

「もしできるなら、いまのわたしはいろいろのことを変えたいね」アマースは微笑した。

「しかし、それはただの奇妙な周期的現象にすぎなかったんだよ、ジョージ。永久にそれは終わった」

「歳月についてそんなことをいうのは愚かだぞ、ラルフ。しかも、一年の十二番目の月に、歳月の周期が永久に終わったというとはな。わたしの信念では、その周期はまさにはじまろうとしている」

「なにを心配してるんだ、ジョージ？」とローマーがたずねた。「どのみち数千年単位の変動じゃないか。もし、いまその前兆があるとしたら、変動そのものを目撃するまでわれわれは生きちゃいないよ」

「いや、これは数千年単位の問題じゃない」とルーイルは反論した。「その結果と再適応が完了するまでには数千年かかるかもしれないが、祝祭そのものはまる一日だ。たったの一日だよ、おふたり。それに先立つ漠とした不安は百年から二百年、最初の変化は一カ月かそこらつづくかもしれないが、祝祭そのものはたった一日だ。きょうが（わたしもいま知ったばかりだが）その日なんだ」

「それにはなにかの手がかりがあるのかね、ジョージ？」ウィルバートン・ローマーがたずねた。

「わたしの手になる予定表があるだけだ。まだあっちこっちに矛盾があるし、いたるところに空白はあるがね。〝地上の動物のすべてが、昨夜眠ったところで今夜は眠らないだろう〟という古い予言。ここ二百年、ある漠とした不安が世界に存在するという事実。ほかのだれかがそれに気づいたろうか？　それに、ひとつの直感だ。その直感は、いいかね、祝祭そのものがそうであったほどに、これからそうあるだろうほどに強力なんだよ」

「で、いったいそのささやかな直感でなにをするつもりだ、ジョージ？」ラルフ・アマースが、たのしいまでに皮肉な顔つきでそうたずねた。

「この話を大統領に持ちこむつもりだ。ことがことだけに、大統領も助言を受けるべきだろうから」

――ある大学術都市のある学術センターに三人の大学者が集まり、ここ三千年間たしかに起きたことがなく、ここ三万年間にもたぶん起きたことがなく、ひょっとするといちども起きたためしがないかもしれない現象、かりに起きたとしても、ごくおぼろげな乱れた足跡しか残していない現象について論じあっていた。

そして、彼らのひとりは、いまから大統領のもとへ、この緊急事態を知らせにいくというのだ。

たしかにその前から、たった一ヵ月たらずのことではあるが、最初の変化ははじまっていた。

クレーター・ヴァレーのクマたちは、穴を掘って冬眠する季節だった。しかしクマたちはそうしなかった。そうせずに、三千平方マイルの谷間に住む三百頭が一ヵ所に集まった。クマたちは谷の南尾根を登り、それを越えてさらに南へ向かった。これまでだれも、三百頭のクマがそんなふうに集団移動するのを見たためしはない。ところがいま、ひとりの森林警備隊員が谷からぞろぞろ出てくるクマの群れを目撃し、べつの森林警備隊員はそこから百マイルも南の地点で、なおもうれしそうにぞろぞろと歩きつづけるクマの群れを目撃した。そこでこの事件は報告された。

おなじ土地の北部にいる赤リスが、南の灰色リスの領分へ移動してきた。たいしたことではなかった。せいぜい三、四百万びきのリスが移動しただけだ。大柄の灰色リスは、アカリスを追っぱらおうとしなかった。持ち物をまとめ、相手に席をゆずろうとした。灰色リスたちはちょっぴり不機嫌だった。まるでこういっているかのように——「すぐどくよ、すぐどく。だがな、おまえさんたち、ちょっと気が早すぎるんじゃないかい？」

電波天文学者たちは、つい昨夜、空にひろがるハーモニーのなかに（電波天文学者たちはそれを天上の音楽とは呼ばなかったが）ひとつのほころびが起きた、と報告した。つまり、きわめて強烈な、ピッチの高い信号があり（「ちょうど音楽の切れ目のホイッスル、カントリー・ダンスの「みなさん相手を変えて」のホイッスルか、椅子とりゲームの「みなさん椅子を変えて」のホイッスルみたいだった」とある天文学者の助手はいった）、そのあと、いまや音楽はとぎれ、天空のハーモニーは大きく弱められたのだ。

そして、最初の変化のもうひとつは、一ヵ月たらず、正確には二十七日間つづいた——ここは太平洋中部の島、アロアロの町の小さいカフェで、揚げ物専門のコックのチャーリー・マラガは汗を流し、その友人のジョニー・オフティーノは魚のフライを食べていた。

「だれかが先頭に立たないとだめだ」ジョニー・オフティーノがいった。「けさ、エイたちはでかけたし、ウミガメたちも今夜出発だという。人間はなにをしてる？」

たずねた。「わからんよ、ジョニー。おれたちはのんきなのかな？」チャーリー・マラガはたずねた。

ジョニー・オフティーノはなおもくりかえした。

「おれたちが先頭に立とう。そうすりゃ、だれかがあとにくっついてくる」

「わかった。じゃ、料理の火を消すまで待ってくれ」チャーリー・マラガはいった。

「いや、その逆だ。うんと火を強くしろ」ジョニー・オフティーノは教えた。「その火のなかへいろんなものを投げこめ。このカフェを焼きはらえ」

「そうか、わかった」

ふたりはカフェを焼きはらうと、外に出て、櫂とハーフ・セールのついた漁船で海に出た。思ったとおり、海はふたりに風を送ってくれた。その日の昼から夜、そして夜通し、帆走はつづいた。朝になると、小さい動力船が、ふたりのとおなじような小漁船を五、六隻つないでやってきた。その動力船からふたりのほうへロープが投げわたされ、チャーリーとジョニーはのんびり曳航されていくことになった。

二日目には、そんな小船団が約八百隻も海上にうかんでいた。あまり長い航海ではなかった。もっと大むかしに、彼らはその倍もの距離の船旅をしたことがある。たとえエンジンが小さくても、そんなに時間はかからなかった。二十七日間の旅。こうして彼らは住みよさそうな土地に到着し、そこに上陸した。

ポリネシア人はついにアメリカ大陸を発見したのだ。しかし、彼らの到着はささやかな興味を呼びおこしただけだった。このポリネシア人のうちの数十人は、前にもアメリカへきたことがあった。しかし、それをひとつの障害と考えるなら、あなたは発見というものの意味を知らないのだ。

太平洋の魚やイルカやクジラたちは、パナマ運河の太平洋側入口でごったがえしていた。なかの一部はひどく気がせいているようだった。大部分のものは数日で運河を通過できたが、いまやその数はふえるいっぽうで、太平洋側入口はつっかえていた。そして、もっと多くのものがホーン岬を迂回していた。これといった理由があるわけではなかった。大西洋が太平洋にくらべてそれほど居心地がいいわけでもない。しかし、だれにだって、ひとつの場所に長く住みすぎたという気分になるときはある。それはただ、魚やイルカやクジラ、エビやカニやヒトデたちが、変化を求める気分になっただけのことだった。

「大統領との会合のアポはとりつけたのか、ジョージ？」ジョージ・ルーイルがもどってきたとき、ウィルバートン・ローマーはそうたずねた。

「もうアポをとる必要はなくなったよ」ルーイルはいった。「ホワイトハウスも最近はけっこうオープンになったらしくて、大統領の朝食の席へじかにつながったんだ。こちらのメッセージがちゃんと伝わったかどうかはともかく、むこうでもなにかが動いているらしくて、大統領がこちらの話を正確に理解しなくてもべつに問題はないような気がした。そのへんがいまひとつ理解できないんだがね。〝わたしはきみが絶対に正しいと思う〟と大統領はいった。〝わたしはだれもが絶対に正しいと思う。だから、われわれはまさにこれからなにかをしようとしている。みんなで飛行機に乗りこむんだよ。いま、大型旅客機の手配が進んでいる。ぜんぶで九百人の人間が乗れる。わたしは上下両院の議員たちとそれに乗りこみ、どこかへ移動する。出発に先立ってこの都市の建物をすべて爆破していくべきかどうか、それにはまだ結論が出ていない。そうすべきではないという反対派がいてね〟、〝大統領閣下、その旅客機でどこへ行くおつもりですか？〟とわたしはきいた。〝それは未定なんだよ〟と大統領はいった。〝旅客機の行く先がそんなに重要かね？　なかには何人かの反対派がいて、なにもきょう旅客機でどこかへ行く理由はないだろう、という。政府部内にはつねに反対派がいるものだ。べつになにも起きていない、というのが彼らの言い草だ。そこでわたしはいってやった。われわれ全員が旅客機に乗りこんでどこかへ行くとすれば、それこそなにかが起きているというべきじゃないか、とね。ひょっとすると、旅客機の行く先はパイロットが知っているかもしれない。もしパイロットが知らなければ、たぶんほかのだれかがパイロットに行く先を指図するだろう〟これが大統領の言葉だ。けさの彼はいつもほどの冴えが見られないようだった」

「奇妙だな」とラルフ・アマースがいった。「わたしもけさはいつもほどの冴えが見られない気がする。ジョージ、きみはほんとうに破滅の機が熟したと信じているのか？」

「いや、めっそうもない！　きみには祝祭が破滅に思えるのか？　いったいなぜそんな誤解が生まれるんだろう？　これは全世界の適応なんだよ。そう、べつの状況のもとでは破壊と呼ばれるようなものも含まれはするだろうが、われわれはそうは呼ばない。一部の山々は、一カ所に長くとどまりすぎたと感じて、立ちあがり、歩きはじめるかもしれない。なぜ山々がそんな楽しみを禁じられなくちゃならない？　聖書にも、小山が小羊のように踊ったというくだりがあったんじゃなかったか？　ひょっとすると、氷河も長らく一カ所に押しこめられていたと感じて、華々しく爆発し、はるか彼方まで飛び散るかもしれない。ひょっとすると、地磁気の向きがあべこべになるかもしれない。前にもそんなことが起きたことが知られている。もし百万年にもわたって北という名前で呼ばれつづけたら、どんな気がすると思う？　それに、請けあってもいいが、ほうぼうの深部で泉がぽっかり口をあける。きっと何百万人もの人間が死ぬだろう。だが、それ以上に確実なのは、彼らが歓喜のなかで死んでいくことだ。その祝祭気分にはまりこめよ、きみたちも」

「わたしにとっての祝祭気分は、のんびりした安らかなものなんだ、ジョージ」ウィルバートン・ローマーはあくびをした。「わたしのなかの理性的な部分は、まだなにも起きていないと語っているが、にもかかわらず、いまのわたしは再創造が起こりつつあることを受けいれている。われわれはおなじ名前をたもてるだろうか？」

「いやいや、それはむりだ」アマースが、おなじく祝祭気分にはまりこみながら断言した。「なぜわれわれがおなじ名前をたもてるわけがある？　そうとも、ジョージ。あらゆる明白な有史の時代をつうじて、祝祭はこだまを鳴りひびかせていた。しかし、みんなの耳が遠くてそれを聞きとれなかったんだ。ヴェリコフスキーや、ウェズリー・パッテンや、オコンネル神父の真剣な記述も、半信半疑で受けとられた。フォート協会のれっきとした記録文書さえもが、また例の奇現象ものか、と笑いとばされた。しかし、その断片は、いま、いたるところに見てとれる。人びとの放浪そのものは、そんな祝祭の余波にすぎない。古代の文明世界を同時に見舞った大火災も、祝祭そのものの一部にすぎない。〝樹の如き物の歩く〟も、その小さく華やかな一部にすぎない。祝祭のさなかにサイたちがアフリカへ渡り、またべつの祝祭のさなかにラクダたちが（場所もあろうに）アジアに出現する以上に、不合理なことがあっただろうか？　マダガスカルが（頭のてっぺんだけを残して）海中に沈み、アフリカ島が隆起して大陸となる以上に奇想天外なことがあっただろうか？　こうしたむかしの祝祭を、われわれはいま新しい目でふりかえることができる。ただし、そこにはあらゆる場所から噴きあがってくる前兆がなくちゃいけない」

「それがあるんだよ、ラルフ、それがあるんだ」ウィルバートンは微笑した。「わたしはいま西の耳でラジオの朝のニュースをキャッチした。空飛ぶ野ウサギが全国で目撃されている。ごく少数のそれが目撃されたのは一九四五年のことだが、当時はデマとみなされた。ネブラスカでユニコーンの群れが目撃されたこともある。絶滅したはずなのにだ。けさは百もの空飛ぶ円盤が地球に着陸した。円盤のなかから出てきた生物は、われわれもやはり人間だと名乗ったが、そういえば小さい人間に似ていなくもない。われわれは大空でなく小空に住んでいた、と彼らは語った。いま小空は落下しつつある。それに、ひとつの場所に長居をするのにも飽きたので、このへんで変化を味わいたくなった。かなり以前から、われわれはいろいろなことに不安を感じていた、と彼らはいうんだ。以前にも地上に下りたことがあるが、大地があまり堅固ではなく、そのなかへもぐってしまうんじゃないか、と心配だったらしい。しかし、彼らにいわせると、だれでも変化を望むものは、それが安定をとりもどすのを待って、小空へ昇ればいいそうだ。

まだある。ほうぼうの陸地、とりわけスカンジナビアやアラビアからカバーがとりはずされた。何百万もの人びとがそこから外へ溢れだしている。これらの土地は、つねに人びとを養ってきた〈世界の秘密の泉〉のなかのふたつだ。スカンジナビアの千もの谷は惑わしのカバーをひきはがされ、それらの谷に眠っていた何百万もの人間が目覚めた。古代アラビアの諸王国も、きょう目覚めた。これまで砂漠に見えていたものは、その上にかぶさったカバーだったんだ。〝ここ数千年、空が前よりすこし低く垂れているように思える〟——何千年もの寿命を持つアラビアのある王がそういったという記録もある」

「朝のニュースでそれだけのことが報道されたのか？」吊りあげた眉の下のどこかから、ジョージ・ルーイルはたずねた。「なんと奇妙で、なんと心強い裏づけだろう。ところでいま現在、ニュース番組はなにを報道している？」

「どのアナウンサーも、めいめいの放送局のスタジオで起きたトラブルをぐちっているよ、ジョージ。放送局のビルを燃やすのに手間どっているらしい。だが、高性能爆薬が運びこまれ、信管がとりつけられて、多くの人間がビルから避難することになった。それをけっこうみんながおもしろがってるようだったな。おや、その局もたったいま放送をやめた。これで五分間に三局目だ」

「ジョージ、きみの飼ってる金魚も、金魚鉢から外へ飛びだしたぞ」ラルフ・アマースが驚嘆のさけびをあげた。「しかも、かなり目的意識のある動きで床を横切っていく」

「じゃ、金魚のために玄関のドアをあけてやろう」ジョージ・ルーイルは立ちあがってドアをあけにいった。「金魚も外へ出て旅をしたがっているんだ。さあ、金ちゃんたち、こっちへおいで、こっちだよ。そこの敷居を飛び越えろ、ぴょんと。そうそう。おーい、そこのきみたち、気をつけてくれ。金魚を踏んづけないように」

「ごめん、ごめん」と戸口にいた人びとがあやまった。「しかし、世界が新しく生まれかわるとき、金魚の何びきかが死ぬのはやむをえないよ。もうだいじょうぶ。踏んづけたのは一ぴきだけだ。あとの残りは歩道ぎわまでたどりつけるし、そこから先は下水溝の流れに乗ればいい。だれかがこのへんの消火栓をぜんぶ全開にしたんだよ。ところで、あんたらも出発の用意はできたかね？」

「ああ、用意はすぐにできるよ。きみたちはどこからきた?」

「西から。いや、たぶんそんな名前の方角からだ。夜通し車を走らせてきた。ここに着いたとき、われわれはこういったよ――これこそ希望どおりの土地だ。ここが焼け落ちたらすぐに住もう」

「じゃ、なるべく急いでそうしよう」とジョージ・ルーイルはいった。「ラルフも、ウィルバートンも、いっしょにきたまえ。これから持っていく不合理な荷物をまとめよう。そうするには絶好のお日和だよな」

「そうするには絶好の日和だよ」と戸口に集まったよそものたちは答えた。

「夜の盗賊のようではなく」とラルフ・アマースは謎めいた言葉をつぶやいた。「さわやかな朝、さわやかな顔つきの少年のように」

さまざまなことが世界じゅうで起きていた。大地にひらいた九つの穴から、おびただしい数のアメリカン・インディアンが現われた。おれたちはちょっぴり昼寝をしていただけだ、と彼らはいった。だれかがおれたちをだまして、千年間も眠らせた。だけど、それはたいしたことじゃない。べつになにもたいせつなことを見逃したわけじゃなさそうだから。

ひとりのしあわせな女が、自分の子供たちを連れて、もくもく煙の上がっている道を歩いていた。「おや、双子はどこへ行ったんだろう？」と彼女はたずねた。「大きな犬たちに食べられちゃったよ、ママ」と子供のひとりが答えた。「大きな犬たちのようすがおかしいんだ」「あらまあ」と母親はいった。「きょう起きたすてきなことを、あの子たちにも見せてやりたかったのにねえ」

ぼんやりほほえんだおおぜいの人間が、大アルメニアとトルキスタンから出ていこうとしていた。中国人たちは南太平洋の島々を発見するため、何千隻ものジャンクに乗りこんで出発した。飼いネコたちはいたるところで群れを作って移動していた。仲間うちでひろまった噂によると、ほかならぬネコの王自身がまもなく威風堂々と出現するらしい。一万びきのヘビがスコットランドのポートパトリックに集まり、命がけでノース海峡を渡ってアイルランドに泳ぎつく、と誓った。だがそこで、目の前に陸地が隆起したものだから、ヘビたちは靴も濡らさずに対岸へ渡ることができた。（なんだって？　ヘビが靴をはくだと？　そう。祝祭の日には、たぶん）

だがそれでも、まだなにごとも起こらなかった。

やがて、すこしずつなにかが起こりはじめた。静かな揺れ。空と大地に美しい火が燃えた。ありとあらゆる亀裂のなかから溢れだす幸福感。忘れられた古い音楽のような地鳴り。大陸が錨のチェーンを巻きあげにかかったのだ。

そして、そう、それとほぼ同時に、べつの三人の人間が、十人あまりの弟子といっしょに集まった。この三人は、最近の見解からすると、世界でもっとも強力な三人だった。彼らの名前は――もしあなたが革命家のはしくれならとっくに知っているはずだが――英国の赤獅子ソール・トルーメイト、メキシコの赤虎ペドロ・カチポッロ、モラヴィアの赤狼アルパド・コスターであり、集まった場所は赤みをおびたニューヨークだった。この三人は複合組織の内部で複合組織を支配していた。

「まだなにも起こっていない」とトルーメイトはいった。「いまのところ、われわれはなにも起こす計画をしていないから、なにかが起こる可能性はない。われわれの扇動なしに、どうしてなにかが起こるわけがある?」

「しかし、いろんなことが起きているという噂があります」と弟子のひとりがいった。

「それに、いたるところで火災や爆発が起きています。おおぜいの人びとがほうぼうをさまよっています」

「われわれが命令しないかぎり、火災も爆発も起きるはずがない」とカチポッロはつぶやいた。「火災や爆発はひとつの芸術であり、われわれは演出家だ。たしかにその数があまり多すぎてはまずいが、つねに適切な効果を狙わなくちゃならん。どれぐらいが適切であるかは、われわれのみが承知している。そして、われわれが扇動したのでないかぎり、大衆にほうぼうをさまよう権利はない」

「各地で地震もはじまっているようです」とべつの弟子がいった。

「では、われわれが各地の地震にけりをつけよう」コスターがだみ声でいった。「地震はわれわれが命じたときにのみ起きる。そろそろ大地も主人の存在を知るべきだ」

「犬たちがみんな狂ったように走りまわっています」第三の弟子がいった。「鳥たちは巨大な群れを作って渡りをはじめていますが、いつもの方角じゃありません。果樹の一部は、季節でもないのにまた花を咲かせています。今年二度目の果実をつけはじめた木もあります。でも、もっとふしぎなのは、けさこのわたしが自分の目で見たのですが、きのうまでそんな気配すらなかったのに、なんとリンゴの木にクルミが生(な)っているのです」

「ふん、そんなことは即刻やめさせよう」トルーメイトが宣言した。「われわれには力がある、われわれは力そのものだ。われわれは大地という赤い悪魔のあらゆる力を持ち、その力を使うのを辞さない。四大元素の支配力をかりそめに与えられたわけではない」

「津波がおそってくるという噂もあります」べつの弟子がつけたした。

「一瞬たりともそれは許さん！」カチポッロが大声で誓った。「津波も、噂もだ。この問題にはどこかで空も関係しているが、それも許さん。もし津波がおそってきたら、それも立ちどまらせてみせる！」

さあ、信じられるかね？　全世界のいたるところで波が静止した。不意をつかれたのかもしれない。しかし、波たちはどこでもつねに権威の声に服従してきたのだ。

「これ以上噂をのさばらせるな」コスターが火のような熱弁をふるった。「そんなむだ話は即刻打ち切りだ。情報屋どもの頭を混乱させ、やつらの舌を口のなかで岩のように動かなくしてやれ」

そのとおりのことが起きた。あらゆる場所での噂が流れの途中で凍りつき、情報屋どもの舌は口のなかで岩のように動かなくなった。噂をとめることは可能なのだ。

「渡り鳥の群れよ、空中でとまれ！」ソール・トルーメイトは命じた。「そうしてもいいとわれわれがいうまで、たった一枚の翼も羽ばたきしてはならん」

すると、すべての渡り鳥の群れが空で凍りつき、動かなくなった。

「あれを、あれを見てください！」いちばん興奮しやすい弟子のひとりがさけんだ。「外の舗装道路の下から溶岩が噴きあがりました。歩道の下からも、この床下からも噴きあがってくるようです」

「いや、あれはわれわれのしわざさ」ソール・トルーメイトがあっさり答えた。「いったいわれわれの力がどこから出ていると思う？　われわれにも父祖がいるんだ」

「みんなにあてのない放浪をやめさせよう」カチポッロが命令した。「われわれのものでない革命が存在していいのか？　すべての車輛よ、いますぐストップだ。さまよう連中よ、つぎの一歩を踏みだすな」

すると、全世界ですくなからぬ数の人びとが、片足を上げたままの姿勢で麻痺状態におちいった。この三人の力はすばらしく強大だった。

「われわれの起こす火災や爆発を除いて、すべての火災や爆発はストップだ」コスターが命令した。すると、特別許可の下りたものを除いて、すべての爆発と火災がやんだ。

「ほかになにか基準からはずれた不法行為はあるか――真正の不法行為でないものがまだつづいているか？」トルーメイトがたずねた。体内を流れる力のせいで、やや息が荒くなっていた。「特別モニターにはなにが写っている？　われわれのしわざでないものが起きているか？」

「まだ地震はつづいています。まだ人びとは笑っています。そして、先生がたのしわざと思えない溶岩流もあります」計器をいじりながら、弟子のひとりが答えた。

「では、その偽りの溶岩流よ、とまれ！」カチポッロが命じた。「わが炎の父祖から生まれたものでない溶岩は、存在してはならん」

「人びとの笑いを断て」とコスターが吠えた。「のどを焼き焦がせ」

「地震よ、ただちに去れ」トルーメイトが咆哮した。「大地を動かしうる存在はわれわれだけだ」

「とまれ、愚かものたちよ、とまれ！」ペドロ・カチポッロが命じた。「われわれのみが権能者であり、そのわれわれがおまえたちに命じるのだ」

「とまれ！」コスターが吠えた。「われわれこそ力だ」

「なにものも動くな」トルーメイトが咆哮した。

すると、すべてのものがとまった。

赤獅子と赤虎と赤狼は、雷鳴のような勝利感のなかでおたがいに顔を見あわせた。弟子たちは憧れの目でそれを見つめた。この三人のそれぞれが革命であり、この三人こそ世界の推進力であり、この三人の扇動がないかぎり、なにものも動けないのだ。

「ああ、またなにかがはじまりかけています」と計器をいじっていた弟子がいった。その言葉の前にあったものは、短いが意味深長な間合いだった。「どうやら新しい種類の地震、新しい種類の溶岩流、前とはちがった形の世界波のようです。聞こえますか？

もう計器はいりません。聞こえますか？」

　あらゆるものが解き放たれた。大きくひらかれた。あれはどういう世界音だろう？ 笑い声だ、世界の哄笑だ。権力を失った三人の巨魁（きょかい）はどんどん縮んでいき、その顔は素焼きの壺のようにひび割れた。いまでは全世界が彼らを笑いとばしていた。それはいましがたまで山々でなかった新しい山々から、火が生んだ新しい噴火口から、山々の頂から、いま生まれ変わった人びとから湧き出た哄笑だった。全世界が笑いころげるなかで、三人の生き物は縮み、こなごなに砕け、名もない極微のかけらになってしまった。

　これは〈革命〉だった。これまでの革命家のやったことは、この〈革命〉の足もとのうぶ毛にもおよばなかったのだ。

　大陸のそれぞれが、おたがいから離れて漂流をはじめた。祝祭のあいだに大きく移動するか、小さく移動するかは、大陸そのものの気性と気分によってきまるが、どの大陸も自由に動くことができた。そして、その移動には百万年も千万年もかかるわけではなかった。たった一時間ですんだ。

　もちろん、全世界的な混乱は生まれた。五千メートルもの高波が各地をおそったし、なにやかやはあった。しかし、それらの原因から予想される混乱以上のものはなかった。

「チャートにも出てない陸地が下に見える」大統領と上下両院の議員たちを乗せた旅客機の航空士がいった。

「それで気が休まるんなら、チャートにのせろよ」とパイロットがいった。「あれはハイ・ブラジルだ。大むかしの陸地がもどってきたんだ。賭けてもいいが、あいつはずいぶん長く潜水していた気分だろうな」

「やっぱり、降下するのが早すぎたみたいだぞ。この下には陸地なんかありそうもない」と、その一時間後に航空士がいった。「このままだと海へ墜落しちゃうよ」

「いやいや。盛りあがった陸地にちゃんと着陸するさ」パイロットは主張した。「ほら見ろよ、あれを。まっさらのピッカピカの陸地だ。浮きあがった脇腹から海水が流れ落ちて、波しぶきが一キロも上まで舞いあがってるぜ」

旅客機が到着したそこは、あの伝説の地、はるか大むかしに海中へ沈んだはずの、あのリオネッセだった。そこはよい町であり、よい土地であり、ここにもどったことを喜んでいるようだった。

ほかの旅客機やいろいろな船も、つぎつぎとリオネッセに到着した。あらゆる土地の人びとがそこへ向かっていた。空と海から二百以上の国家の政府が運ばれてきたが、どの議員も官僚もはちきれんばかりの笑顔だった。彼らがこれからその土地に作りあげる町は奇妙なものになるだろう。だが、もし利点があるとすれば、それは世界の人民にわずらわされず、世界のすべての政府がそこに集まっていることだ。

そして、べつの土地では、三人の賢人が、祝祭後の初のまっぴるまを歩いていた。もしかするとこの三人の人物は、かつてルーイル、アマース、ローマーという名前で呼ばれていたかもしれないが、いまの三人にそうした名前はなかった。

三人はまだ新しく名づけられていない方角へと歩いていた。その夜、三人は昨夜眠った場所では眠らないだろうし、全世界のほかのみんなもそうだろう。この三人はサンダルをはいていた。マントと幸福感に包まれていた。三人のそれぞれが杖を持っていた。そして（なにかの古い象徴なのか、それともなにかの新しい喜びからか）真昼なのに火をともしたランタンをさげていた。彼らは新しい方角からきた三人の博士たちだった。

廃品置き場の裏面史

Junkyard Thoughts

浅倉久志訳

1

廃品置き場(ジャンクヤード)を管理するワン公の富は
若くして死んだツタンカーメン王の墓よりもでっかい!

「おまえが最後にいいとこに会ったのはいつだ、ジャック?」厳格きわまりない警察官、ドラムヘッド・ジョー・クレスがそうたずねた相手は、ジャック・キャスだった。ジャックは質屋で、ポルダー通りの廃品置き場(ジャンクヤード)の管理人を兼ねている。「いとこなんかいない、とは二度といわせないぞ。おまえたちふたりが瓜二つなのに気づいたのは、このわたしだけじゃない。いまこの瞬間にも、やつはここにいるような気がする。なにかの手段でうまく身を隠しながら、あの青く鋭い目、あの蛇に似た目でわたしを見つめているような気がするんだ」

「いいや、おれにはいいとこなんかいねえよ、ジョー」ジャック・キャスはいつものガラガラ声で答えた。「おれにはいいとこなんかいねえ。いるのは二、三百人の甥っ子だけさ。質屋ってものは、暮らしの苦しいその他おおぜいの連中からすると、〝叔父さん〟だからな。そういえば、いまそのひとりが廃品置き場の入口にやってきたぜ。なんの用だか聞いてみないとな。ドラムヘッド・ジョー、残念だけど、いまあんたがいったその男は、ここのお客になるには上品すぎるぜ」ジャック・キャスがそういい残して廃品置き場へ出ていった留守に、警察官ドラムヘッド・ジョー・クレスは、質屋の店内をしらみつぶしに調べる機会に恵まれた。調べながら、彼はひとりごとをつぶやきはじめた。

「ぎっしり品物の詰まったこの店は、いつ見ても内側のほうが外側よりもずっとでっかい気がする」と警察官は自分に説明した。「それをいうなら、この店の主人、ジャック・キャスもだ。どっちの内部にも怪しげなものが何千となく隠れている。だが、あの青く鋭い目をした上品な男を隠す場所は、ここにはない。では、なぜここにやつのにおいがプンプンするのか？　それに、この台帳はなにを物語っているのか？　あの上品なペテン師がハイ・ストリートの邸宅から姿を消して以来、ジャックのやつはほんの二時間も忙しい思いをしたことがない。ああ、この台帳には、まる一日、なにも書きこまれてないぞ。そう、それにこの小切手帳。ジャックは、ここ三日間一枚の小切手も書いてない。大半が現金商売だ。おや、ジャンクヤード、わたしを監視にきたのか？」ジャンクヤードというのは大きな茶色の犬で、質店の主人のジャック・キャスが店を留守にすると、いつも質屋のなかへはいってきて見張りをつとめる。だが、ジャンクヤードは、ドラムヘッド・ジョーがこの店に立ち入り自由であることを心得ている。

「それと、木箱いっぱいの不渡り手形。なぜあいつは手形を落とさない？」とドラムヘッドはつづけた。「やつの銀行残高はつねに健全だ。しかも、ジャックの銀行残高が帳簿の未払い分を上まわっていることは、何度も確かめてある。あれだけの請求書の山をそっくりきれいに支払っても、やつの銀行残高はほとんどへこまないだろう。もしかすると、支払いをずるずるひきのばし、相手を待ちくたびれさせておもしろがっているのか。しかし、あの小切手そのものは折り紙つきの民芸品だ。それにあの男もな」

ジャック・キャスの専用小切手には、頭が禿げて、乱杭歯(らんぐいば)のにやにや笑いをうかべたぶかっこうな顔が大きく飾られ、その下に長い耳の雄ろば(ジャックアース)の絵がある。その雄ろばも、乱杭歯のにやにや笑いを浮かべている。そして、小切手のいちばん下に印刷されているのは、こんな肩書きだ――〝インペリアル質屋パレスおよびジャックアース廃品置き場の支配人〟

警察官ドラムヘッド・ジョー・クレスは、十年あまり前、まだ新米のおまわりでこのへんが巡回区域だったころから、ジャック・キャスを知っている。そのあと、ドラムヘッド・ジョー・クレスは詐欺取締班の刑事になり、さらにクレス警部に昇進して、何人かの最高に口達者で上品な詐欺師や犯罪者を追跡する役目になった。

年に数回、恒例のようにジャック・キャスは逮捕されるが、それはささやかで月並みな盗品売買の嫌疑でしかない。ジャックはいつも逮捕状や捜索や逮捕そのものを機嫌よく受けいれ、またときには手慣れた商売の世界にとどまれるよう、そこそこの賄賂を払う。ジャックの口癖の文句はこうだ——うちの店内は、昼夜を問わず、いつも法の紳士がたに開放されてるよ。

そう、ぶかっこうなジャック・キャスは、乱杭歯のにやにや笑いと、猪首と、荒っぽくてでっかい声を持つ、下流社会の愉快な男だった。全米きっての、まじりけのないがさつ者だった。ジャックはプラッグド・ニッケル・バーやダフィーズ・タヴァーンでビールを飲む。よけいなおせっかいは焼かないし、儲けさせてくれそうな他人の商売には干渉しない。この近所のことなら、あらゆる細部、あらゆる人間を知りつくしている。いまそのジャックが、インペリアル質屋パレスの店にもどってきた。

「なにか見つかったかい、ドラムヘッド・ジョー？」とジャックはたずねた。「あんたのいう、青く鋭い目をした上品なペテン師のことで、手がかりは見つかったか？」

「においだけだ、ジャック。やつのにおい。だが、なぜかここではにおいが強い」

「そんなはずはないぜ、ドラムヘッド。あの男は上品すぎて、においなんかしない」

「すわれよ、ジャック」ドラムヘッド警部はいった。「おまえと水入らずで、つっこんだ話しあいがしたい」

「それだと、ふたりのまんなかにチェス盤がないとな。完全な時間のむだはお断わり」

そういうと、ジャック・キャスは釘の詰まった古い樽の上にチェス盤を置き、駒を並べた。その盤を挟んで、ふたりはアン女王朝様式の椅子にすわった。一脚三ドルでジャック・キャスが手に入れたこの椅子は、三百ドルの価値がある。犬のジャンクヤードも三本脚の腰掛けを押しだしてきて、そこにすわった。ドラムヘッド・ジョーの序盤の仕掛けはブロドスキー・ギャンビット。このギャンビットにはこれといった応手がない。

「ジャック、今回のJ・パーマーはでっかいヤマを当てたぞ」ドラムヘッド・ジョーはいった。「しかも、やつはなんの痕跡も残さずに姿を消した。もちろん、やつは数年おきにそれをやってのける。だが、今回のJ・パーマーは、われわれみんなを完全にこけにした。しかも、その途中でふたりの男を殺している。いつもだと、やつはそんなことが起きないよう、細心の注意を払うんだがな。こっちは前もってやつの動きをつかんでいた。あらゆる種類の秘密情報をつかんでいた。やつがリオまで乗っていく予定の旅客機の座席番号までもだ。やつがあの優雅な邸宅へはいっていくのを、われわれは見とどけ、やつが電話でタクシーを呼び、乗客は自分と十六個の荷物だ、というのを盗聴した。それから邸宅のなかまでやつを尾行したんだ。玄関のドアには錠が下りていなかった。細めにひらいてさえいた。〝ああ、これはこれは、へまな警察の紳士諸君〟わたしの耳に聞こえてきたのは、隣の部屋にいるJ・パーマーの声だった。〝諸君の来訪は予想していたし、諸君に会うのはいつもたのしい。だが、残念ながら、きょうはそのたのしみを短く切りあげないとな。当方は旅行の予定があるんでね〟

ジャック、大きな玄関ホールを隔てて、わたしにはあの男の磁力が感じられた。いや、怖じ気づいたね。わたしはいつもそれで怖じ気づく。やつがでっかい（しかし、つねに上品な）大蛇で、こっちは震えている飛べない鳥だ。いまにもひと呑みにされそうな気がする。やつに面と向きあったとき、おまえもそんな気分にならないか？」

「ドラムヘッド、正直いって、おれは一度もやつに会ったことがないんだぜ。想像のなかでも、現実のなかでも。正直にいうけど、あいつの顔さえ見たことがない。だけど、いまの話をつづけてくれよ。おもしろくなってきた」

「そう。なかなかおもしろいんだ、ジャック。とりわけ、それがぷっつり中断されるところがな。いいか、わたしが震えているあいだに、こっちのグループの三人が隣の部屋にはいった。ところが、J・パーマー・キャスはその部屋にいなかったんだ。やつは邸宅のなかのどこにもいなかった。しかも、あの邸宅から出られたはずはない」

「ひょっとして、地下室から外へ抜けだしたんじゃないのかい？」

「ジャック、あの邸宅にはふたつの地下室があるが、こっちは両方の地下室に二人ずつを配置して、無線連絡をとっていたんだぞ。ちがう、やつが地下室から抜けだせたはずはない。それに、いつもだれかがあの邸宅のあらゆる部分を視野に入れていた」

ジャック・キャスはチェスの駒を動かそうとしたが、犬のジャンクヤードが前足を出して、その手を押しとどめた。ジャックがなにか犬に囁くと、犬は「だめ」というように首を横にふった。ジャックがもう一度囁くと、犬はまた「だめ」というように首を横にふった。三度目にジャックが囁いたとき、犬は「そう」というように首をうなずかせた。ジャックは駒を動かした。あいにく、それはあまりいい手ではなかった。

「ひょっとして、J・パーマーは最初からその邸宅にいなかったんじゃないのかい」とジャック・キャスがいった。

「やつが邸内へはいるのを、われわれは見とどけたんだ。それに、やつを追って邸内へはいりこんだあとで、隣の部屋にいるやつの声が聞こえた」

「その声が一種の録音だったとかさ」

「それはありうる。だが、われわれの監視中に玄関のドアから邸内へはいったあの男は、ぜったいに録音のたぐいじゃない」

「もしかして、やつは幽霊だったとかさ。あんたらがやつに会っていつもぞっとするのは、もしかしてそのせいじゃないかな。おれも幽霊を見るといつもぞっとする。やつがあんたらの前で姿を消したのは、どれぐらい前だい？」

「二時間前だ」

「じゃ、どうしてみんなであいつを探しに、ほうぼう駆けずりまわらないんだい？」

「駆けずりまわってるとも。わたしは駆けずりまわったすえに、ここへきたんだ。J・パーマー・キャスはここにいると思う」

「じゃ、得心のいくまで探しなよ、ドラムヘッド。もう四年ぐらい前になるかな、あんたがあのトンマな考えを思いついたのは？　おれがあの上品なペテン師とつるんでる、だと？　なぜだよ？　どこにおれたちの共通点がある？」

「名前だ。電話帳で見るとすぐ前後にくっついている。J・パーマー・キャス。それに、ジャック・キャス」

「前にもあんたはそういったよな、ドラムヘッド。だから、おれも電話帳を調べてみたけど、そんなことはないぜ。あの上品な男の電話は、もちろん不登録番号だ。電話帳を見たって、おれのそばには載ってない」

「いや、載っているとも、ジャック。われわれ詐欺調査班が作った容疑者名簿ではな。J・パーマー・キャスとジャック・キャス。おまえのフル・ネームは？」

「ジャック・キャスだよ。いちばん昔にさかのぼって、おれの記録を調べてみなよ。陸軍にいたころの記録はジャック・NMI・キャスになってるが、軍隊じゃミドル・ネームがないと、いつもそこにNMI（ノー・ミドル・イニシャルの略）がはいる。名字と名前のあいだになにかがないと、コンピュータが承知しないんだよな。このおれを見ろよ、ドラムヘッド！長年のあいだ、あんたはJ・パーマーをそばで見てきたらしいが、正直、おれは見てない。おれたちが仲間に見えるか？　似たとこがどこにある？」

ドラムヘッド・ジョーはジャック・キャスをしげしげと見つめた。でっかくあどけない茶色の瞳は、人なつっこい大型犬にふさわしい。目だけをとって見れば、ジャック・キャスと犬のジャンクヤードは一腹の子といってもいいぐらいだ。ドラムヘッドは、ジャックの角縁メガネの片方のレンズの隅に走るひび割れをながめ、そのフレームがばらばらにならないよう、ある一点へぞんざいに巻きつけられた銅線をながめた。大きな禿げ頭とそのまわりを縁どるごま塩の髪の毛をながめ、乱杭歯のにやにや笑いと、猪首と、でっかくてだらしのない体を見つめた。そう、ある意味で、ジャック・キャスのビールとハンバーガー臭い息までを見つめた。

「うん、妙な話だが、すくなくともひとつの点で、おまえはJ・パーマーに似ている」ドラムヘッド・ジョーはいった。「だが、ついさっきまで、わたしはそれに気づかなかった。いまも、まだそれをどう名づけていいかわからん。だが、もうひとつ、おまえが見かけどおりの男でないと思わせる点がある。そう、おまえはまたそれをやった」

「王手」ジャック・キャスはきっぱりといった。「これで詰み。へえ、そりゃどういうことだよ、ドラムヘッド？」

「全米第十一位のチェス・プレーヤーとしてシードされているこのわたしと勝負をして、おまえはいつもわたしに勝つ。全米代表のなまけ者、おまえのような廃品ゴロにしては、驚くべきことだぞ」

「そう驚くことはねえよ、ドラムヘッド。おれは廃品置き場みたいな頭を使って、廃品置き場みたいな手を指す。それであんたの上品なゲームをひっくりかえす。このジャンクヤードってワン公が、りっぱにコーチをつとめてくれるしな」

「ジャンクヤードは派手なチェスを指すが、中身がない。それに、中盤が弱い」

「J・パーマー・キャスの手荷物に、なにか意外なものがはいってたかい？」とジャックはたずねた。

「ひとつだけな。そこにはぜんぶで十六個の上品な手荷物があった。やつがタクシーをたのむときにいったとおりだ。しかも、リオ旅行に似合いの上品な手荷物。だが、十六個のどれにも百万ドルの現金ははいってなかった。はいっていれば、かなりかさばるはずだ。その現金は、このポルダー・ストリートのインペリアル質屋パレスのどこかにある。なぜわたしがそんな直感を得たと思う？　知っているか、ジャック、ハイ・ストリートにあるJ・パーマー邸から、この店がたった百ヤードしか離れてないのを？」

「ああ、ほかのどんな町にこんなことがある？　ハイ・ストリートみたいな金持ち界隈と、ポルダー・ストリートみたいな貧乏界隈が、たった一ブロックしか離れてないなんて！　だけど、ドラムヘッド、このふたつの通りは、もっとたいせつな点で、想像できないほど離れてるんだぜ」

「ジャック、百万ドルの大金はそれだけで独特のオーラを放つものだ。わたしはこの店のなかにそのオーラを嗅ぎあてた。なぜだ？　それはどこにある？」

「好きなだけ探してくれていいよ、ドラムヘッド」

「いや。どこを探せばいいか、ジャック、おまえが話せ。わたしはおまえに手錠をかけ、それから――」ドラムヘッド・ジョー・クレスは、アン女王朝様式の椅子から腰を上げると、まだすわったままのジャック・キャスの前に立ちはだかり、手錠をじゃらつかせ、筋肉を盛りあがらせた。

だが、それもいっときのこと。ドラムヘッド・ジョーはぎっしり詰まった部屋のなかで宙を飛び、ガラクタだらけの片隅に着地した。文字どおりに投げ飛ばされたのだ！

「すまねえ、ドラムヘッド」とジャック・キャスは謝った。「前にあんたはおれを逮捕したが、おれはいっぺんも抵抗しなかったよな。あんたはいますぐおれを逮捕できるけど、おれは抵抗しねえよ。いまのはあんたが詰めよってくるのを見てとつぜんに起きた、自動的反応だ。あんたをあんなにひどく投げ飛ばす気はなかった。けがをしたか？」

「ああ、ちょいとな。だが、これでわたしにもわかった。おまえのどこがJ・パーマー・キャスに似ているか。それはその猪首だ。猪首というものは隠しにくい」

「猪首の人間なんてざらにいるぜ、ドラムヘッド。いまよりずっと若いろくでなしのころ、おれは田舎町を巡業するプロレス一座にいたことがある。もし相手がおれより太い猪首をしてる場合は、むこうがおれをぶちのめす。だが、おれは百九勝して、たったの二十二敗だったぜ。ドラムヘッド、あんたがどこでそんな妙な考えを吹きこまれたのか知らんが、おれの全財産は、あんたやほかの役人のどんな検査にもいつだってオープン。

それに、おれって人間の過去や、前歴や、投資や、取引だって、どんな検査にもオープンだ。おれの指紋はこの指の端っこにあるし、おれの血液型はこの血管を流れる血のなかにある。なぜそんな目で見るんだよ、ドラムヘッド？」

「いろいろの不可能性だ、ジャック、いろいろの不可能性！　パズルのなかにうまくはまらない要素が、一ダースもある。だが、その猪首や、あの投げ技への対策は、このわたしにもあるぞ。装塡され、いまこの手に握られている制式拳銃がそれだ」

「ドラムヘッド、ドラムヘッド、おれ相手にそんなものは要らねえよ。もしそれで安心できるなら、拳銃を突きつけるのはそっちの勝手だけどさ」

「そのとおりだ。わたしはそうする。さあ、さっさと情報を吐け。早く！　おまえの命がかかっているんだぞ」

「気をつけな、ドラムヘッド。あんたの命だって、細い糸でぶらさがってるんじゃないかい。おれは自分よりもあんたのほうが心配だな。あんたが殺されるのを見たくない」

「わたしもだ。しかし、きょう、わたしは誓った。あの催眠術師の蛇野郎、J・パーマー・キャスを殺してやる、とな。やつが一足先にこちらを殺さないかぎり、わたしはそうする。ジャック、やつの居場所を知っているなら、わたしを連れていけ。どたん場になって、おまえはどっちの側につくつもりだ、ジャック？」

「そりゃあんたの側さ、ドラムヘッド。あんたは善人。J・パーマーは悪魔」

「やっぱりおまえはあいつのことをよく知ってるんだな。なぜメガネをはずす?」

ジャック・キャスはアン女王朝様式の椅子の上で背をまるめ、メガネをはずし、両手に顔を埋めた。その瞬間、犬のジャンクヤードが、想像できるかぎりでいちばん物悲しい鳴き声を上げた。

「うん、ある意味でおれはJ・パーマーを知ってるよ、ドラムヘッド。ある意味、ある恐ろしい意味でな。おれがメガネをはずしたのは目を拭くためだ。目を拭くのは、泣いてるためだ。泣いてるのは、おれがのろまで、あんたの死んだ姿がはっきり見えるためだ。あんたが自分の手に握った制式拳銃で射殺されてるのが」

「どこでだ、ジャック? いつのことだ?」

「いまから十分以内。それに、ここから百ヤード以内。無理すんなよ、ドラムヘッド。そんなことになっちゃまずい」

「おまえの本当のフルネームはなんというんだ、ジャック?」

「無理に知りたがるなよ、ドラムヘッド。あんたの命は細い細い糸で吊るされてる」

「いや、どうしても知りたい。ジャック、おまえのフル・ネームは?」

「この杯を過ぎ去らせてください(『マタイによる福音書』二十六章にあるイエスの言葉)! おれのフル・ネームは、ジヨン・パーマーワーム・キャスだよ」

「パーマーワーム？　いったいそれはどういう由来の、どういう虫だ？」

「パーマーワームは聖書（『ヨエル書』一章の〝いなご〟のこと）にも出てくる。そいつは、おれの体内のシャクトリムシでもあるんだ。おれが生まれてからずっと、そいつはこの体内を食い荒らしてきた。おれのおやじは、まだおれがゆりかごのなかにいたとき（そう、おれの生まれた古風な農家には、古風なゆりかごがあったんだよ）、それがおれの〝もうひとつの姿〟だ、といった。おれがあんまりすごい憎しみをこめてにらみつけたもんだから、おやじはよろけたね。当時のおれはまだ生まれて一日目だったが、おやじにいわせると、おまえは万事を理解してる、とさ。そこでおやじは、おれをジョン・パーマーワーム・キャスと名づけたんだ。おやじの話だと、パーマーワームはおれの体内の悪魔、ときどきおれのもうひとつの姿をとる悪魔だって。だから、正式な名前で呼んだほうがいい、とおやじは考えたらしい。ドラムヘッド・ジョー、あんたはいますぐこのいっさいから手を引きなよ。いますぐこの質屋から出ていって、この事件にはもうこれ以上なんにも、なんにも、なんにも首をつっこまないほうがいいぜ。請けあってもいいが、いまからかっきり一時間後に、J・パーマー・キャスはやつの邸宅のなかに出現し（聖書の言葉をかりると、〝すべての扉とすべての窓が閉じている〟のにだぜ）その場にいる当局の連中や護衛の目の前で、自分で自分を撃って自殺する。やれよ、ドラムヘッド。まちがいなくおれはそのお膳立てができる。J・パーマー・キャスがきょう死んで、あんたは生き残る、とおれは決めた。取引しろよ、ドラムヘッド！」

「いや、取引はしない。謎の解決までこんなに近づいているのに」

「あんたは自分の死に近づきすぎてるぜ、ドラムヘッド。子供のころのおれが夢遊病者だったのを知ってるか？」

「いや、もちろん知らない！　それはまたどういうたわごとだ？　鼻をするのはやめろ！　こっちを見ろ、ジャック。おまえの目をよく見たい！」

「いや、ドラムヘッド、そいつはだめだ！　おれがガキのころ、おやじはこういった。夢中歩行をしてるときのおまえは姿が変わるって。おやじがいうには、その悪魔を追いだしたいのは山々だが、それをやるとおまえを殺すことになる。だけど、おやじはそうしなかった。逆に殺された」

「逆にだれに殺されたんだ？」

「おれの分身にさ。そいつがおやじを殺した。それと、ほかの何人かもな。おれはそいつにあんたを殺させたくない。だから、取引しろよ。そうすりゃ、やつは自殺する。誓ってもいい、誓ってもいい、誓ってもいい！」

「ギャアギャアわめくな！　顔を上げろ！　ジャック、おまえの目を見たい」

「ああ、神さま、やめろ！」

「ああ、神さま、やれ！」

「ああ、わかったよ」と、ジャック・キャスの声とは似ても似つかぬ声がいった。その声はどちらかといえば優雅で、しばしば無礼でもある、あの稀代のペテン師、指名手配中の犯罪者、J・パーマー・キャスの声だった。「では、警察官よ、わたくしの目をのぞきこむがいい。この目のなかをのぞきこみ、おまえの死と破壊を招くがいい」そういうと、猪首の男は首をもたげた。

2

この混乱状態は、まるで栓抜きそのまま、
いったい、きょう、われわれのどっちが死ぬ？

「ああ、頭上におわす神よ！」ドラムヘッド・ジョー・クレスはそうさけぶと、ガタガタ全身をふるわせた。「あの蛇だ！　あの優雅な蛇！　ここにいるわたしは、飛べない、あわれな鳥だ。やつはわたしを生きながら食ってしまう」あまりにもドラムヘッド・ジョーの身ぶるいが激しいため、その手に握られた制式拳銃がぼやけて見えるほどだった。

「おれたちを撃てよ、ドラムヘッド」なんとなく形の変わった口から、ジャック・キャスのなじみ深い声がした。「あんたがおれたちのどっちを撃っても、それで世の中はよくなるぜ」

「だまれ、ジャック！」とJ・パーマー・キャスの上品な声が、おなじ口なのに、なんとなく形の変わった唇から聞こえた。「ドラムヘッド・ジョーは、ドラムヘッド・ジョー以外のだれも撃たない。うしろへ退れ、ドラムヘッド。そこの三段のステップを登り、あのドアをくぐれ。これまでの捜査できみはあのドアをくぐったことがあるが、そのむこうにもうひとつのドアがあるのには気がつかなかったろう」

「撃つぞ、撃つぞ」ドラムヘッド・ジョーは震えていた。「この手にある拳銃で」

「だが、きみは催眠にかかった、飛べない鳥だ、ドラムヘッド。そしてわたくしは蛇だ」とJ・パーマー・キャスの声がした。「飛べない鳥には、蛇を撃つだけの勇気がわいてこない。物事はそんなふうにはいかないものだ。なぜいまのわたくしの瞳が青いのか、ふしぎかね？　ああ、それはたんにコンタクト・レンズのせいだ。大きくて人なっこいジャックの瞳を覆うには、大きなレンズが要る。彼の古い角縁メガネをはずすとき、わたくしはいつも悲しい思いをするんだ。レンズの隅の小さいひびと、フレームがばらばらにならないよう、ぞんざいに巻きつけられた細い銅線。あのやぼなメガネをかけたのろまを、だれが信用せずにいられる？　こいつは永遠にのろまだと、信用せずにいられる？　あのお飾りは、正真正銘の芸術だ。それを思いついたのは、ジャックでなく、このわたくしなんだ。つぎに、わたくしが自分の口のなかにブリッジをはめると、まぬけな乱杭歯のにやにや笑いが、たちまち消える。これこそもうひとつの傑作だ。そう、ドラムヘッド、あそこにはドアがある。壁を押すだけでいい。いいか、それでドアが開く。後ろ向きにドアをくぐれ。このわたくしがいうとおり、あとずさりしてドアをくぐり、わたくしからは目を離すな。照明はうす暗いが、すぐに慣れる。おい、ジャック、ワン公のジャンクヤードに帰れと伝えろ。あいつがいると道のじゃまになる」

だが、そこで、緊張したジャック・キャスの声が、まったく正反対の言葉を口にした。

「ジャンクヤード、ここでずっとおれたちといっしょにいろよ。大詰めのとき、おまえにいてほしいからな」

「そう、ここにある道具を使うと、おなじ肉体のなかでひとりの男が別人に変わるのだ」それはふたたび共通の口からしゃべりはじめたJ・パーマー・キャスの声だった。

「このかつらは金髪で、ウェーブがかかり、見るからにかつらしく作ってある。おや、あの禿げ頭のジャックはどこへ行った？　やつはどんどん内部深くへ這いこんでいくぞ」

奇妙な変身をつづけるその生き物は、ポルダー・ストリートのインペリアル質屋の裏手から、ハイ・ストリートの邸宅へ向かう湿った地下道のなかで足をとめ、素っ裸になった。つぎにその生き物が三十ポンドほど痩せて見えるように、一種のコルセットをきっちりと体にはめると、のろまの姿はいっそう肉体の奥深くへ隠れてしまった。そこで、奇妙な変身生物が上品な服を身につけると、いまや疑いもなくそれはJ・パーマー・キャスの姿になった。名うての横領者、ペテン師、詐欺師にして犯罪者、向こう見ずな殺人者で、催眠的オーラの持ち主、消失術の名人でもある男に。

「おれたちを撃て、ドラムヘッド！」なんとなく息苦しそうなジャック・キャスの声が聞こえた。「いまはJ・パーマーが支配中だから、あんたが殺すのはやつのほうだ。いまおれたちを撃てば、やつを殺すことになる。おれは殺されるかもしれないし、殺されないかもしれない。そっちはたいしたことじゃない。おれたちを撃って、自分の命を救え」

「だまれ、ジャック!」とJ・パーマー・キャスの上品な声が命じた。「ドラムヘッド・ジョーは、自分以外のだれも撃ちはしないんだ、ドラムヘッド・ジョー。ここにはおそろしくたくさんの要素が関係しているんだぞ、ジョー。このわたくしは右手を使い、鋼板印画のように完璧で流麗な字を書く。この世界のあらゆる詐欺師がうらやむような署名をする。いっぽう、哀れな下積みのジャックは、左手で書くでんぐりがえった金釘流で、まぬけな署名しかできない。それがやつの法定署名だ。わたくしたちの才能はすべて正反対の方向にある。だが、どちらも金儲けはうまい。きみが自分の制式拳銃で自殺するように仕組まれた場所へ行く前に、なにか質問はあるか?」

「い、いったい、あの百万ド、ドルはどこにある?」

「ああ、あれはきみがその上でジャックとチェスを指した釘樽のなかだよ。樽のなかには、札束の上に、六インチもの厚みで、錆びた長さ二インチの釘が詰まっている。あの百万ドルがこの近くにあるという、きみの言葉は正しかった。そして、きみにも感じとれる独特のオーラを放っていることもな」

「おれたちを撃てよ、ドラムヘッド!」まぬけでくぐもったジャック・キャスの声が哀願した。

「静かにしろ、ジャック」とJ・パーマー・キャスは命じた。ドラムヘッド・ジョー・

クレスにとって、ふたりの人物がおなじ口を使って議論しているのを聞くのは、たとえようもなく不気味だった。「わたくし自身、名勝負は大好きだし、ドラムヘッド・ジョーは名勝負の機会を与えられるだろう。いまのわれわれは、わたくしの邸宅の第三地下室を通りぬけているところだ。どの邸宅も、最低三つの地下室を持つべきだし、なかのひとつは巧妙に隠しておく必要がある。では、しばらくここで足を休め、この事件を記念して、三人それぞれがべつべつのワインを飲むことにしよう。ジャックはがさつ者だから、この安物のポートワインを飲む。やつはこれが大好きだ。しかし、ドラムヘッド、きみとわたくしはちがう。わたくしは完全な文化人だし、きみにはすくなくともその片鱗がある。だから、それぞれが一九〇七年物のシャトー・セルパン・ブロンを飲むことにしよう。飲みながら、人生の最終場面を迎えたきみがなにをいい、なにをすべきか、また、なにをいうべきでもすべきでもないかを、わたくしが教えてやるよ。いまからわたくしはいわゆるティール・ブーション、つまり栓抜きを使って、三本のワインの栓を開ける。そして、ワインを飲みおわったのちに、われわれはいわゆるティール・ブーション、つまり栓抜き形をした階段を登る。それを登りきった先はある部屋の壁で、わたくしは二時間十五分前にその部屋から姿を消したばかりなのだ」

ジョン・パーマー・キャスは右手を使って、自分のボトルからゴブレットになみなみとワインを注いだ。ドラムヘッド・ジョー・クレスは左手を使って、自分のボトルからゴブレットになみなみとワインを注いだ。震える右手には、まだ制式拳銃が握られているからだ。つぎは、どっちつかずの生き物の左手が、上品なJ・パーマー・キャスよりもがさつ者のジャック・キャスにふさわしいしぐさで、ボトルから安物のポートワインをなみなみとゴブレットに注ぎ、そのゴブレットを共有の左手でさしあげた。

「わたくしが最初だ」J・パーマー・キャスはそういうと、形のいい美食家の唇でゴブレットのワインをごくごくと飲んだ。

「つぎはきみだ、ドラムヘッド」J・パーマーにそういわれ、ドラムヘッド・ジョー・クレスは震える手と口でワインを飲んだ。「これできみにも本当にゲームを楽しむ元気がわいてくるかもしれんな、ドラムヘッド」とJ・パーマー・キャスはいった。「おまえが三番目だ、ジャック」ジャック・キャスは泥臭いしぐさでゴブレットをかたむけ、いまや平凡人のそれにもどったぶかっこうな口で、安ワインを飲んだ。

「栓抜き形をした階段のてっぺんにある、巧妙に偽装されたドアまできたら、わたくしは（なにがなんでも）騒ぎをひきおこす。まだあの部屋にいる何人かの警察官は、それを聞いて全員が驚き、まったくべつの方向に注目するだろう。そこで、ジャンクヤード、わたくしたちはきみをあの部屋のなかへ押し入れる（ジャンクヤード、足もとに近づくな。近づくと、そのくそいまいましい頭をけとばすぞ！）。このわたくしと、わたくしの内部に潜ったジャックがだ。そして、ドラムヘッド、われわれは開いた小さな戸口に立つ。きみにはわれわれの姿、このわたくしの姿が、はっきり見える。だが、室内の警察官たちにはわれわれの姿は見えない。そういう場合専用のトリックがあるのさ。さて、よく聞きたまえ、ドラムヘッド。きみがそこで一席ぶつかもしれず、ぶたないかもしれん、あるささやかなスピーチを教えてやろう。きみはこういえばいい。〝ああ、わが友人たちと同僚たちよ、いまからわたしは致命的な告白をしなくてはならない。諸君がここ何年間も、あの上品な犯罪者、J・パーマー・キャスを発見できなかったのは、ここ何年間もこのわたしが、あの犯罪者J・パーマー・キャスの役割を演じ、同時に、有名な捜査官ドラムヘッド・ジョー・クレスの役割をも演じていたからだ。どのように両方の役割を演じていたかは、あまり重要ではない。それはわたしが墓場まで持っていく秘密だ。さて、いまからわたしは自分の犯した悪事を償うために自殺する〟きみはそういって、そうすればいいんだよ、ドラムヘッド。きみに選択可能な行動のうちで、それが〝最高のショー〟だと思う。きみがそうしたとき、このわたくしは表面下に沈んだジャック・キャスといっしょに、そうっとドアを閉め、栓抜き形の階段を下り、つぎの冒険にとりかかるわけだ。

　それとも、きみがわたくしを射殺する手もある。それとも、きみがジャックを射殺する手もある。これらはきみに与えられた、もうふたつの選択だ。だが、きみがわれわれの両方を殺すことは許されない。生存者はほんのかすり傷を負うだけで、この肉体の占有をつづける。そして、生存者は〝もうひとつの分身〟から永久に解放されるわけだ。ドラムヘッド、その場合、きみはつつがなく生きていけるが、ただ、あれだけ拳銃を振りまわし、拳銃を撃ちまくり、あれだけ狂気じみた告白をしたからには、かなりばかばかしい状況におかれることになるぞ。どちらを選択するかはきみの自由だ、ドラムヘッド・ジョー。しかし、どうかそんなに身ぶるいせず、たのしんでやってくれ。きみのいうべき言葉と、いうべきでない言葉はおぼえているな？」「ああ、その言葉はおぼえている」ドラムヘッド・ジョーは震えながら、たよりない声で答えた。制式拳銃は、震えるその手のなかのぼやけた影でしかなかった。

「いま、われわれは栓抜き形をした階段のてっぺんにいる。うまく偽装されたドアの前にいる」とJ・パーマー・キャスはいった。「えいくそ、ジャンクヤード、じゃまをするな！　用意はいいか、ドラムヘッド、これはきみにとって最大の見せ場だ」

　壁のむこう側の部屋では、（どういう方法でか）混乱がまきおこされた。つぎにあいまいでありふれたキャスに似た生物が、カムフラージュされていたドアを開け、震えているドラムヘッド・ジョー・クレスをその部屋のなかへ押しやった。次に訪れたのは、生死を分ける短い一瞬だった。それから――

「ああ、わが友人たちと同僚たちよ、いまからわたしは致命的な告白をしなくてはならない――」最高の捜査官ドラムヘッド・ジョー・クレスは、大きな声、だが、とてつもなく震えをおびた、いびつな声で話しはじめた。「諸君がここ何年間もあの上品な犯罪者、J・パーマー・キャスを発見できなかったのは――」

3

埃まみれの葉っぱがそよ風に揺れる。

あれは金のなる木の葉っぱ。

太陽は頭上で赤錆色に輝き、

すくなくともわれわれのひとりが死んだ。

ぺろぺろとワインのボウルをなめる。

これはゲームだ。廃品置き場の思考だ。

犬と男がチェスを指しながら、ワインを飲んでいる。犬が飲んでいるのは安物のポートワイン、男が飲んでいるのは一九〇七年物のシャトー・セルパン・ブロン。男はブロドスキー・ギャンビットで序盤にはいったが、犬は廃品置き場流の指し手で、男の上品なゲームをだいなしにした。ふたりは釘の詰まった樽の上のチェス盤を挟んで、どちらもアン女王朝様式の椅子にすわっていた。百万ドルはまだ釘樽のなかにある。ああ、しかし、それは長さ二インチの錆びた釘が詰まった、六インチもの厚さの層に覆われている。

「最近のおいらはしょっちゅう夢中歩行をやらかすんだよ、ドラムヘッド」と犬のジャンクヤードがいった。その声は、年老いた農家の犬の声と、おそらく死んだであろうジャック・キャスという男の声との、どこか中間に位置していた。

「ときどきおいらは昼間でも夢中歩行するが、たいていは夜中だ。それと、おいらが夢中歩行するときは、よく姿が変わる。おいらの〝もうひとつの姿〟は、死んだジャック・キャスさ。あいつは死んだけど、ずっと死んだままでいてほしくないな。この近所では、質屋と廃品置き場の親方だった男が夜なかに道を歩いてる、という伝説が生まれた。しかし、みんなが見ているのは、おいらの〝もうひとつの姿〟なんだ」

「もうひとつの伝説も生まれているぞ、ジャンクヤード。夜なかに歩きまわる幽霊犬、発光性の幽霊犬。あれはおまえのことか？」

「そうだよ。J・パーマー・キャスはかつらにつける薬を持ってたが、おいらはそれを見つけて、自分の体毛に塗ってみた。そしたら、体毛が発光するじゃないか。それに、あの薬にはJ・パーマー・キャスの催眠的オーラの成分が混じってて、それがおいらの体毛のひとつの要素になったわけ。おいらは発光犬だけど、幽霊犬かもしれないし、そうじゃないかもしれない。おいらには幻覚が起きる。あんたがおれの幻覚だって可能性はすくなくとも五分五分だね。おいらがあんたの幻覚だって可能性はどれぐらいかな？」

「その可能性もまあ五分五分だな、ジャンクヤード。いまでも不思議に思うんだ。もしあの栓抜き形階段のてっぺん、あの部屋の入口での大詰めで、おまえがあのキャスという男の脚に思いきり嚙みつかなかったら……。それと、やつが悲鳴を上げて、あそこにいた警察や役所の連中の注意をひかなかったら……。それと、もしおまえがあれほど強くわたしの脚に嚙みつき、そのはずみにわたしが制式拳銃を発射して、共通の肉体のなかにいたジャック・キャスを殺し、J・パーマー・キャスだけを生き残らせなかったら、いったいどうなっていたか、と。あれからたびたび思うんだ。もしおまえがああしなかったら、どうなったか。そう、いまの状況はどんなぐあいだろう、と」

「おいらもよく考えるよ。出血してカンカンになったあのJ・パーマー・キャスが、みんなに取り押さえられる前に、もしおいらを蹴り殺してなかったら、いったいどうなっていたか」犬のジャンクヤードがいった。「その場合はどうなったかと、おいらもよく考える。そう、それと、いまの状況はどんなぐあいだろう、と」

「ジャンクヤード、三日前にわたしは見たよ。おまえが精神病院にいるわたしを見舞いにきてくれた、という夢か幻覚をな」ドラムヘッド・ジョー・クレスがいった。「たしかにおいらはあんたに会いにあそこへ行ったぜ、ドラムヘッド。見舞いにな」とジャンクヤードは説明した。「だけど、二度とあそこへは行きたくない。知ってるかい、ベッレヘム精神病院には〝犬類の精神異常と心神喪失〟部門があるのを？　ほんとだぜ。あそこに入院した犬類は手厚い看護を受けてる。飼い主がみんな金持ちなのさ。そんな犬たちは、実験台にされない。聖なる精神病院ではな。実験台にされるのは野良犬、連中が捕まえてくる廃品置き場の犬たちだけだ。まあ、目的としてはりっぱだが、おいらは典型的な廃品置き場の犬だからね。

J・パーマー・キャスは、何件かの殺人を犯したかどで絞首刑を宣告されたぜ、ドラムヘッド・ジョー。うれしいか？」

「いや、べつに。わたしはこの手でやつを殺したかった。だが、それだとおそらくわたしの魂の大きな負担になったろうな。いまのわたしは、精神病院での治療で、ある程度の平安にたどりついた。病院の話だと、あと一、二週間で退院できるという。ただし、すくなくともこっちが現実と非現実との境界を尊重するふりをすれば、の話だとさ。しかし、わたしの見たところ、正気の人間は、そのての境界や閾を区別するのがあまりうまくない。現状のわたしは、そのての境界や閾がどれほど柔軟であるかについて、正気の人間よりも正確な知覚を持っているかもしれん。しかし、むこうはわたしの機嫌をとってくれたし、なかのひとりは毎日の午後、ここまでいっしょに歩き（たった十分間の散歩だからね）、古くてからっぽで人けのない質屋のなかで、わたしが〝見えない犬〟といっしょに半時間を過ごすのにつきあってくれる。なぜあの連中は、きみのことを〝見えない犬〟というのかな？」

「それはおいらが目に見えないからだよ、ドラムヘッド。夜はべつだがね。夜になると、おいらは発光性の毛皮で目に見えるようになる。ドラムヘッド、あれから考えたんだけどさ、J・パーマー・キャスが絞首刑になったら、おいらが近親者として死体を引き取りにいこうかな。死体のなかに、友だちのジャック・キャスの蘇生可能要素が見つかるかもしれないからさ。だけど、そんな要求をするのは、犬にとって、とりわけ、目に見えないときが多い犬にとっては、むずかしいだろうな。ドラムヘッド、もしおいらがあんたの幻覚だとしたら（それはありうるぜ）、そしてもし、あんたがおいらの幻覚だとしたら（その可能性はもうちょっと高い）、いったいここにすわったふたりは何者なんだ？」

「このワインはすばらしい。ここにすわったふたりがだれかは知らんよ、ジャンクヤード。それがわれわれ自身でないかぎりはだ。ワインの在庫はどうなってる？」

「明日、子供の坂滑り用四輪車をトンネルの奥、栓抜き型の階段まで押していって、各種とりまぜ二十一本のワインを運んでくるよ。それでもう三週間はもつ。あんたのお好みのワインがまだ千七百本ぐらい残ってるから、一日一本としてまだ五年近くはもつ。おいらのほうは、ふつうのポートワインがなくなったら、ふつうのシェリーや、ソーテルヌや、そのての安酒がいっぱいあるしよ。死刑囚棟での奇妙な話といえば、J・パーマー・キャスの有名なかつらが、実はかつらじゃなくて、やつの頭に生えた髪の毛だったとさ。ドラムヘッド・ジョー、やつがあのかつらをかぶったり、とったりするところを、おいらは何十回も見てきたから、どっちを信用していいかわからない」

「ジャンクヤード、それとおなじ話題で、ちがった死刑囚棟の物語をわたしは聞いたぞ。それによると、J・パーマーがあのかつらは自前の髪の毛だと強硬に主張したものだから、看守たちが、〝おれたちもおまえに負けず強情なんだ〟といって、みんなで彼の頭にのったかつらの毛をすっかり剃り落としたそうな。すると、J・パーマーはうめきをもらし、こう嘆いたという。サムソンの場合とおなじで、わたくしの力と魔法は髪の毛のなかにあり、それがなくなればわたくしは破滅だ。しかし、その翌日、J・パーマーは見ちがえるように元気になり、また髪の毛が長く生えてきた、といった。ところで、けさ（それとも一週間前のけさかもしれんが）わたしは刑務所勤務の友人から手紙をもらった。そこには、死刑をなるべく早く執行したい、と書いてあった。〝あのかつらの髪の毛が実際に伸びているのを認めることが必要になる前に〟だと」

「王手」と犬のジャンクヤードはいった。「詰みだ。またあんたに勝ったぜ」

「ああ、だが、おまえがわたしに勝てたのは、きょうのわたしが本調子じゃないからだ。わたしはもう二度と本調子にもどれない気がする。おい、ジャンクヤード、いったいなにをしている？　おまえが脚の先でいじっているその青い不気味なものはなんだ？　自分の目をどうするつもりだ？」

「この青いコンタクト・レンズをはめようとしてるんだよ。これがないと、J・パーマー・キャスはJ・パーマー・キャスじゃなかった。このコンタクトはでっかすぎる。でっかすぎるぐらいでないと、ジャック・キャスの茶色の瞳を隠せなかったからだ。おいらの目は、ジャックの目と双子といってもいいぐらいに似てる。だから、このレンズがおいらのオーラになにをするかを知りたいんだよ。ドラムヘッド、このレンズがおいらのオーラをどう変えると思う？」

「まったくもう。そのレンズは、わたしをガタガタ震える飛べない鳥に変え、おまえを催眠術のうまい蛇に変えるんだぞ。そんなものははずせ、ジャンクヤード」

「そういうなよ、ドラムヘッド。だれかを練習台にしなくちゃならないんだ！　だけど、ベツレヘム精神病院の看護人が、あんたを迎えにやってきたぜ。明日になりゃ、あんたもおいらに勝てるかもな」

「そのはずだ。絶対にそうなるはずだ。ジャンクヤード、おまえの中盤はやっぱり弱い。なぜわたしがめったにその隙をつけないのか、そのあたりはよくわからんが」

　精神病院の若くてほがらかな看護人が部屋にはいってきた。

「もう帰る準備はできましたか、クレスさん？」と彼はたずねた。「あなたの友だち、見えない犬と会えてたのしかったですか？」

「とてもたのしかったよ、チャールズ。しかし、あいつは目に見えないわけじゃない。いまだって、ほら、あそこにいるよ。ほら、チェス盤のむこうのアン女王朝様式の椅子にすわってるだろうが」

「ああ、しかし、あそこにはアン女王朝様式の椅子も、チェス盤もないし、目に見える犬もいません。それと、あなたはまたワインを飲んだらしいが、ここにはボトルもグラスもありません。なにかの手品ですよね、ちがいますか、クレスさん？　しかし、この陰気でみすぼらしい場所へくると、あなたはほがらかになる。このわたしには、からっぽで人けのない質屋の店以上に気のめいる場所が想像できませんが」

「たしかに陰気かもしれん」ドラムヘッド・ジョー・クレスは、ちょっぴり挑戦的にいった。「しかし、この店は、これほど陰気でない店を半ダースも売り買いできるんだぞ。知ってるか、きみ、そこにある釘樽のなかに百万ドルの大金がはいっているのを？」

「おもしろいですね、クレスさん。しかし、あそこには釘樽なんてありませんよ。あなたの指さしているあそこには、まったくなんにもない。さあ、いっしょに帰りましょう。快適な十分間の散歩をたのしむんです。そのあとは入浴の時間。それから半時間の仮眠のあとには、夕食が待っています」

「おいらの中盤の腕前はそんなにわるくないはずだ」犬のジャンクヤードは、青いコンタクト・レンズごしに世界をながめながら、ほくそえんだ。そのレンズは自我刺激の作用があるようだった。「ドラムヘッド・ジョー・クレスが気にしなくちゃいけなかったのは、終盤戦なんだ」

行間からはみだすものを読め

And Read the Flesh Between the Lines

伊藤典夫訳

1

ほら穴、隠れが、かなめ、クラブ
こみあった混沌の火焔
魔法の樹、未来の灌木（かんぼく）
ノスタルジアがその名前
——〝あの部屋〟の壁に残る古い落書き
ジョン・ペナンドルー作

ところはバーナビイ・シーン邸。そのガレージ・ハウスの上にある例の古い空き部屋では、しばらく前からある種の鳴動がつづいていた。関心を払う者はあまりいなかった。

どのみちバーナビイ邸では、小さなガタゴト以上におかしなことがいろいろ起こっていたからである。

幽霊は出る、いろんな実験はおこなわれる、ハウスボーイ兼バーテンダーは、百万年まえに滅びたはずの生き物である。おどけ者や天才たちもやってくる。空き部屋が多少がたつくぐらいで、いったい誰が気にしよう？　バーナビイ邸では、あらゆる種類のガタゴトがひっきりなしに起こっているのだ。

「あの古い部屋のガタゴトは、なにやら不気味で危険そうだな」と、ある晩バーナビイがわれわれにいった。「いや、いっておくが諸君、わたしの仕業じゃない。正体は不明だ」

「わたしには愛想のいい音に聞こえるがね」とハリー・オドノヴァン。「わたしは好きだ」

「べつに悪意がこもってるとはいってない」バーナビイはぶっきらぼうな口調に、ときおりみせるあの奇妙なやさしさを含ませた。「わたしだって好きだよ。みんな気に入っているし、あちらもわれわれを気に入ってくれている。しかし危険だ、たいへん危険だ、向こうにそういうつもりがなくてもな。あそこにあるものは残らず調べた。危険やガタゴトの源は見つからなかった。で、これはわたしの頼みなんだが、きみたち四人にも、あの部屋を念入りに調べてもらいたいのだ。あそこはずいぶん昔から知っているはずだから」

われわれ四名、すなわちジョージ・ドレイコス博士、ハリー・オドノヴァン、クリス・ベネデッティ（ここまでは第一級の頭脳）――それに鈍才のわたしは、出かけていって、その古い部屋を調べてみた。しかし調べるといっても、それはどれくらい徹底したものだったのか？

少なくとも、いまよりはもっとあの手この手を使って調べたことはたしかである。その意味では、現状を見る目が多少おろそかになったということはありうる。それまでが意気ごみすぎていたために、現状が見過ごされる結果を招いたのかもしれないし、あるいは調査の全時間が、このさりげない現状に圧縮されるように動いたのかもしれない。

では、この部屋のようすにすこし耳を傾けてみよう。

ここはバーナビイ・シーンのお祖父さんの時代からのもので、彼の祖父は油田ブームがはじまると同時にペンシルヴェニアから流れてきて、とある異様な〝館〟を買ったわけだが、当時この離れ家はガレージ・ハウスではなく、厩舎と馬車置場になっていた。

その部屋は、つまるところ二階の干し草置場であり、飼料置場、まぐさ置場だった。片隅は馬具部屋になっていて、掻折釘（かいおれくぎ）、ハンマー、刃物、製帆工場にあるような太い縫い針、靴なおし台、ナンキン鉋(かんな)(馬具の引き綱を結びつける遊動棒は、これで仕上げたりなおしたりする)、牛脚油などなどが置いてある。数十年後のいまになっても、そこには昔ながらの臭いがいつもただよっていた。干したティモシー草、スイート・クローバー、牛草、長葉草(ながは)、アルファルファ、スーダン・グラス、もろこしの茎、ついたり挽(ひ)いたりしたオート麦、そして岩塩やリンゴの香り。さよう、そこには百年にもわたってリンゴの香りをしっかり記憶した古い樽があるのだ。なぜそんなものが部屋に？　だって、馬の大好きなおやつはリンゴだろう。

下着やふすまの臭いもあれば、古い巻き煙草の臭い(きっと垂木のジャングルのあいだに寝かせてあったにちがいない)、七十五年まえの火花の臭い(火花の出所となった丸砥石も、まだ使用できる状態でそこにある)、野牛の毛皮の臭い(幌馬車や二輪馬車でひざ掛けに使った)もあった。また鍛冶炉をはじめ、蹄鉄工の道具も見えた(だが、これらが二階に運び上げられたのはつい六十年ほど前のことなので、臭いはここではさして古いものではない)。

自動車時代を象徴する品々も少なからずあった。ずっしりした組み立て部品や、キャビネット、ツール、古い点火プラグがあり、古い油の臭いが鼻をついた。ソファやベンチ代わりに、おそろしく古い自動車の後部座席がでんと置かれているほか、警笛やスポットライトや古いバッテリーケースがちらばり、はては古いカーバイドや灯油のヘッドライトさえあった。だが、これらは少数派に属する。というのも、ガレージ・ハウスの二階には、とても馬車置場の二階ほどのゆとりはなかったからだ。

加えてもうひとつ、もっと新しい挑発的な臭いがこもっている。それは尾なし猿に近い何者かの臭気としか名づけようのないものだった。

それからまた、この生き物以前に、われわれ自身の思い出の品もいくらか保存されていた。ここは学生時代、悪がき時代、われわれのクラブルームみたいなものだったのだ。古い新聞マンガがいくつものトランクに詰めこまれている。セントルイス・ポスト・ディスパッチ紙、セントルイス・グローブ紙、カンザス・シティ・スター紙、シカゴ・トリビューン紙――以上はどれもこの町で呼び売りされていた大都市の新聞だが、われわれの町のワールド紙やトリビューン紙もあった。またニューヨークやボストンやフィラデルフィアの新聞マンガも二、三種まじっていた。当時の新聞マンガは、いまの時代ほど画一化されていなかった。

比較的新しいコミックブックも見えた。もうその時期はこちらも大きくなり、そうしたものを読むには、あまり似合わない年齢になっていた。それでも二、三千冊はあり、ほとんどはクリス・ベネデッティとジョン・ペナンドルーが集めたものだった。

そこにはジョージ・ドレイコスの剝製も並んでいた。綿を詰めたフクロウ、蛇、ツバメ、マッドパピー、クビワトカゲ、モモンガ、さらには狐、大山猫。また解剖標本（これもドレイコスだ）として、蛙、猫の脳、魚、牛の眼球、その他いろいろ。

このうち最上の標本（いまだ良好な状態を保っているもの）は、フォルムアルデヒド浸けにしてプルートー水（二十世紀前半、下剤として広く使われた自然湧水。リチウム塩が含まれているとわかり、一九七一年、販売中止となった）の瓶に保存されていた。プルートー水の瓶は、斜角でぴたりと合わさるガラス栓とワイヤクランプ式ストッパーがあれば、フォルムアルデヒドを永久につめておくことができる。これは知る人がきわめて少ない事実である。（ところで、プルートー水はいまでも正史に名をとどめているだろうか、それとももう外されてしまったか？）

ハリー・オドノヴァンの鱗翅類のコレクション（蝶や蛾のたぐいだ）、わたしの岩石や化石標本もあった。またありとあらゆる手製のラジオ、ガンマ線マシン、電気ガジェットいろいろ、コイル、磁気鋼線、抵抗器、真空管などがあり、これはバーナビイ・シーンのものだった。

それからまた——ちょっと待て、待て！　もし部屋にあるものを全部リストアップしていったら、本が何冊あっても足りない（しかも本そのものまで、かなりの数あるのだ）。思い出の品に限りはなく、たった一日分でもその量は手にあまるほどだった。

だがわれわれは全員、この部屋をかなめとして、たがいに相容れない少年時代を過ごしてきたのである。いま見るような歴史の枠組みにあてはめるなら、これほど多様な生活がすべて起こりえたとはとても思えないだろう。だが事実、起こったのだ。

その部屋が発する温和な鳴動は、もしかしたら危険なものかもしれなかった。バーナビイ・シーンにはオークとヒッコリーとニセアカシアが使われており、長い時代がたっている。の部屋で、原因はつきとめられず、われわれもお手上げだった。まっとうな造り元の異様な〝館〟のあとに建った美邸より、はるかに古いものだ。もしそれが危険であるとしても（バーナビイは危険だというが）、われわれに原因はつかめなかった。

世界はそれ自体、もっと奥深く、もっと恐ろしげな鳴動にみちている。それではひとまずガレージ・ハウスの二階を離れ、世界へ出ていくことにしよう。部屋などという取るに足りないものにこんなに時間を食ってしまい、たいへん申しわけない。しかし、なんだか妙に心にひっかかって離れないのだ。

2

若いアウストロは「キャロック、キャロック」といい
オドノヴァンは「ぶつぶつ」といい
ロレッタは霊的なノックをし
部屋は「ガタゴト、ガタゴト」という
――ロッキー・マクロッキー（マンガの吹きだしで）

われわれは十八カ月ぶりに顔を合わせた。バーナビイ・シーンは外国から帰ってきた。クリス・ベネデッティも外国から帰った。ハリー・オドノヴァンは他州から帰った。ジョージ・ドレイコスは隠遁状態から復帰した。わたしは町にいた。どこへも行かなかったのだ。

実をいえば、バーナビイは再度帰ってきたことになる。彼は一年余も家をあけたあと、つい二週間まえに帰宅したばかりだった。ところが荷物をほとんど解いてしまったあとで、とつぜん指をパチンと鳴らし、なにか楽しい夢を見るような口ぶりでこういった。

「向こうに忘れ物をしてきた。ちょっともどって調べてくる。二週間ほどでもどるよ」

しかし〝向こう〟とは地球の反対側のエチオピア、マグダラの北西七十五マイルのところにあるグナ山地なのである。バーナビイはこのあたりの金属採掘権をもっている。

またこの地で、興味深い化石がいっぱい集まったところを見つけていた。なかには生きて歩いているやつまでいる。おもて向きバーナビイは、地震計による石油探査をしていることになっているが、ほかにもいろいろな方面に首をつっこんでいるのだ。

しかし、いま彼はふたたび帰り、われわれは一堂に会した。

アウストロは酒を運んできたところだが、気もそぞろに見えた。彼はハウスボーイ兼バーテンダーで、たいへん古い怪しげな種族の出である。だが、いまは何もかもうわの空で、切れのよい動作が見えなかった。字が読めるようになって以来、彼はけばけばしい子ども向けの娯楽印刷物を手や小脇から放したことがない。

「さて、バーニー、あんたはあらためて世界を半周してきたわけだ」とジョージ・ドレイコスがいった。「さがしに行ったものはちゃんと持ってきたのか？」

「いや、とんでもない」とバーナビイ。「持ってくるとか運ぶとかいうものじゃないんだ。少なくとも、わたしはそう考えている」

「しかし、あちらで忘れ物をしたので、もどって調べてくるといったのじゃなかったっけ？」

「うん、そうはいったが、運悪く調べるところまではいかなかったのだ。なんだったのか思いだせない、というのが問題でね。いまでもまだはっきりしない」

「世界を半周して、忘れ物を取りに行ったと? そして向こうへ着いたはいいが、なんだったか思いだせなくなっただと? バーニー!」ハリー・オドノヴァンは愛想が尽きたといいたげだ。

「いや、ちょっと違うな、ハリー。向こうへ着いたら忘れていたというわけじゃない。忘れてしまっているので、もどったんだ。どうやら忘れ癖がついてしまったらしい。それを思いだすために行ってきたんだ。アウストロの親族の長老たちと相談してきた。山中ですこし瞑想もしたよ。これは得意技だ。隠者になればよかったかもしれん——いや、これは名案だぞ!——というよりも預言者か。しかし、思いだしたのはちょっぴりだ」

ここにいるのが、何もかも知っている男たちだというのは本当だろうか? ときどき信じられなくなることがある。

「あんたが留守のあいだ、アウストロはどうやって家を切りまわしてた?」とジョージ・ドレイコスがきいた。「たった一語しか話せないのでは不自由だろうし、だいたい頭の回転がいいとは思えん。みんなは受け入れてくれているのか?」

「アウストロは利口なやつだよ、ジョージ」とバーナビイ。「この家では受け入れられているし、あんまり外出はしない。たった一語しかしゃべれないように見える不自由はあるが、彼を認め、理解してくれてる人間は何人もいる」

「何人もとは誰と誰なんだ、バーニー？」

「ああ、娘のロレッタ・シーン。それにメアリ・モンドだ」

「バーニー、あの連中は勘定にはいらん！」ドレイコが、どなり出さんばかりの声をあげた。

「わたしからすれば人間さ。アウストロにとってもな。きみらにも、すこしはそれが感じられるはずだ」

「バーニー、ここでジョージが聞いているのは、というより少なくともわたしが聞いているのは、アウストロを人間と認めることができるかということなんだ」とクリス・ベネデッティ。

「うん、まあ、そうだ、近縁と認めてもいいだろう。どうも言葉にしにくいがね。血縁関係をいいあらわす単語で欠落しているものがある。母、父、兄弟、姉妹からはじまって、祖父、祖母、息子、娘、孫、ひ孫、おじ、おば、甥、姪、いとこ、またいとこ——こういうもの以外に、なにか別のやつがあるんだ。いいあらわしてみろ。名づけてみろ。そうしたら、アウストロが何者かわかる」

「いったい何の話をしてるんだ、バーニー？」クリスは呑みこめない表情でいる。

「近縁、並立、相似。肉の奇跡と神の選びの不可思議さ。アウストロが発見されたのはエチオピア。マグダラの北西、グナ山地だ。しかし立地と状況によってもっと祝福された、もうひとつのマグダラがある。ガリラヤ湖のほとり、ティベリアスに近いところだ。そのはじめの名前は（おそらく両方ともそうだったと思うが）ミグドル——望楼だ。この二つの都の類縁関係を説明してくれ（〝二都〟については、たくさんの類似物や言及がある）。そうしたら、わたしもアウストロとわれわれ自身の類縁関係を説明できるだろう」

（ハウスボーイ兼バーテンダーのアウストロは、アウストラロピテクスという属の一員である。これは猿かもしれないし、猿人かもしれないし、人かもしれない。われわれにはどうとも判別しかねる。いまのところ話せる言葉は「キャロック」という一語だけだが、彼はそれを百種ものニュアンスをつけてしゃべることができる。そしていま、かんたんな英語の読み書きを学びはじめている）

（ロレッタ・シーンは、おがくずが詰まった等身大の人形である。バーナビイは、この物体が彼の実の娘ロレッタの肉体であるといいはっている。われわれはみんなバーナビイを子供の時分からよく知っているが、どうもこの点が判然としない。彼に実の娘がいたのかどうか、われわれにはどうしても思いだせないのだ）

（メアリ・モンドは幽霊である。じつをいうと彼女は、ヴァイオレット・ロンズデール

というずっと昔に死んだ女の幽霊の分裂人格だ）

（こういう異常な人びとのいる屋敷はそう多くない）

「アウストロはわれわれの立派なコルだと、わたしは思うね」とハリー・オドノヴァンが、持ち前のうわずった声で説明にかかった。「アイルランド語のコルは、まず最初に障害、罪、邪悪という意味があって、つぎにやっといとこの意味になる。したがっていとこ（ファースト・カズン）、コル・キャハーは、じっさいは第一の足手まといとか第一の邪悪の意味で、またいとこ（セカンド・カズン）、コル・シェシャーはほんとうは第二の足手まとい、第二の邪悪という意味なのだ。しかしもうひとつ——うん、あんたのいうとおりだぞ、バーニー——たしかに名前の埋もれてしまった類縁関係がある。もしかしたら、それがコル・キャリグ、岩いとこというやつだ。おいおい、おれは何を考えてるんだ？　岩とは正反対の血肉のことだというのに。しかし、そのはずれたやつは、神聖であって同時に禁断の類縁でもある。それこそ〝はみだし身内〟だ」

「誰か、オランダの叔父（ダッチ・アンクル）（ずけずけ説教する男のこと）の本来の意味を調べた人はいるかね？」とクリスがきいた。「フリジア（五世紀末から九世紀にかけてのフランク王国の一地方）はいまのオランダだが、ここはヨーロッパでは、人間まがい、というか原人がいちばん新しく住みついた土地だったのだ」

「ギリシャ語では、いとこはエクサデルフォス」とジョージ・ドレイコスがしげしげとハウスボーイを見ながら意見を述べた。「外兄弟、または離れ兄弟という。しかし、この語は古いものではない。いとこにあたる古い語は文字には残されず、忘れられてしまった。とはいっても、血の近さを表わすもうひとつの語がかつてあったし、いまでもあるのだ。バーナビイがいうように、父でも母でもなく、息子や娘でもなく、兄弟や姉妹、甥や姪でもなく、おじやおばや母方の祖母でもない。血のつながりをいう、もうひとつの消された語がある。──その説にはわたしは賛成だね。そしてそいつが、消された身内を表わしていたのだ。しかし消されたものはみんな痕跡を残すはずだが」

「アウストロがその痕跡さ」バーナビイはいった。「彼は〝はみだし身内〟なのだ。あらゆる生き物は活動をやめないが、なかには目に見えなくなってしまうものもいる。──わたしにはだんだんそう思えてきたよ。これは現実なるものの本質にかんして、重要な疑問を投げかけるものだと思う」

「それはそうだ」とハリー・オドノヴァン。

「とはいっても、アウストロは完全には消されたわけじゃない」とバーナビイ。「それからまた、われわれには天使的なのと悪魔的な近親がいることも忘れないようにしよう。われわれは大家族なのだ」

「イシマエルはイサクより実直で高潔な男だった」クリスが唐突に口を出した。「なぜイサクのほうがもっと祝福されたのだろう？　なぜわれわれのほうがアウストロより祝福されているのだろう？」

これがなんでも知っている四人の男だというのか？　そうかもしれない。こんなふうにしゃべる人たちをほかにご存じか？

「キャロック、キャロック」いいながらアウストロがやってくると、バーナビイのグラスに注ぎたし、おまけにこぼしもした。というのは、ちょうど昔の新聞マンガ（それはエルマー・タッグルだったが）を読んでいたからで、彼は二つの動作をいっぺんにやるほど器用ではないのだ。

「ガタゴト、ガタゴト」と数ヤード向こうで、古い空き部屋がいった。

3

過去は大きな風船
なるたけ大きくふくらます
人はみな幽霊、みな道化

親密な爆発的一族
――メアリ・モンドの言出でた一節（媒体不明）

数日たった夕べ、ところはおなじ場所で、話題は古代の図書館のことに向かった。どうしてそうなったのか、わたしは知らない。わたしは遅く着いたのだ。

「たしかにいまは知識が爆発している時代だ」とバーナビイ・シーンがしゃべっていた。「しかし、それとは別の意味でも、知識の爆発が続発的に起こっている。なかでもいちばん誤って伝えられているものに、アレクサンドリアの二大図書館の伝説がある。七万点の本というか巻物を収めた図書館は、一部はアウレリアヌスに、あとは残らずテオドシウスによって破壊されたという。これはまったくの誤りだ。断言してもいい。この二人のやんごとない紳士が貴重な本や巻物を破壊するはずがないことは、ここにいるやんごとない紳士諸君が、百ドル札を燃やすはずがないのと同じことだよ。彼らはどんなものに金銭的価値があるか知っていたし、ああいう古い巻物は、りっぱな値打ちものだったのだ。

この話で唯一正しいのは年代だ。現実にはこの二大図書館は爆発したのだ。セラピス神殿にあったものはアウレリアヌスの時代に、ムーサ神殿にあったものはテオドシウスの時代に崩壊している」

　彼にすこし時間を与えることにしよう。バーナビイは驚くべき発言をしては、その余韻を味わうのが好きなのだ。何を話しているかは、しばらく問わないことにする。二、三分もすれば、はっきりさせてくれるか、もっと混乱させてくれるだろう。

「アウストロは、大きな猿というよりは大きな蛙に似ているな」いいだしたのはハリー・オドノヴァンで、その目は、この異色のハウスボーイが側対歩で部屋に入ってくる姿に注がれている（アンブルは猿より蛙に近い歩き方なのか？）。アウストロはハリーにウインクし、意味がわかったよという合図をした。アウストロがウインクを覚えたのは最近のことである。また彼はマンガを描くことを覚えた。

「過去は漏れが多いが、こちらが安心していられるほど、速く漏れてるわけじゃない」

バーナビイはふたたび話のつづきにはいった。いつも単刀直入にもっていこうとするのだが、核心に至る道は軽わざ的なものであることが多いのだ。「過去のできごと、ことに合意のない周辺的できごと——そのすさまじい総体というものは、急速に嵩をなくしていく。かつて起こったことは、どんどん起こらなかったことにされていく。そうでなくてはいけないのだ。もちろん実質的な中身は、圧縮されながらも、行間から苦しみの悲鳴をあげているかもしれない（これが、いわゆる消された身内というやつだろう）。

ヴェリコフスキーは、エジプトの歴史をはじめ、あらゆる古代史から六百年を削除しなければならないと書いて、みんなから嘲笑された。だが嘲笑されるべきじゃなく、彼は歴史を過去へ押し取りもどしたのだ。いや、じっさい事の真相に近づくには、歴史に六百年の六倍の歳月をいくたびも加えなければならないだろう。ただし、これは危険なことだ。いまでさえぱんぱんに詰めこまれた状態で、ひび割れに沿って、ぶるぶる震動がつづいているくらいだからな。事実、最近のアメリカ史からも、数十年が抜け落ちてしまってる。これはなかなか興味深い歴史だし、われわれ自身がそのなかをじっさい生きてきたんだから、これは元にもどすべきなのだ――もし安全にそれができるのならね」

「年号はどう数える？　いまの年数との差はどうなるんだ？」とハリー・オドノヴァンがきいた。「いまの年号は正しいのか正しくないのか？　今年はほんとうにあの壁のカレンダーに出ている年号なのか？　で、もしそうなら、何十年か抜け落ちてるという説はナンセンスになるんじゃないのか？」

「年号はまちがいない。といっても、真実の一面においていうことだがね」バーナビイがすこし心許(こころもと)なげにいった。「しかし側面はほかにもある。そこから同時性の問題が浮かびあがってくるのだ」

「それはそうだろう」とハリー・オドノヴァン。

「数学にはいろんなタブーがある」バーナビイは説明にかかった。「内巻きの数列という観念はタブーとされてる。だが、われわれの生きている時代というのが、まさにそういう数列で表わされるような時代なんだ。そして時間が肉付けされるとき、それが歴史という衣装をまとうとき、時間はさらに内巻きとなり、1と10のあいだに、数字がいくらでもはいりこむような状態になる」

「いったい何をいいたいんだ、バーニー？」クリスがきいた。

「わたしはいままで、はじめて起きた歴史的事件などというのには出会ったことがない」とバーナビイ。「人生が逸話をなぞっているか、でなければ、ふくれあがる記録からかいま見える以上にたくさんのできごとが起こっているんだ。どれほど昔にさかのぼろうと、歴史は存在する。先史があるといっているんじゃない。先史などと称するものがあるかどうかは疑わしいな。未開人などというものが、かつていたかどうかも怪しい。外見がどうあろうが、人間まであと一歩というような、人間もどきの生き物がいたという説も怪しいと思っている。

しかし十万年の歴史を六千年の期間に詰めこもうとすれば、何かをはずさなければならない。百万年を圧縮するのはおそろしく危険だ。内巻きの数列というものは、とくに大量の年数に適用されるときには、きつく巻きこまれたゼンマイというか、原初的なバネ鋼のようなものになる。ほどけたときは一大事だ。はずされたできごとの復讐が一挙にはじまる。

ヘンリーという名の国王は、イングランドに八人いたのか、それとも八十人いたのか？　気にすることはない。いつか記録に残されるのはひとりだけとなり、彼らみんなの性格や特徴は、合意による圧縮された物語のなかに巻きこまれてしまう。

芸術と文学が織りなす奥深い構造は、岩をひっかいた絵でも、機械による印刷でもい い、地平線の彼方のそのまた彼方までさかのぼっていく。生命そのものにはさらに奥深い構造があり、そこに含まれる物質的・精神的・霊的財宝はとてつもないものだ。いまある方言がかつては堂々たる地方言語だったり、小さな町がかつては大都市で、片田舎がかつては国家であったりする。文化にしても建築にしても、土台や下の階のほうが、ふつうは上にのってる階よりも大きいものだ。構造体というものは、とんがった頂きを下に逆立ちしてバランスを保てるものじゃない。

むかし松明に火がつけられ、人間に引きわたされた。獣にわたされたのではない。火は手から手へわたり、山々が消えたり現われたりする歳月のなかで、綿々と受け継がれてきた。そのなかに、並みより毛むくじゃらな手があったところで、どういう問題がある？　いつだってそれは人間の手だったのだ」

「どうもあんたはとんがり頭を下にして、逆立ちしているように見えるがな、バーニー」とハリー・オドノヴァン。

「そういうこともあるだろうが、わたしはそう思っていない。かのヒドクス・カタリテヌス、古代ローマのラブレーは、抜かれたものや押しつぶされたものを寓話のかたちで再構築している。通念として、寓話は歴史より重みが少ないから、大きな枠組みがこわれる危険は少ない。藁一本を最後にのっけたおかげで、ラクダの背骨が折れるという諺があるだろう。そうなったら一大事だ。われわれはヒドクスを通じて、ローマには三つの王国と三つの共和国と三つの帝国があったことを知っている。そのどれもが一千年以上にもわたって存続した。後期のローマ皇帝のなかで、今日歴史に現われている幾人かは、誰もが数人の人格から成っていて、それぞれが（少なくとも、内巻きの数列では）千年以上も離れた時代に生きていた。型破りの暴虐な皇帝のなかには――それをいいだせば、国王、圧制者、扇動家、反逆者、軍団司令官まではいってくるが――正史のなかに、その名前が見つからない者がある。クレイオは気の小さい美神で、破綻ばかりを恐れていたのだ。

しかし現実に、サコトゥス・ダイタイクス、プロクルス・ヌスットー、デキムス・エライヒトゥス、ドモリウス・アワテトール――こうした男たちの活力と業績ははちきれんばかりで、歴史にはとても抱えこむ力はない。押しひしぐ力の下から彼らは叫び、われわれを驚かせる。

しかも、これがその何倍も過去へさかのぼるものなんだ。できごと満載の石のページが、歴史にも残されず、ひとしきりつづいたのだ。当初から人間のものだったことに疑いはない。もっとも、いちばんはじめのころは、猿の服を着た人間であったろうがね」

アウストロが、パティォ用の薄いコンクリート・ブロックを小脇に抱えてきた。たいへん力持ちなので、二、三十枚は軽々と運べる。いままでブロックにマンガを――いや、原始的な絵を描いていたのだ。両者はほとんどおなじだが、同一ではない。彼はとがらせた骨ペンで線を描き、黄土を水で溶いたものを絵の具に使っていた。こんな方法をどうやって知ったのか？　彼はおがくず人形ロレッタ・シーンのところへ行って絵を見せ、つぎにはほのかに浮かぶ錯乱ぎみのメアリ・モンドのところへ持っていった。二人は絵を見て愉快そうに笑い、つぎには独特のあわれみをこめて笑った。

メアリ・モンドが何枚かをこちらに持ってきた。われわれは見て、笑った。だがよくよく見るにつれ、笑いはかぼそくなった。鋭いタッチのマンガ、はっとするカリカチュア。いや、それ以上のものだった。かつて世界には、真剣さよりもユーモアを重んじる種族がいたのだ。あまりにも生きいきして、はりきりすぎていたので、歴史から葬り去られるしかなかったのだ。アウストロはその一族なのだ。しかしそのとき、われわれはアウストロがどういう近縁なのか、つかのま知ったような気がした。

「かのフランソワ、仏国のラブレーがやってのけた大技はヒドクス以上だ」バーナビイ・シーンの話はつづいている。「きみたちはもう察していると思うが、中世の後期からもまるまる千年が抜け落ちている。歴史は一四五三年まで流れたあと、また四五三年へもどってしまった。四五三年とはいっても、前回とは中身がずいぶん違う四五三年だ。千年王国が到来し、消え失せたのだ。いまはすっかり忘れられている。予想外ではあったけれど、それは約束された時代であったのだ。

それが平和と繁栄の千年になるとは、誰もいってくれなかった。学びと洗練の千年になるとは、誰もいってくれなかった。まして、くつろぎと優しさの千年になるとは、誰ひとりいわなかった。

それはまさに千年王国で、悪魔は千年間縛られたままになっていた。だがおとなしく縛られていたわけじゃない。悪魔はあばれ、吼（ほ）えた。世界を揺さぶり、地崩れや津波を起こした。山々を崩し、人間たちを震えあがらせたばかりか、文字どおり石に変えて命を奪った。だが、やがて人びとはみずからの恐怖のなかに、雲をつき、轟きわたるおかしみを見いだした。巨人主義があらわれた——いまでもずっと世界のあばら骨であった荒唐無稽への、真の覚醒が起こったのだ。

フランソワ・ラブレーは、その時代の巨人主義と華やぎをいくらか伝えている。だが並みの歴史よりははるかに手ごたえのある千年だったのに、いまそれは歴史から圧殺されている。歴史はそれを包みこむには脆弱すぎたのだ。この一千年を取りこんだりしようものなら、歴史は永遠に砕け散ってしまうだろう」

「それ以後はどうなったんだ、バーニー？」とハリー・オドノヴァンがきいた。「悪魔が解き放たれ、歴史がまた正常に流れはじめて——もちろん千年というずれはあるが、そんなのは知ったこっちゃない——というか、千年分が巻きこまれて、いま見るような時代がきた。それがどうなったというんだ？」

「ああ、悪魔は解き放たれたあと、断片化してしまった。やつの得意な技で、あらゆるところに散らばってしまったんだ。これは一種の模擬遍在性なので、いまではあらゆる人間、あらゆる存在に悪魔がちょっぴりずつ含まれているわけさ。こうやって、ちらばって存在しているかぎり——あんまり利口ではないやつだから——二度と縛られはしないと信じている。だが、やつの萎縮効果は、われわれみんなに作用している。われわれはもはや巨人ではない」

「いや、わたしはいまでも巨人だと思ってるよ」いったのはドレイコスで、彼らのなかでは図抜けた大男だった。つぎに彼は冷やかすようにこうきいた。「バーナビイ、きみのお嬢さんは猿人と真剣につきあっているようだが、それはかまわないのかね？」

「猿人というのは存在しなかったんだよ、ジョージ」バーナビイが穏やかにいった。

「名前は失われてしまったが、人間すれすれの近縁はたしかに昔あったし、いまでもある。しかしその連中が、親戚であるわれわれと違っているとしても、あいだを隔てているのは彼らの猿性ではなくて、幽霊性のほうなんだ。それに、わたしの娘は――あれが生きていたのかどうか、もう確信はないが――いまではおがくずの詰まった人間大の人形で、二つ三つの言葉というか標語を吐くにすぎない。とはいっても、ロレッタはそれ以上の存在だ。真の幽霊性ではないにしても、少なくとも騒霊（ポルターガイスト）性はそなえている。メアリ・モンドだってそうだ。

アウストロ、ロレッタ、メアリ――三人ともほんの子どもだ。どんなに大きくても思春期ぐらいだろう。みんなごく近い親戚だ。われわれよりはずっとつながりが濃いかもしれない。子どもが大人と比べてすこし違う種族に属するというのは、よくあることだし、おそらく普遍的なことだろうからね。子どもたちは大丈夫さ」

「アメリカ史から抜け落ちた数十年というのは、いつのことなんだ、バーナビイ？」とクリス・ベネデッティがきいた。

「初期、近時、それに現在だ。――というのは、われわれの偶発的現在が、この先しっかり記録に刻まれないことも考えられるんでね」

「つまり、われわれが現実と認められないおそれがあるというのか？」とドレイコス。

「それはありうる」とバーナビイ「ひとつ例をあげよう。一家から父、息子、孫と三代にわたってアメリカ合衆国の大統領が出たケースだ。――ジョン・アダムズ、ジョン・ブレイントリー・アダムズ、ジョン・クィンシー・アダムズの三人だが、わたしがどう見てもそのうちの二人しか存在が認められていない、というか記録されていない。なかでいちばん優秀なアダムズが――信じられるかい、いつも最優秀のやつだ――除外されてる。しかもこういう圧縮はやむことなく続いていて、その一部はわれわれの子ども時代に起こったようだ。われわれが覚えているより、あのころは三倍も多くのできごとが起こっていたのだ。削られたのが二、三十年どころではなく、まるで百万年だったように思えてくるよ」

「まさかそれを本気で信じてるんじゃなかろうな？」とハリー・オドノヴァンがきいた。

「たとえ話にしてしゃべってるんだろう？」

「たとえ話なんて、わたしをキリスト扱いか？　違う、ありのままさ、ハリー。物事が起きると、つぎにはそれが起こってもいないようにかき消えてしまうんだ」

「どういう作用でそういうことになるんだ？　記録や心が同時的・多元的に改変されなきゃそうはならない」

「人間的な作用ではあるな。この神秘的なプロセスについては、それ以上は何ともいえん。もちろん、これが自然現象でないのは、ヒトが自然の動物ではないからだ。ヒトは超自然的か、自然外か、さもなければ不自然な存在だ。このくりかえされる記憶喪失とそれに付随する事態が、いったいどの部類の現象なのか、わたしにはよくわからん」

「あんたのいうその〝爆発〟とやらは、どういうはずみで起こるんだ、バーナビイ？」

とドレイコスがきいた。

「精神が局所的数学タブーを受け入れられないことから、暴発するんじゃないかと考えてるがね。その精神が、こういう古いクラブルームで長いこと時間を費やすから、ガタゴトという鳴動が生じるのだと思う。あそこは、じっさい洞穴なのだ。クラブルームはみんな洞穴さ。グナ山地の洞穴――あれはみんな爆発から、暴発から作られたのだ。洞穴がまったく自然の造型であったためしはないし、人間が住んだことのない洞穴というのもない。水や風で洞穴がえぐれるものじゃない。人間がその爆発的知性と好奇心によって洞穴をえぐったのだ」

「専門的な立場からいえば、あんたを精神科医に診せたほうがよさそうだな、バーニー」と医師のジョージ・ドレイコス博士。

「あんたが専門的立場でみずからこの問題を研究したほうがいいと思うね、ジョージ」バーナビイがすこし意固地にいった。「医者だって、ときにはいい考えを思いつくことがある」

「むかし《ロッキー・マクロッキー》という題の新聞マンガがなかったっけ？」ハリー・オドノヴァンが天井に向かってたずねた（彼は椅子にそっくり返る癖があるのだ）。

「たしか洞穴住まいの原始人のマンガだ」

「おぼえがないな」とクリス。「もしあるなら、ジョン・ペナンドルーが知ってるはずだが、きょうびジョンの姿はあまり見かけないからね。《アリー・ウープ》は有名として、そのあと《B・C》が出てくる。それから《ハッピー・フーリガン》《ダウン・オン・ザ・ファーム》《ハーム・ネーム・ウォズ・モード》《ブーブ・マクナット》《トゥーナーヴィル・トロリー》なんかも、穴居人や原始人マンガが仮面をかぶっただけのものだ」

「そういえば、うう、穴居人の時代にはマンガはあったのかな?」ジョージ・ドレイコスがきいた。

「当然あったとも」とクリス。「アウストロがそういうマンガを描いて、見せてまわっていただろう? 彼こそはまさに穴居人(トログロダイト)というかトロールで、これは同じものだ。そして遠い時代の岩おじたち(ロック・アンクル)——忘れられた親族、われわれの〝はみだし身内〟たちが、そうしたマンガを何千という場所に遺してくれている。たいていは粘板岩の薄板や、石灰岩や、赤色砂岩をひっかいただけのものだが、そこにある集中力と含蓄は、わたしには山々を動かすほど大きいように思えるね」

「そういえば」とバーナビイ・シーンが夢見るようなまなざしをした。「むかしミグドルの古文書館だか記録保管所の爆発というか内破で、じっさい山が動いている。これはかなりの破壊力のものだった。それにしても〝マガジン〟という語が、どんなに爆発的なしゃれであるかというのは、わりあい気がつかないことだな。まず定期刊行物、つまり雑誌や紀要の意味がある。だがそれと同時に、爆発物や弾薬をためておく倉庫の意味もある。あらゆる書庫や図書館は、この両方の意味でマガジンだと思う」

「よくもいろんな方面からアプローチするものだな、バーナビイ」とジョージ・ドレイコス。「さて、そろそろ教えてくれてもいいだろう。アレクサンドリアの二大図書館が爆発したという先刻の話は、どういうことなんだ？　それにミグドル——二つのマグドルのうちでより祝福されたほう——の古文書館だか記録保管所が、山を動かすほどの激しさで爆発したという話も聞きたい」

「よかろう」とバーナビイ。「アウストロはどこへ行った？　酒がほしいときになると、あいつがいない」

「ガレージの上のおかしな部屋にいるわ、あのガタゴトいう部屋」とメアリ・モンドが言出でた。「いまはそこに住んでいるのよ」

「来るようにいってくれるかい、メアリ？」とバーナビイ。

「いまいったところ」とメアリが言出でた。「急ぐことはないといってたわ。そのうちだんだん来るからって」

「ありがとう、メアリ」

（バーナビイ・シーンはふつう分裂霊メアリ・モンドの存在に気づかないのだが、離れたところと連絡をとるときには便利なのだ）

「諸君」と、やがてバーナビイはいった。「信じられないことだが、記録保管所や図書館が爆発する事件はきわめて多いのだ。図書館といっても、そこにある本は荒削りの石板だったり、焼いた煉瓦だったり、釉薬（うわぐすり）を塗ったタイル、欠けやすい粘土板、パピルスの巻物や、葦をはいで紙様にしたもの、それからパーチメント、つまり薄くなめした羊の革、ヴェラム、つまり石でみがいた子牛や子山羊の革、ヴィーラム、つまり普通の竜の軟口蓋——素人はヴェラム（vellum）とヴィーラム（velum）をよく取り違えるが、ヴィーラムは不燃性だと覚えておくとよい——また近代的な紙の本でもあるんだが」

「なかにはトランクが山積みの書庫もあるわね。トランクのなかには、ざら紙の新聞マンガやコミックブックがいっぱい詰まっているの」ロレッタという名のおがくず人形が思い伝えた。「あれは最高」

「この手のコレクションは——」とバーナビイ（娘が送ってきたメッセージには気づかず）、「内容が雑多すぎて、爆発しようにも共通要素がろくにないように見える。ところが、こうしたコレクションから締め出された時代や歳月は、しばしば元にもどろうとして、すさまじい力で押し返してくることがあるのだ。何ひとつ忘れ去られることはない。じっさい書庫というのは、ちょくちょく爆発するんだ」

「何がどうなる、バーニー、どうなるんだ？」ハリー・オドノヴァンがからんだ。

「わたしの信じるところでは、はじめは大地のガタゴトだな。これに洞穴のガタゴトがともなう」とバーナビイ。

「部屋のガタゴトもね」と、おがくず人形がつけ加えたが、バーナビイの耳にはとどかなかった。

「時代や歳月が圧殺されるのを拒んでいるのだ！」とバーナビイ。

「あわれな親戚が圧殺を拒んでいるのだ」ハリー・オドノヴァンがとつぜんの洞察をみせた。

「百万年が凍結を拒んでいるんだわ」メアリ・モンドが言出でた。「そういえば、氷河時代がどうして起こるか、ほんとうの理由を知ってる？　ああ、いいの、気にしなくて。みなさんの脳は、ろくに理解してもいない知識でとっくにいっぱいだから。みんな三回も少年期をくりかえしてきた。その歳月が消されるのを拒んでいるのよ。見えない幽霊性が、忘れられまいと踏みとどまっているの。すべてのエネルギーが高まっている」

「幸いなことに、わたしの書庫はごく小さくて専門的なものだ」とバーナビイ。「いっぱい詰まっているのは頭のほうさ。こうでもなければ、爆発のガタゴトがいまにも聞こえてきてしまいそうだ」

「それはいえる！」ドクター・ドレイコスが耳ざとく察して叫んだ。

4

「ズガーン、ズガーン！」

とマクロッキーの部屋

——ロレッタ・シーンのぼろ屑のなかから出てきた標語

バーナビイの言を裏書きするように、ガレージの上の空き部屋はいまやおそろしい鳴動をはじめていた。これは並みのガタゴトではない。あまりにも急激だったので、みんな恐怖に血の気をなくした。

そして**ズガーン！**　爆発が起こった。

耳は遠くなり、口はこわばり、目はひりひりと痛んだ。爆発した部屋まで建物ひとつ分離れているのに、われわれのいた書斎のフロアはねじ曲がり、壁のひとつがすっかり倒れた。ロレッタ・シーンの体からはおがくずが飛び散った。ハリー・オドノヴァンは鼻血をだし、バーナビイ・シーンは卒倒した。この衝撃で、うしろにあった小さな山が動いたようだ。——ハロウ・ストリート・ヒルと呼ばれる小山である。

しかし戸外の情景は、倒れた壁の向こうを五官で感知するかぎり、いままで見たどんな戸外とも違っていた。そこに展開しているのは何千という数の火事、噴火、地崩れ、洪水、地震であり、それが古いガレージと屋敷にはさまれた狭い区域にひしめいているのだ。

あたりは煙と蒸気にみち、雲のかたまりが生き物のようにうごめき吼えていた。はじめそれらの雲は、聖書に出てくるバッタやイナゴ、飛来する害虫の大群のように思えたが、その表面にはいくつもの顔があり、思い出の品々が見えるのだった。みんな朗らかで元気で、すさまじい破壊力にすこしもひるんでいるようすはなかった。

少年たちのかけらが、ばらばらにちぎれて飛んでゆく。なかには、昔のわれわれにそっくりの者も見えた。何千という似姿が宙に舞っていた。なんと、幟や旗をひるがえらせ、パレードや党大会がまるごと飛んでゆく。旗に見えるのは、〝パーキンスン大統領を再選させよう！〟のメッセージだ。彼は雌へラジカ党から打って出て、大統領選に勝ったのだ。彼のかすかなこだまがこうしてよみがえったのに、なぜ彼の存在は忘れられてしまったのか？

われわれの祖父さんたちも空を飛んでいた。たいていの人間が覚えている祖父とか曾祖父とかではなく、忘れてしまったほかの祖父さんたちだ。また空には、近ごろ見かけたことのない犬たちが、さかんに転げまわり、吠えていた。それもなんという種類であることか！　バフィンランド大型犬にデンヴァー・ブロック犬、ハートストーン・ハンターにブラックフット・スワッカー、ダンベリー・ダンディーやカウキャッチャーも見える。まだらバーミングハム犬や、グレナディアや、ショートヘア・スクラッチャーまで。どういうわけで、こうした犬たちが姿を消してしまったのだろう？

自動車もまた毛色が違っていた。マコーミック刈取り機そっくりの自動車が見え、シリンダー状の羽根が風のなかでまわり、動力を送っている。泣かせることに、昔の幻灯映画会でやっていた白ちゃけたマンガまであるではないか。〝サリヴァン七人乗りファミリー気球〟もよく風に乗っており、爆発で破れたところもあまり目立たない。毛色の違う人びともいれば、毛色の違う動物もおり、毛色の違う浚渫船まである。

それはそうだが大半は人間であり、人間のうちのほとんどは、思い出にある仮装パーティの衣装を着ていた。まるごとひとつのパレードだ！　いや、おそらく全体は千ものパレードから成っているだろう。それが爆発の煙の只中からくねり、進んでくる。にもかかわらず、そのすべてを噴き上げたのは、ひとつの小さな部屋なのだ。絵入りの岩が宙を泳ぎ、樹木何千本にも相当する紙が舞っていた。だがその全景が、なかばコミカルでなかば恐ろしい一騒動といった程度のものでしかなく、それはたちまちのうちに終わった。

けれど、あとには残像の群れがたゆたい、暖炉の火がそれを将来いくたびもかきまぜ、映しだしてくれるに違いなかった。それらはこの先長いあいだ、目を閉じているときも開けているときも見えることだろう。そして破壊的であったとはいえ、このできごとは決して気の滅入るものではなかった。そこには遊び心がいっぱい含まれていた。

しばらくして、アウストロが呆然と入ってきた。黒焦げの体はまだくすぶっているが、笑っていた。爆発のとき彼は部屋にいたのだ。だが、それくらいでまいる男ではない。

「キャロック、キャロック、ぼろ家がこわれた」とアウストロ。それは彼が英語で最初にしゃべった完全な文章だった。彼はウインクした。よじれたウインクだった。爆発で片目が寄ってしまったのだ。だが黒焦げのパティオ用煉瓦を山ほども掘りだし、わき目もふらずにマンガを描きだしていた。描いているのは、百万年の歳月におよぶロッキー・マクロッキーの冒険談だった。

いまになって思いだした。われわれが子どもの時分、ロッキー・マクロッキーを描いていたのはジョン・ペナンドルーだったのだ。だがアウストロこそはロッキー・マクロッキーである。懐かしい気がするのも無理はない。

「いとこよ、岩いとこ（ロック・カズン）」とハリー・オドノヴァン。「おまえのおかげで少年時代の失われた三分の二を取りもどしたよ。おい、あそこを飛んでいくのはおれじゃないか、首を半分切り落とされてる。あいつだったころは、なんと図太いやつだったことか！　おまえは百万年をあの小さな部屋に詰めこんでくれていた。その全部を思いだすことはないだろうが、いますこしは思いだしたよ。永遠に失われたと思っていたものだ」

「こんなはずはない」つぶやくバーナビイは、いまだ呆然、いまだ自失状態だ。「あの部屋は図書館じゃない、記録保管所じゃないんだ」

　だが、そうだったのだ。

　人間とその類縁関係のすべてを述べた物語は、どこかに存在するだろう。だが、その断片はここにある。ロレッタがおがくずのよだれを流すと、そのひらいた口からは深遠な標語がこぼれだす。それもまた物語の一部なのだ――もちろん、読むことができればの話だが。分裂症の幽霊メアリ・モンドの笑いは、かつての人びとの笑いそのものだ。彼女はわれわれがどういう存在で、何者であるかをいろいろ覚えている。そしてアウストロは平たい石版にロッキー・マクロッキーのマンガを描いては、毎週のお楽しみとばかり見せてまわっている。週刊ロッキー・マクロッキー文書には、有益な情報がいっぱい見つかる。

一八七三年のテレビドラマ

Selenium Ghosts of the Eighteen Seventies

浅倉久志訳

今日(こんにち)でさえ、テレビの〝発明者〟はドイツのパウル・ニプコーで、発明の年は一八八四年だというのが通説である。ニプコーは、光が当たることでセレンの電導度が変化する原理を応用し、機械的エフェクターとして、多数の小穴をあけた回転円盤を使った。光電管や電流増幅用電子管が未開発の時代に、ほかのなにが使えたというのか？　ニプコーのテレビの解像度は、〝スロー・ライト〟特性と呼ばれるセレンの反応の遅さに加えて、増幅装置もないため、きわめて貧弱だった。しかし、ドイツのニプコーが発明に成功する以前に、アメリカ合衆国ではある種のテレビ放送に成功した人間が何人か存在したのだ。

これら初期の実験者たち（オーレリアン・ベントリー、ジェシー・ポーク、サミュエル・J・ペリー、ギフォード・ハジョンズ）が作った装置の解像度は、ニプコーのそれよりもさらに貧弱だった。そう、ニプコー以前の発明家は、ベントリーを除いて、だれもそれほどの関心に値しない。また、ベントリーに対する関心も、技術的弱点をべつにして、その放送の内容にある。

だれが最初にテレビを〝発明〟したのか（それはパウル・ニプコーではなかったし、また、おそらくオーレリアン・ベントリーでも、ジェシー・ポークでもなかったろう）という議論をはじめるのは、本論の目的ではない。本論の目的は、草創期の真のテレビドラマのいくつかを、奇妙な〝スロー・ライト〟というコンテキストのなかで検討することにある。そして、こうした〝スロー・ライト〟もしくはセレン（〝月光〟）ドラマの第一作は、一八七三年にオーレリアン・ベントリーの手で製作されたのだ。

新しい分野における草創期の芸術は、つねにもっとも新鮮で、また最良の作品であることが多い。ホメロスは、最初にしてもっとも新鮮で、おそらくは最高の叙事詩を書いた。穴居人の描いた最初の壁画は、それがなにを描いたものであろうと、古今東西の絵画をつうじてももっとも新鮮で、かつもっとも優れたものでありつづけるだろう。アイスキュロスは最初にして最高の悲劇を書いた。ユークリッドは最初にして最高に美しい数学を発明した（ここでの論点は、正確さや実用性から離れた、〝芸術〟としての数学である)。とすれば、オーレリアン・ベントリーは、その古くさい外見はともかくとして、すべてのテレビドラマのうちで最高のものを製作したともいえる。

ベントリーのテレビ放送事業は、加入者たちから一日千ドルという法外な料金を徴収したにもかかわらず、さほどの成功をおさめなかった。ベントリーの絶頂期(それとも、絶頂月の一八七三年十一月)には、ニューヨーク市で五十九名、ボストンで十七名、フィラデルフィアで十四名、そしてホボーケンで一名の加入者が存在した。計算上では、一日に九万一千ドル(今日の物価に換算すれば一日に約百万ドル)もの受信料収入があったわけだ。しかし、ベントリーは放蕩三昧の浪費家で、自分にはこの世界のだれも知らない出費がかさむ、とつねづね嘆いていた。いずれにせよ、ベントリーは一八七四年初めに破産し、廃業に追いこまれた。つけ加えると、そのときすでに彼はこの世の人ではなかった。

〈オーレリアン・ベントリーの驚異の世界〉から生き残ったのは、十三本の〝スロー・ライト〟ドラマと、親映写機と、十九台の古いテレビ受像機である。おそらくほかにも、当時の受像機がまだどこかに残っていると思われるが、たまたまだれかがそれにでくわしても、なんの道具やら見当がつかないかもしれない。なにしろ、後年のテレビ受像機とは似ても似つかない姿なのだ。

今回、わたしがこれらの古いテレビドラマを再生した機器は、保存状態のいい、石油動力の受像機である。二年前に、十八ドルで買いもとめたものだ。こうした古い受像機が正しく鑑定され、コレクターズ・アイテムとなれば、二倍、いや、三倍にも値上がりすることだろう。そのアンティークの持ち主には、焼き栗用の鍋ですよ、といっておいたが、ちゃんとしたラックをはめれば、まさにその用途に使えそうな外見である。

親映写機は二十六ドルで購入した。そのばかでっかい装置の持ち主に対しては、ヒヨコの人工孵化器ですよ、と嘘をついた。缶入りの十三本のドラマは、ぜんぶで三十九ドル。しかし、そのドラマに活を入れるため、ホルムアルデヒドを映写機と受像機の両方に加えなくてはならなかった。そのホルムアルデヒド代が五十二ドル。まもなくわかったのだが、缶入りのドラマはべつに必要でなく、親映写機も必要ではなかった。受像機そのものが、これまで受信したあらゆるものを反復再生してくれるのだ。とはいえ、ひっくるめてお値打ちの買い物だったとはいえる。

石油バーナーが小型発電機を動かし、それがセレンのマトリックスの上に電気格子を作りあげ、ドラマの記憶を目ざめさせる仕組みだ。

しかし、再生のたびに奇妙な現象が生まれた。受像機のフレームがつねにイメージの印象を受けつづけるため、そのフィードバックによって、〝スロー・ライト〟ドラマは再生されるたびに前回とは異なるものになる。再生をくりかえすたびに映像の解像度は向上し、製作当時よりもはるかに鮮明で、興味深いものになっていく。

十三本のベントリー・ドラマのうち、最初の十二本の台本は不出来である。すくなくともおなじ一八七〇年代に作られたジェシー・ポークの台本や、サミュエル・J・ペリーのドラマにくらべると出来がよくない。オーレリアン・ベントリーは文学にうとかった。読み書きに堪能ともいえなかった。彼の才能には大きな穴がたくさんあった。しかし、彼は情熱的でドラマチックな男であり、その男が自分で考案し、演出したこれらのドラマには、ただならぬスピードとアクションがみなぎっている。そして、彼の演出用台本も、ある意味では貴重だといえる。これらの台本は、ややぎこちなく、あいまいなきらいはあるが、ドラマそのもののあらすじを物語っている。これらの台本がなければ、せっかくの迫力満点のドラマも、まったくその意味がつかめなかったろう。

これらのドラマには、ある非現実感、一種の〝幻影感〟がある。それらはまるで地下の下水の明かりをたよりに作られたようだ。でなければ、まるでお粗末な月光で作られたようだ。これらのドラマの化学的基盤であるセレンという元素（金属ならぬ金属）が、セレーヌ、つまり、月にちなんで名づけられていることを思いだしてほしい。

ベントリーは、これらの実写ドラマを記録し、送信するのに、高速度の連続画像という〝活動写真〟方式をとらなかった。ちょうどおなじころ、マイブリッジはズープラキシスコープ（最初の〝活動写真〟装置）を開発中だったが、まだ不完全なその機械は、オーレリアン・ベントリーの知るところではなかった。おなじ一八七〇年代後半、サミュエル・J・ペリーとギフォード・ハジョンズは、それぞれの原始的なテレビドラマに〝活動写真〟技術を使った。だが、おそらくは幸運にも、ベントリーはそうしなかった。ベントリーの作ったそれぞれ三十分間の生ドラマは、第一回にテレビ受像機でどのように見えたとしても、単一のマトリックス、またはフレームに記録されたものにすぎない。そのあとで、映像はじょじょに生命を備え、ひとりでに成長していく。その映像はある程度までシークエンスから独立している（これはほかのいくつかの芸術分野で試みられ、失敗した効果である）。そして、ほぼつねに時間と空間から解放されている。これこそこれらのドラマが持つ〝幻影感〟であり、それが迫力と魅力の大部分を作りだしている。どのドラマも、時間と空間の外にある進化中の一瞬といえる（もっとも、大半の場面は、ニューヨーク市とニュージャージーのバレンズで撮影されたものではあるのだが）。

もちろん、これら初期のベントリー・ドラマは無声である。しかし、ここで〝もちろん〟という言葉にこだわりすぎて、本筋からはずれないようにしよう。〝スロー・ライト〟とおなじく、〝スロー・サウンド〟もセレン反応の特徴であり、まもなく明らかになるが、何度も再生をくりかえすうちに、一部のドラマのなかへ音響がこっそり忍びこんでくる。その全体的効果が偶然か故意かはさておき、これら初期のテレビドラマはまったくユニークなものであるといえよう。

オーレリアン・ベントリーが一八七三年に製作した十三本の〝スロー・ライト〟ドラマはつぎのとおり（第十三作、謎めいた『フィラデルフィアの三百代言』には、ベントリーのロゴがはいっておらず、事実、それは彼の死後に製作されたものだ。にもかかわらず、彼は主役のひとりとして出演している）――

1　『ペーシェンスの冒険――呪われた大追跡』

全米、いや、全世界の演劇界を通じておそらく最高の女優だったかもしれないクラリンダ・カリオペーが、ヒロインのペーシェンス・パーマー役を演じる。レスリー・ホワイトマンションが演じるのはサイモン・レグリー。カーバック・フーエが演じるのは、腹黒い〝鞭（ホイップ）〟。X・ポール・マッコフィンが〝葬儀屋〟。ハイメ・デル・ディアブロがすべての演劇をつうじて最高に威嚇的な役といえる〝詭弁家〟。トレス・マルガーは

〝奴隷商人〟役で、いつも偽造の証明書を持ち歩いている。その証明書には、ペーシェンスには黒人の血がまじっているため、サン・クロアで奴隷の身分にもどしてよい、と記されている。インスピロ・スペクトラルスキーが演じるのは、彼方の世界に存在する悪の化身〝パンサー〟（人間？　はたまた亡霊？）。ヒューバート・セント・ニコラスは〝守護者〟の役を演じるが、じつはこれがまがいの守護者なのだ。

この『呪われた大追跡』は、まさに疾走するアレゴリーである。善と悪、光と闇、創意と愚鈍、生と死、正直と陰謀、愛と憎しみ、勇気と恐怖のアレゴリーである。興奮の度合いと強烈さに関するかぎり、このドラマに比肩できるものはほとんどない。闇のなかから葬儀屋が何度もふいに出現しては、ペーシェンスを動かぬ生きた死体に変えるため、恐ろしい死体防腐剤のはいった注射器の針を突きたてようとする。鞭（ホイップ）は、鉄の先端にクサリヘビの毒を仕込んだ長い鞭で、何度もペーシェンスの肌を切りさこう、彼女を即死させよう、と試みる。サイモン・レグリー、別名奴隷商人は、あらゆる機会をとらえて、彼女の肉体を奴隷化しようとし、詭弁家やパンサーは彼女の魂を奴隷化しようとする。そのたびに謎の守護者が彼女を救おうとするが、救助の試みはつねに裏目に出て、惨憺たる結果になり、守護者の正直さや誠実さに疑問を投げかける。

このドラマのハイライトは、大嵐の一夜、西オレンジ操車場で起きる機関車同士の決闘である。ペーシェンス・パーマーは、仇敵たちの運転する暴走機関車によって、線路工事用の架台置き場の上へ、何度も追いこまれそうになる（西オレンジ操車場は、ひどく丈の高い架台だけで成り立っているらしい）。ついにペーシェンスは一台の機関車をわがものにし、それに乗って逃げようとするが、四方八方から敵の機関車が轟音を上げて接近してくるため、そのたびに間一髪の転轍機の操作でからくもべつの線路へ逃れるしまつだ。

二台の機関車が二倍の轟音を上げてすれちがいしなに、葬儀屋は防腐剤注射器の針を彼女に突き刺そうとするし、ホイップは恐ろしい毒鞭で彼女を打ちすえようとするし、奴隷商人は偽造の黒人証明書をつきつけて、彼女を脅そうとする。二台の機関車が轟音を上げてすれちがうたびに、彼女は世にもすばらしい身のこなしで、彼らの攻撃をなんとかやりすごす。

驀進する何台もの機関車が、線路から線路へとめまぐるしくポイントを切り替えながら、彼女の機関車に衝突しないのは、およそありえないほどの奇跡に思える。そしてなんと（おお、神よ、われらを救いたまえ！）、ついにパンサー（人間？　はたまた悪魔？）が、自分の機関車からペーシェンス・パーマーの機関車へ跳びうつるのだ。ペーシェンスの機関車に跳びうつった彼は、背後から近づいてくる。だが、彼女はそれに気づかない。彼はじりじりと接近し——

しかし、『ペーシェンスの冒険』のクライマックスの舞台は、西オレンジ操車場ではない。ニュージャージーのバレンズにある秘密の町と城である。噂に高いその邪悪な城に、ペーシェンスの仇敵たちは勢子の群れ（舌を切りとられた、のろまな顔つきの集団）と、猟犬の群れを準備して、ペーシェンスを死に追いつめようと画策中だ。しかし、どこをどうやってか、彼女は干し草を満載した大型馬車を手に入れる。馬車を曳くのは、大きくて元気のいい六頭の馬。ある大嵐の夜、彼女は大胆にもその馬車を駆って、敵の本拠である秘密の町へ乗りこんでいく。ジグザグの街道（折りからの雷雨で、あらゆるものがジグザグに見える）の先には、問題の城がある。やってきた馬車に猟犬の群れがおそいかかるが、馬車から彼女をひきずりおろすことはできない。

しかし、パンサー（人間？　はたまた猛獣？）は、すでに馬車に積まれた干し草の上に跳びうつっており、彼女はそれに気づかない。彼はじりじりと接近し——

だが、ペーシェンス・パーマーはすでに行動に移っている。馬車を御しつづけながら、大胆不敵な計画を実行するため、その瞬間、隠し持っていた鍵を空高く投げ上げるのだ。その鍵が稲妻をひきよせ、目もくらむ閃光が天空から走ったと思うまもなく、干し草馬車は火炎に包まれる。あわやという瞬間、ペーシェンスは燃えさかる干し草馬車から飛びおり、突進する火炎地獄は、巨大で邪悪な城に激突して、そのまわりの建物や、秘密の町そのものまでをことごとく焼きつくしてしまう。

これが古今をつうじて最大の追跡ドラマの、火炎に包まれたクライマックスである。『ペーシェンスの冒険』のこのラストシーンには、のちにしばしば出会うことになる。〝スロー・ライト〟別名セレン映像の性質によって、この鮮烈なシーンはそのフレームから洩れだし、その後に製作されたぜんぶで十二本のドラマのすべての上に、幻の場面として、ときにはぼんやりと、ときには鮮明に重ね焼きされるのだ。

2　『血を吸う短剣――謎の殺人』

オーレリアン・ベントリーによる一八七三年のテレビドラマ第二作。当時のもっとも才能に恵まれた女優、クラリンダ・カリオペーが女探偵モード・トレンチャントを演じる。レスリー・ホワイトマンション、カーバック・フーエ、X・ポール・マッコフィン、ハイメ・デル・ディアブロ、トレス・マルガー、インスピロ・スペクトラルスキー、それにヒューバート・セント・ニコラスの男優陣が、それぞれ強力かつ威嚇的な役柄を演じるが、その素性や目的は明確に描かれない。観客は、細かいことを知らずに、このドラマの血なまぐさくスリリングな雰囲気に飛びこむことを要求される。『血を吸う短剣』は『ペーシェンスの冒険』以上に、時間と順序から解放されているように見える。すべては展開をつづけるひとつの瞬間であり、強烈さと複雑さの度をしだいに深めていくが、アクションは一直線の流れではない。台本の不完全さもあって、それが混乱を生みだす。

このドラマの台本は、黒くよごれ、しみだらけで、判読不能である。化学分析の結果、それは人間の血液だと判明した。どうやらベントリーはドラマの雰囲気醸成のため、加入者たちに人間の真新しい血痕で飾った台本を送ったらしいのだ。ただ、その血痕は、歳月の経過につれてひろがり、ほとんど文字が読めなくなった。しかし、このドラマはきわめて興味深く、テレビ用に作られた最初期の殺人劇といえよう。

女探偵のモード・トレンチャントが、すべての脅威にうち勝ち、すべての犯罪を解決するのはほとんど確実だが、その細部は永久に失われたままだ。

3 『大いなる自転車レース』

ベントリーのテレビドラマ第三作。この愉快で寓意的な〝夏の季節への旅〟には、あの多芸多才な女優クラリンダ・カリオペーが、ジュライ・メドウブルーム役で主演している。さて、『大いなる自転車レース』では、ベントリーのテレビドラマ最初のサウンドが登場する。このドラマで聞こえるサウンドは、すべて戸外の物音であり、最初はかすかだが、再生を重ねるごとに大きくなっていく。田園や村の物音、カントリー・フェアの物音。これらの物音は偶然の侵入（セレン反応の魔法がまたしても生みだす幻のいたずら）とも思えるが、その性格はこのドラマの最初の正式題名が、『大いなる自転車レース――ある田園歌劇』であったことを強く裏書きしているようだ。

しかし、このドラマにはそれ以外の物音もまじる。ときには怒りに満ち、ときには哀願するかのようで、ときには傲慢で脅迫的な物音――そのことにはまもなくふれる。

羊や牛の鳴き声は、このドラマぜんたいにはいっている。山羊や馬や豚の鳴き声。アヒルやガチョウのおしゃべり。田舎のすばらしい物音のすべて。小鳥のさえずりやキリギリスの音(ね)、風車や馬車のひびき、人びとの呼びかける声や歌声。カーニバルの呼び込みや、賭博師たちとそのサクラの口上。若い男女のかんだかいさけびやクスクス笑い。

そして、そこへさっき述べた別種の侵入音が重なってくる。おもに室内の音響らしいが、ときには戸外の観覧席での話し声、つまり、群集の歓呼や声援にまぎれた、内密な話し声にも思える。

「いや、いや、いやよ。囲い者にはされたくない。いったいあたしをどういう女だと思ってるの？」

「いまいったものをぜんぶ、わたしはきみにあげるつもりだよ、クラリー。ほかのだれも、そこまでたくさんのものをくれはしないだろう。ほかのだれもそこまできみを大切にはしないだろう。しかし、いまこそ絶好の季節だ。われわれの人生の夏の季節だ。これからふたりでいっしょに草を刈ろう」

「それより、りっぱな干し草納屋の値段を知りたいわ、オーリー。いますぐ紙の上に書いてよ。どんな夏を合わせたよりも大きい、夏の季節の小切手の話をしてたでしょうが。ほかの季節やほかの年月の保証になってくれそうな、うんと高額の財産譲渡の話も」

「わたしを信用しないのか、クラリー？」

「もちろん信用してるわよ、ベンティー・ベイビー。だから、きょう、紙の上に書いてちょうだい。ふたりで相談した例の信託資金のことを。あたしは疑いを知らない女。あらゆる条件と状況を保証してくれるような信託資金を持てると、あたしは確信してる」

『大いなる自転車レース』の音響とまじりあうにしては、なんと奇妙な会話だろう。

この自転車レースは、キャムデン、グロスター、アトランティックの三郡が共催するカントリー・フェアの呼び物である。選手たちは、五日間、連日の午後に二十マイルのコースを走り、所要時間が綿密に測定される。毎日のレースでも賭けは行われるが、最大の賭けは、決勝戦の勝者、つまり、だれが五日間の最短合計タイムを出すかを当てるもので、その賭け金はしだいに大きくなっていく。巨大な会場の観覧席からは、選手たちが競走する二十マイル・コースのほぼ全体の見晴らしがきき、きかない部分でも土煙で選手の動きが追える。毎日のレースの前と、レースの途中と、レースのあとには、牛たちや騾馬たちが会場を一周し、大観覧席の前で品評会の審査を受ける。しかし、なによりもレースが（その完走に要する約一時間のあいだは）最大の呼び物だ。このレースには七人の選手が参加していて、その全員が世界的に有名である――

［1］レスリー・ホワイトマンションの愛車は、ドイツ伝統のみごとな職人技術で作られたフォン・ザウアーブロン〝スペシャル〟。俗に〝風切り〟と呼ばれるこのマシンは、乗り手を彼方へ連れ去り、また連れ帰る。きわめて走行性にすぐれ、驚くほど高速だ。

［2］カーバック・フーエの愛車は、エルネスト・ミショー・マジシアンというすばらしいマシン。小さい帆をつけるソケットがあって、風向きがよければ、その帆でさらにスピードを増すことができる。

［3］X・ポール・マッコフィンの愛車は、ブリティッシュ・ロイヤル・ヴェロシピード。このブリティッシュ・ロイヤルには、特筆すべき点がふたつある。そこにとりつけられたのは中空でないゴムタイヤ（世界最初のゴムタイヤつき自転車）で、じつに高級感がある。最高の英国製品だけが持つあの乱雑で渋い輪郭線が見られるのだ。

［4］ハイメ・デル・ディアブロの愛車は、ピエール・ラルマン〝ボーンシェイカー〟。木製車輪に鉄のタイヤがついており、前輪が後輪よりもはるかに大きい。

［5］トレス・マルガーの愛車は、アメリカ製のリチャード・ウォレン・シアーズ〝ロードランナー〟。これは最初のオール鉄製自転車で、「唯一の木材は、これをけなすやつの頭のなかにある」（まぬけの意味の wooden head にひっかけたジョーク）というのが、ロードランナーのために作られた宣伝スローガンである。

［6］インスピロ・スペクトラルスキー（人間？　はたまた砲弾？）の愛車は、マクラッケン社のコメット。このコメットは、すでにニュージャージー州のいくつかのカントリー・フェアのレースで優勝している。

［7］ヒューバート・セント・ニコラスの愛車は、この州の住民がはじめてお目にかかるしろものだ。シュプレームと呼ばれるフランス製の軽自転車である。この軽自転車は、チェーンと歯車を使った巧妙な装置で後輪に接続されたペダルを漕ぐ仕組みで、厳密に

は自転車といえない。ほかの六人の出場選手が乗った本物の自転車では、ペダルはじかに前輪に取りつけられている。ある賭博グループは、軽自転車には機械的利点があるから、それに乗ったヒューバートが勝つ、という説を唱えた。しかし、軽自転車の仕組みについて、こんなジョークをいう人びともあった。後輪が前輪よりも先にゴールに着いて、乗り手の到着はその翌日になるんじゃないか。

近在のこわもての賭博師たちが、これらの偉大な選手たちに、あっと驚くほどの大金を賭けていた。遠いニューヨーク市からもはるばる観客がやってきたのは、これらの名選手たちが出場するからだった。

クラリンダ・カリオペーがこのドラマで演じるのは、三郡共催カントリー・フェアの美人コンテストの女王、グロリア・ゴールデンフィールドの役である。だが、そのほかに、彼女は〝仮面をつけた七番の代替選手〟（出場選手全員が、緊急事態に備えて控え選手を準備している）をも演じている。さらにまた彼女は、大散財家の賭博師レイクスリー・リヴァータウンの役をも演じている。色男のレイクスリーを演じるのが女性だと、いったいだれが想像するだろうか？　『大いなる自転車レース』の台本作家兼監督は、クラリンダがこれらふたつの役を演じていることを、まったく知らなかった。

大観覧席、野外演奏ステージ、夏の季節のカーニバルのたのしみ！　そして、セレンのマトリックスが作りだす〝スロー・スメル〟が、いまちょうど熟れごろで、さまざまの感情をかきたてる！　甘いクローバーとオオアワガエリの干し草のにおい、馬車を曳き畑を耕す馬たちの汗のにおい、カントリー・フェアの露店から立ちのぼるキャンデーとソーセージとスカッシュのにおい、ほこりっぽい田舎道と、自転車レースを前にして、枚数をかぞえ、賭けテーブルの上にほうりだされる緑の紙幣のにおい！

そして、この夏のドラマに、ふたたび偶然にもよぶんな話し声が割りこんでくる。

「クラリー、あとほんの一、二日で、きみを喜ばせることができると思うよ。わたしはこの自転車レースに莫大な金を賭けたし、きっとこの賭けには勝てる。この郡でもいちばん向こう見ずな賭博師レイクスリー・リヴァータウンを相手に、あいつの逆を張ったんだ。もうひと声賭けの額が上がれば、これは百万ドルの賭けになる。あいつは七号車の負けを信じて、ほかのすべての選手に賭けた。しかし、きっと七号車が勝つさ」

「そのレイクスリー・リヴァータウンというのは、最高のやりての賭博師だって評判を聞いたわ。それに、たいへんな美男子で、かわった外見をしているんだって」

「たいした男さ！　なんとあのペテン師め、若い女みたいななりをしおって！　そう、やつはたしかに腕ききの賭博師だが、機械のことを知らん。七番のシュプレームは、ギア比という利点がある後輪駆動に乗っておる。七番に乗るヒューバート・セント・ニコラスは、賭け金をつりあげるため、ほかの選手たちと調子を合わせているだけさ。勝つ気になれば、いつでも勝てる。なあ、恋人よ、わたしはこのレースに勝って百万ドルを稼ぐ。そして、それをきみにあげる。きみがもうすこしわたしの恋人らしくしてくれさえすればな」

「でも、あなたがあたしにいだく愛情は、自転車レースの結果なんかを超越すべきだと思うわ、オーリー。もしあなたがほんとにあたしを愛してるなら、そして、あたしにそんな贈り物をしようと思ってるなら、いますぐそうしてちょうだい。そしたら、あなたの評価と愛情が、たんなる金銭以上のものだとわかるわけ。いまあなたのいったように負ける気づかいがないのなら、あなたにはそれと同額のお金があと二日で手にはいるんだし、二日もよぶんにあたしを幸福にしてくれることになる」

「わかったよ、じゃ、そうしよう、クラリー。きょう、きみにそのお金をあげよう。いますぐきみに小切手を書こう」

「すてき、あなたはこの世の宝物だわ、オーリー。あなたは二重の宝物だわ。とても想像がつかないでしょうね。自分がどんなに二重の宝物かってことが！」

すばらしい三郡共催カントリー・フェアも、大自転車レースも、そろそろ終わりに近づいた。きょうはレースの最終日。最後のレースに突入する前まで、七番のシュプレーム、機械的利点を備えたフランスの軽自転車に乗ったヒューバート・セント・ニコラスが、これまでの合計所要時間でわずか一分間のリードをたもっている。なかにはこんな説もある。ヒューバートはその気になればいつでも勝てるが、リードをごく少なくしたのは、もっと賭け金をつりあげたいからだ。

たしかに賭け金はつりあがった。すばらしい容姿と非凡な外見を持つ謎の賭博師レイクスリー・リヴァータウンは、まだみんなの逆を張り、七番の負けに賭けていた。しかも、もうひとりの謎の賭博師が、代理人経由で、七番は優勝しないが二着にはいるという賭けをした。後者の賭けには、たちまちそれに応じるものが現われた。なにかの恐ろしい災厄が乗り手にふりかからないかぎり、七番がきっと勝つだろう。だが、万一そんな災厄が起きた場合、七番は二着でさえなく、まったくゴールインしない可能性が高いからだ。

七人の勇猛果敢なレーサーは、二十マイル走路最後の、狂おしい一周のスタートを切った。観客の興味、特に観覧席から双眼鏡で選手たちの動きを追う、羽ぶりのいい賭博師たちの興味は、いまや頂点に達した。コーナーの多い一周コースのどの部分も、観覧席から四マイルと離れてはいない。観覧席のいちばん上からレーサーたちが見えなくなるのは、ほんの三、四カ所で、合計三百ヤードにも満たない。その場所のひとつは、リトル・エッグ川がリトル・エッグ草原を横切るあたり。ところが、そのリトル・エッグ川の渡し場のそばで、台本も、演じられたドラマも明らかにしていない、謎の事件が発生したのだ。

フランス製軽自転車、後輪駆動で機械的利点を持つ七番のシュプレームに乗っていたヒューバート・セント・ニコラスがサドルから転落して、意識不明となった。レースの審判は、のちの公式発表で、この事件を「不注意な乗り手が、木の枝にぶつかって自転車から転落したもの」と説明したが、ヒューバートが誓って断言するところでは、その現場付近百ヤード以内に木の枝などたった一本もない。

「草むらに隠れていたやつになぐられたんだ」とヒューバートはいった。「あれは犯罪的で不正な暴行だし、だれが犯人かも知っているぞ」そのあとで、彼はこうさけんだ。「ああ、不実な女ども！」第二の発言は、この事件とは無関係のさけびに思える。ひょっとするとヒューバートは、脳震盪を起こしていたのかもしれない。

さいわい（だれにとって？）七番の交替選手、謎の（といっても、正式に確認されてはいるが）仮面ライダーは、たまたまこの事故が起きた現場付近に居合わせたため、さっそく軽自転車シュプレームのサドルにまたがり、レースを続行した。しかし七番は、最終レースの開始前まで一分間のリードをたもっていたものの、結局優勝できなかった。

合計所要時間で二着になったのだ。

『大いなる自転車レース』は古風でささやかなドラマである。プロットは単純だが、その心地よく田園的な雰囲気は、このドラマが再生されるたびにいっそう心地よいものになっていく。それは徹底的にたのしい〝夏の季節への旅〟である。

そして、この田園ドラマがいよいよ大詰めに近づいたとき、ふたたび二、三分間、例の〝幻の声〟が割りこんでくる。

「クラリー、わたしは一杯食わされ、大損をした。しかも、なにがどうなったのかさっぱりわからん。あの一件にはなんとなく妙なところがある。あの仮面をつけた七番の代替ライダーには、なんとなく妙になじみ深いところがあった（誓っていうが、あいつにはどこか見おぼえがあるぞ！）。それに、あの賭博師、レイクスリー・リヴァータウンにはその二倍も妙になじみぶかいところがあった［誓っていうが、絶対にまちがいなく、あいつにはどこか見おぼえがあるぞ！］」

「あんまり気にしないほうがいいわよ、オーリー。あなたはすごく頭がいいから、それぐらいのお金はあっというまに稼げるんだし」

「うん、たしかにな。しかし、自分が台本を書き、製作し、演出までしたドラマのなかでだまされ、なにが起きたかも謎のまま。そんなことがどうしてありうる？」

「あんまり気にしないほうがいいわよ、オーリー」

わたしとしては、オーレリアン・ベントリーが、彼のドラマの再生中にどことも知れない町から聞こえてくる〝スロー・サウンド〟のことを知っていたのか、大いに疑問だと思う。ましてや彼が〝スロー・スメル〟のことを知るわけはない。それはいまこれらのドラマに、独自の性格を与えはじめたのだ。

4 『クック船長の航海』

『クック船長の航海』は、ベントリーが一八七三年に製作したテレビドラマ第四作である。ここではクラリンダ・カリオペーがポリネシア女王、マリア・マシーナを演じる。もし『大いなる自転車レース』が夏の季節への旅であったとすれば、『クック船長の航海』は熱帯の楽園への旅といえよう。

ヒューバート・セント・ニコラスがクック船長役。インスピロ・スペクトラルスキー（人間？　はたまた魚？）が鮫（さめ）の神。レスリー・ホワイトマンションが宣教師。X・ポール・マッコフィンが火山の神。トレス・マルガーが歩く死神。ハイメ・デル・ディアブロがココモコ。ココモコはブロンズ色に日焼けした海の少年で、いつも白い歯で赤い大輪のハイビスカスをくわえた色男でもある。

クック船長をめぐるこのドラマに登場する南太平洋の島民は、いつもポッサムとサツマイモとフライド・チキンを食べ（誤解）、小さいバンジョーをつまびき（これも誤解）、アメリカ南部の黒人方言をしゃべる（だが、これらの幻の声は、テレビを見るさいに聞こえるよう、意図されたものではない）。

『クック船長の航海』の完全台本はいまも残っているが、それを読むたびに、何本かのドラマの台本が生き残らなかったことに感謝の思いがわく。物語は飽満ぎみだ。鮫の神や、火山の神や、歩く死神が口々に唱える呪いの言葉をつらねた台本は無視して、風景の魅力に身をゆだねたほうがいい。このドラマのすべてがニュージャージー州の塩水沼で〝撮影〟もしくは〝セレン録画〟されたことを考えると、これは驚くべき成果といえる。

例の異様な侵入音声は、このドラマにも割りこんでくる。それはこのあとのすべてのドラマについても同様だ。

「〝南海のバブル〟（一七二〇年に英国で南海会社の株価暴落から起きた大恐慌）、そう、それなのよ、オーリー、あたしがほしいのは。でも、絶対にはじけないバブルがいいな。あなたの想像力と［あなたは想像力ではちきれそう」あなたのフィアンセたち「これもおおぜいいる」を使って、あたしが大喜びするようなものをちょうだい」

「誓っていうがね、クラリー、いまの財政状態がもうすこし好転したら、南海のどんな島だろうと、いや、群島だろうと、きみに買ってあげるよ。わかるか、クラリー？　きみのほしがるどんな島でも、群島でも買ってあげる。ハワイ、サモア、フィジー。名指しさえすれば、それはきみのものだ」

「いつもいろんな約束ばっかり！　でも、あなたはその約束をいっぺんも紙の上に書いてくれたことがない。ただ、空中に書くだけ。なんだったら、空気の性質を変えて、あなたの口約束を保存する方法を考えだそうかな」

「クラリー、紙の上でもなく、空中でもない。実生活においてだよ。わたしはきみを本物の、生きたポリネシア女王にしてみせる」

　南太平洋の誘惑のエッセンスは、ごく単純な魅力である。ベントリーのドラマ『クック船長の航海』は、百花繚乱の魔法の森だ。そう、こうした題材では、子孫がその根源と接触する必要はなく、その根源を知る必要もない。『クック船長の航海』がなければ、果たしてサディ・トンプソン（三度も映画化されたサマセット・モームの短篇「雨」のヒロイン）は存在したろうか、それともネリー・フォーブッシュ（『南太平洋』に登場する海軍看護婦）は存在したろうか？　オールメイヤー（ジョゼフ・コンラッドの短篇「オールメイヤーの阿房宮」の主人公。映画化題名『文化果つるところ』）の娘ニーナは存在したろうか？　そう、もしクラリンダ・カリオペーが、ある意味でその母型を最初に演じなければ、あのような産物は生まれなかったはずだ。もし最初に『クック船長の航海』がなければ、『南海の白い影』（タヒチを舞台にした一九二七年製作の映画）は存在しなかったのでは？　そう、もちろん存在しなかったろう。

5　『クリミア戦争の日々』

『クリミア戦争の日々』は、オーレリアン・ベントリーのテレビドラマ第五作である。ここでは、万能のクラリンダ・カリオペーが多種多彩な役柄を演じる。まず、フローレンス・ナイチンゲール。身持ちの悪いトルコ女性で、トルコの海軍提督の第四の妻であり、現在のお気に入りでもあるエクメック・カヤ。サルディニア軍の非戦闘従軍者である若い女性キアラ・マルドナード。ロシア王女で、三重スパイでもあるカーチャ・ペトローヴァ。フランスの女性記者クローデット・ブーダン。さらにクラリンダは、クローデットの双子の兄で、フランス軍大佐のクロードに変装、フランス軍を率いて、ユーパトリアでのロシア軍に対する意外な勝利に結びつける。素顔のクロードその人を演じるのは、ベントリーのドラマに初出演の若い男優、アポロ・モン・ド・マルサンである。

クリミア戦争は、戦闘に加わった双方の野戦将校が（レスリー・ホワイトマンションは英国軍、カーバック・フーエはフランス軍のそれぞれ野戦将校、ハイメ・デル・ディアブロはサルディニア軍士官、トレス・マルガーはトルコ海軍の提督、インスピロ・スペクトラルスキーはロシアの将軍、X・ポール・マッコフィンは法王庁の特別オブザーバーを演じる）、長期間の戦術行動と、ときには血なまぐさい肉弾戦のあと、礼服に着替えて正式の晩餐会をともにたのしんだ最後の戦争だった。晩餐会に出席したこれらの顔ぶれのなかでも、さまざまな変装をこらしたクラリンダ・カリオペーの存在がひときわ光る。

そこにはすばらしくもまた多重的な卓上の陰謀があり、このドラマが再生されるたびに、さらにいろいろの新しい事実が掘りおこされることだろう。そして、このドラマのこの場面で、ベントリー効果のなかでももっともふしぎな現象がはじめて出現する。登場人物の無声の言葉（思考）が、いまや〃スロー・サウンド〃として聞こえるが、じつはこれこそセレンによって誘発された〃スロー思考〃だという、まぎれもない証拠である。その現象のひとつは、俳優たちの役割どおりの思考が、きわめてふしぎなかたちで発声されることだ（たとえば、ふだんのクラリンダ・カリオペーは、英語と、故郷のペンシルバニアのドイツ語方言しかしゃべれない。だが、三重スパイの役を演じるときは、トルコ語とギリシア語とロシア語で明瞭に自分の思考を言葉にしているのが聞きとれる）。また、そのほかの音声のなかには、俳優たちの実際の思考（レスリー・ホワイトマンションと、新人のアポロ・モン・ド・マルサンが、その日の二ドルの出演料をうけとったのち、どの女性と一夜を過ごすかについての、驚くほどあけすけな意思表示）までが聞きとれる。

これはすばらしいドラマだが、あまりにも筋がこみいっているため、文章ではうまく説明できない。なによりもまず一見が必要だ。しかし、ここでもまた、ドラマの場面とは無関係な音声がいきなり侵入してくる——

「あのギリシア系イタ公の若造をさっさと追いだせ、クラリー。やつにおまえはクビだといいわたしたが、このままここにおいてください、無給で働きます、という。付加給付が気に入ってる、だと。いったいどういう付加給付だ？　いますぐ出ていけ、といったら、やつはこう答えた。ここは自由州のニュージャージーで、だれも追いだすことはできません。もうあんなやつに居すわられるのはうんざりだ」

「あら、オーリー。ギリシア系イタ公の若造なんて、どこにもいないわよ。あれもあたしが演じてる役なの。あれだけたくさんの役を交互に演じる才能が、あたしにないとでも思う？　それに、あの役からあたしをクビにするのは、ぜったいに不可能よ。あたしはあの役をやりつづけるし、それで給料をもらうつもり。原理原則の問題じゃないわ。二ドルの収入の問題」

「そう。きみのいうその点だけは理解できる。しかし、あの弁の立つギリ・イタのアポロ野郎の役をきみが演じている、だと？　そんなことはありえない。わたしはきみたちふたりを同時に見た。きみたちふたりを、いやほどたびたび同時に見かけた。ふたりでいちゃついているところをだ」

「あら、オーリー。あれはすごく進歩したテクニックとイリュージョンなのよ。あの場面で使った二重露出だけじゃなしにね。ほかのどんな女優が、一人二役を同時に演じて、成功できると思う？」

「きみのテクニックとイリュージョンは、ちょいと進歩しすぎたようだ、クラリー。そんなことで言い逃れができると思うなよ」

『クリミア戦争の日々』では、全体をつうじて、劇的効果のために歴史が改竄（かいざん）されている。たとえば、有名な軽騎兵の突撃は成功して、大勝利を勝ちとったはずだ。しかし、このドラマでは、戦争の最終結果はうやむやにされている。オーレリアン・ベントリーはなぜかロシア軍の熱烈な支持者となり、彼らが最終的に同盟国に敗北したところを見せようとしない。

6 『朱(あけ)の手足と炎の髪』

『朱の手足と炎の髪』は、ベントリーのテレビドラマ第六作である。ここでは、ドラマチックなクラリンダ・カリオペーが火星の乙女ムオスーの役を演じる。『朱の手足と炎の髪』のヒロインは、火星に住んでいるのだ。この作品には幻想的要素だけでなく、科学的にもめざましい正確さが盛りこまれている。事実、その技術的先見性たるや、じつに驚くべきものだ。オーレリアン・ベントリーは、当時の宇宙天文学界でさえ知らなかった状況を予見し、その状況にうまく対応したのである。

たとえば彼の想定した火星大気は、その大半がエノ磁化され、再和合された、希薄な酸素である。その大気はエノ磁化されているため、たとえ火星の重力がそれをひきつけておくほど強力でなくても、自然に惑星表面に密着している。その大気は再和合されているため、火星のスペクトルにいかなる線も生みださず、コロナも、視覚的な歪みも生みださず、地球からは探知のすべがない。しかし、地球人でも、その大気は呼吸できる。

これは完全な夢の実現と幸福を描いた上機嫌なユートピア・ドラマである。『朱の手足と炎の髪』は、比喩としては火星を、そして文字どおりの意味では、ムオスーに扮した印象的なクラリンダ・カリオペーを指す。ムオスーは通常地球で露出されるよりもやや多めに朱の手足を露出するが、これは火星の社会慣習がちがうからという理由で説明がつく。

『朱の手足と炎の髪』は、明らかに心の悩みをかかえたオーレリアン・ベントリーが、シナリオ作家、劇作家、演出家、そして全般的なプロデューサーとして、巨匠の手腕を発揮した最後の作品といえる。このドラマのあとには、〝沈滞期〟ともいうべき四本のドラマがつづき、さらにその後、熱病に冒されたような、混乱した三本のドラマがシリーズをしめくくることになる。

7　『トレントン大列車強盗』

『トレントン大列車強盗』は、ベントリーのテレビドラマの第七作であり、四本の〝沈滞期〟のドラマの最初の作品である。この四本では、オーレリアン・ベントリーとその演出効果が落胆という泥沼に落ちこみ、従来の輝きや、生気や、希望を失っている。だから、それらの紹介はごく簡単にとどめておこう。

『大列車強盗』では、比類なきクラリンダ・カリオペーが、殺された機関士ティモシー(汽車男)・ラウンドハウスの娘、ロクサーナ・ラウンドハウスを演じる。連発銃と、連発散弾銃と、連発拳銃と、数発のポケット爆弾で武装したロクサーナは、父の命を奪った犯人どもを生け捕るか、または殺すつもりで、疾走するトレントン特急の連結器上に無賃乗車する。この犯人どもは、ふたたびトレントン特急列車を襲撃すると宣言したのだ。

そして、ロクサーナ・ラウンドハウスは、彼女の父親を殺した犯人全員を生け捕り、または殺すのに成功する。うしろへ流れ去る風景を撮影した美しい場面はいくつかあるが、これはオーレリアン・ベントリーの最良の作品とはいえない。

そして、ここでもまた謎の人物たちの声がドラマのなかに忍びこむ——

「クラリー、きみはすでにわたしを丸裸にした上、そこにくっついた毛皮を裏表とも剝ぎとった。これ以上わたしからなにを奪いとるつもりだ？　あの恋人を連れてどこかへ行き、わたしをひとりにしてくれ」そしてややぼやけた声で(どうやら〝思考の声〟が口に出たらしい)おなじ人物が語るか、または考える——「ああ、この女がどこかへ行ってくれれば、わたしにもまだチャンスがあるかもしれん！　こちらからこの女と離れることは、絶対に不可能だからな」

「もっと厚い毛皮を生やしなさいよ、オーリー」と、もうひとりの声がいう。「あなたの毛を刈ったり、皮を剝いだりする仕事はまだまだ終わりじゃないわ。あら、そんなに悲しそうな顔をしないで。あたしがあなた以外の人間を愛する気持ちがないのは、よく知ってるでしょうが。でも、ときどきは、ふたりの愛情のささやかなしるしが必要になる。とりわけ、きょうのいまという時間にはね。そう、あなたがおはこのセリフでこういいたいのは知ってるわ。『先週百万ドル渡したばかりじゃないか』と。でもね、オーリー、あれは先週の話。そう、あなたにはこの世界のだれも知らない出費がかさむことは知ってるわ。じつはあたしもそうなの。信じてよ、オーリー、もし愛情がほしくなかったら、あたしは愛情のしるしをねだったりしないわ」そのあと、もっとぼやけた声、〝思考の声〟で、おなじ人物が話すか、考える――「こんなカモには二度と出会えないし、彼を手放せないのはわかってるわ。でも、優しく扱ってるだけだと、いつもそれが手にはいるとはかぎらない。この男の内部へ食いこんだ鉤がすこしでもゆるんだきざしが見えたら、また釣り糸をたぐって、ちゃんと鉤を食いこませなくちゃね」

8 『国境の六連発拳銃』

『国境の六連発拳銃』は、ベントリーのテレビドラマ第八作である。このドラマでは、クラリンダ・カリオペー（彼女の万能ぶりには限界がないのだろうか？）が、メキシコ戦争当時のアリゾナの国境地帯に住むアパッチ族とメキシコ人の混血の娘、コンチータ・アレグレを演じる。コンチータはこの地方に侵入してきたアメリカ兵たちを憎んでいる。彼女は兵士たちに愛を約束して、こっそり自宅へ招いてから、その道すじで仲間に待ち伏せをかけさせ、彼らを殺させる。彼女自身もおおぜいの兵士を六連発拳銃で殺し、死人の皮膚で椅子の背覆いをこしらえる。コンチータのタイプの紳士たちはたっぷり髪油をつけているため、彼女の家では背覆いがどっさり必要なのだ。

しかし、何人かのアメリカ軍将校は、あまりにもぶざまなうすのろなので、コンチータは彼らを誘惑して殺すまでの短い時間さえ、つきあう気になれない。そのどうしようもない面々は、つぎのとおり——

ジェイムズ・ポーク大尉（レスリー・ホワイトマンション）

ザカリー・テイラー将軍（カーバック・フーエ）

ミラード・フィルモア大尉（X・ポール・マッコフィン）
フランクリン・ピアス大尉（ハイメ・デル・ディアブロ）
ジェイムズ・ブキャナン大尉（トレス・マルガー）
エイブラハム・リンカーン大尉（インスピロ・スペクトラルスキー）
アンドルー・ジョンソン大尉（アポロ・モン・ド・マルサン）
サム・グラント大尉（ヒューバート・セント・ニコラス）

このドラマには歴史的な皮肉が多分に織りこまれているが、それらはたぶんどこかよその土地に属するものなのだろう。

ここには〝風俗喜劇〟的な材料も多分にあるが、それらはみごとに失敗している。コンチータのお目こぼしにあずかった八人のうすのろ将校が、風俗喜劇（コメディ・オブ・マナーズ）に登場するにはあまりにもマナーに欠けているせいだろう。

オーレリアン・ベントリーの演出の出来は、この作品でどん底近くまで落ちこんだ。クラリンダ・カリオペー（彼女はコンチータのほかにも五つの役を演じる）なしには、ほとんどなんのドラマも生まれなかったろう。

しかも、また例によって、ここでも再生のさいに例の音声が侵入してくる。

「クラリー、信じてくれ！　信じてくれ！　信じてくれ！　わたしはきみのために、いまいったことをぜんぶ実行する。そう約束するよ」

「ええ、あなたは耳のない壁と、耳のないあたしに、それを約束してるだけ。ここにあるペンとインクと紙を使って、それを約束なさいよ」

「それより先に、あのアポロ野郎を始末しろ、クラリー」

「あなたが始末したらどう？　こわもての男たちを、あんなにおおぜい雇ってるんだから」

9　『ぺてん師クラレンス・グリーンバック』

『ぺてん師クラレンス・グリーンバック』は、オーレリアン・ベントリーのテレビドラマ第九作である。ヒューバート・セント・ニコラスがカジノのオーナー、クラレンス・グリーンバックを演じる。クラリンダ・カリオペーがドラマの主役を演じなかったのは、これがはじめてだ。もしかしてクラリンダは、なにかのへまをしでかしたのか？　それとも、オーレリアン・ベントリーの左脳が日ごろの冴えを失い、配役を誤ったのか？　それあの有能なドラマの手品師も、このあたりの数作は精彩を失ったようだ。そう、たしかにクラリンダはこのドラマで多くの脇役を演じてはいるが、主役ではない。

クラリンダが演じるのは、まずカジノの掃除婦のグレッチェン。さらに、カジノの表通りに立つ乗馬介添え係のマリア。煙突掃除係のエルジー。カジノのいちばん不潔な第三キッチンの食器洗い係ヘンチェン。さらに、ジョゼフィーンの役まで演じる。ジョゼフィーンは、カジノの〝飛び降り窓〟の下でぐしゃりとつぶれた自殺者の死体を始末する係で、その死体を東の無縁墓地まで運んだあと、穴を掘って埋めるのだ。この仕事の役得として、彼女は故人となった常連客の金歯をせしめているが、劇作家兼プロデューサーはそのことを知らない。

これらの役柄には、それぞれの危険がある。

「だめだ、おまえの煙突掃除のために火を消したりはできん」とレスリー・ホワイトマンションがいう。彼はカジノの暖炉と煙突の監督だ。「熱い煙突を掃除しろ」下で火が燃えさかる高い煙突のなかで働くのは暑くてたまらず、煙突掃除係エルジーはひどく苦労する。

掃除婦のグレッチェンが、カジノの掃除中に見つけた一枚の銅貨をこっそりしまいこんだのを見つけて、サディストのバロン・フォン・スタイケン（X・ポール・マッコフィン演）は両手の親指を縛って彼女を宙づりにし、鞭でひっぱたく。

そして、乗馬介添え係のマリアは、カジノの表通りのぬかるみで、紳士たちが馬にまたがったり、馬から下りたりするとき、腰をかがめて人間踏み台の役目をつとめなくてはならない。雨降りの日はもっとひどい目にあう。ああ、この客たちの泥だらけのブーツときたら！

「ひょっとすると、あの連中はわたしになにかをいおうとしてるのかも」とクラリンダ・カリオペーは（スロー有声思考で）しゃべり、考える。「あたしは謎めいた男たちが好き」だが、名女優はいかなる役でもこなせるし、きょうのクラリンダはある復讐を計画中だ。『ぺてん師クラレンス・グリーンバック』のプロットはもうほとんどだれもおぼえていないが、こうしたかわいい女使用人たちの苦労は、だれもがおぼえている。

やがて、それに重なって、例の侵入音声が聞こえる。まるでべつの種類のドラマに属しているかのように。

「クラリー、もうこれ以上はむりだ。特別な贈り物（ギフト）は別だが。あれだってけた外れだったはずだ。合衆国大統領の俸給の十倍もの金を、わたしはきみに渡してきた」

「あたしは大統領より十倍も腕のいい役者よ。それに、あたしの特別な才能（ギフト）はどうなの？——あれはけた外れだわ。なぜこの二日間、おおぜいの私立探偵にあたしを尾行させたのよ？　あたしの行動をスパイするため？」

「あらゆる行動とあらゆる相手をスパイするためだ。わたしの命を救うためだ。率直にいうとだな、クラリー、わたしは殺されるんじゃないかと思う。殺される予感がする。ナイフで。必ずナイフで」

「『血を吸う短剣――謎の殺人』みたいに？　あのドラマの出来はあんまりよくなかったわ。それがあなたの悩みのひとつじゃないのかな。あなたは心の奥底でもっと鮮やかな殺人法と、もっと鮮やかな解決法を探してるわけ。つまり、もっと芸術的な殺人を演じようとしてる。きっと思いつけると思うわよ。あなたは自分のために、すごく芸術的な殺人法を思いつける。この世にはうまい殺人とまずい殺人があるのよね」

「クラリー、うまい殺人にしろ、まずい殺人にしろ、わたしはだれかに殺されるのはまっぴらだ」

「たとえ芸術のためでも？　完全殺人ならその価値はあると思うけどな、オーリー」

「このわたしが殺される側にまわるのなら、まっぴらだね、クラリー」

そしてその一瞬後に、女性のほうが〝スロー思考音声〟でこんなことをいうか、もしくは考える。

「人間はときどき、自分の意志に反して、完全なものを押しつけられるのよね。オーリーのための芸術的殺人だったら、このところ彼が連発してる愚作を埋め合わせてくれるんじゃないかしら」

10　『ヴァルーマの吸血鬼』

『ヴァルーマの吸血鬼』は、オーレリアン・ベントリーのテレビドラマ第十作である。〝沈滞期〟では四本目、最後の作品に当たり、ベントリーの作劇力がほとんど完全にどん底へ落ちこみ、本人がまったく方向を見失っているのがわかる。だが、どん底の状態でさえ、彼のパワーは、従来とややちがう形で奇妙な復活をとげたかに思える。筋立てや、物語の起伏に関する感覚はまだもどっていないが、その原動力としてのドラマチックな恐怖の感覚が頂点までよみがえったのだ。

クラリンダ・カリオペーは農民の娘マグダと、英国からやってきた家庭教師のミス・シェリル・サマセットと、トランシルヴァニアのイレーネ王女を演じる。この三人はそれぞれのだいじな用件をかかえ、それぞれべつの乗合馬車でクバフ城までの旅をしている。ところが、なぜか相乗りの客たちが急いで馬車を下りてしまい、三人はそれぞれに、目に見えない御者、それとも存在しない御者に鞭打たれた馬たちの曳く馬車が、ひた走りに走るのを体験することになる。そして、見えない御者に駆りたてられた馬車にそれぞれが揺られたすえ、一日ずつの差で、クバフ城ではなく、恐怖のベーデン城へ到着する。さて、この邪悪な城には、七人の狂気の伯爵が待ちかまえているのだ（台本には、不気味にもべつの筆跡で、〝いや、七人ではない、八人だ〟という文字が書きこまれている）。その顔ぶれは――

ヴラドメル伯爵（レスリー・ホワイトマンション）
イゴルク伯爵（カーバック・フーエ）
ラスカル伯爵（X・ポール・マッコフィン）
コート伯爵（ハイメ・デル・ディアブロ）
サングレッスーガ伯爵（トレス・マルガー）
レッチャヤ伯爵（インスピロ・スペクトラルスキー）（人間？　はたまたコウモリ？）
ウルフ伯爵（ヒューバート・セント・ニコラス）

そして、もうひとりが、不気味にもべつの筆跡で台本に書き加えられている――
／プリヴィデン伯爵（アポロ・モン・ド・マルサン）

ここにはなにかの手ちがいがある。アポロはすでに〝始末〟され、この世のわずらいから解放されたはずであり、消化不良で死亡という保安官の報告もある。だが、もしアポロが〝始末〟されていなかったとすれば、ある金額がむだに払われたわけだ。

この七人（それとも八人）の邪悪な伯爵は、ときには夜会服とモノクルに身を包んだ型どおりの伯爵である。だが、ときには、巨大なコウモリの翼を生やした怪物に変身し、稲妻に照らされたベーデン城内の廊下をゆうゆうと飛びまわる。この城は、事実上このドラマの主役といえるだろう。城内には備えつけの照明がない。毎晩、二十四時間（ベーデン城には日光がささない）たえず稲妻に照らされつづけているからだ。床と壁は唸りを上げ、鎖はつねにガチャガチャと鳴りつづける。伯爵たちは、ときには伝統的な長さ十五センチの犬歯を生やすかと思えば、とつぜんもっと恐ろしい、長さ四十五センチの中空の牙を生やしたりする。しかも、本来ならサイレントのはずのテレビドラマに、たえまなく唸りと悲鳴がひびくのだ。

空飛ぶ伯爵のひとりが、とつぜんコウモリの翼を畳み、三人の女のなかのひとりを選んで、そのふくよかな胸の上に舞いおり、まがまがしい吸血の牙を首すじに突きたてる。そんな事件が起こるたびに、不気味な羽ばたきと悲鳴が聞こえる。

その恐ろしくもゆるやかな物音のなかに、クラリンダ・カリオペーの声が、大きく、明瞭に、現実的にひびく。

「よしてよ、オーレリアン。あいつらがあたしの首すじから吸いとってるのは、本物の血だわ」

するとすると、名劇作家オーレリアン・ベントリーのなめらかな声が聞こえる（だが、これらの声がドラマに割りこんでくるべきではないはずだ）――

「そのとおりだよ、クラリー。そのての迫真性の上に、わたしは巨匠としての声価を築きあげたんだ」

一人三役を演じるクラリンダは、ドラマの進行中に大量の血液を失い、ひんぱんに倒れるようになる。このドラマは、とてつもなく血なまぐさい大成功といえるだろう。たとえそのストーリーラインがこなごなに破壊されていてもだ――なぜなら、その破片のひとつひとつが、ほくそ笑み、満足そうにのたうちまわる吸血蛇そっくりなのだから。

やがて、最後の大流血のなかでドラマそのものが終わったあとに、なにかのプライベートなドラマからまぎれこんだらしい、例の音声が侵入してくる。

「オーリー、もしあなたが殺されることを心配してるのなら、どうしてその前にあたしを殺そうとするのよ？」

「クラリー……わたしはきみに自分の王国というか、全財産の半分を遺贈するつもりだよ。わたしの言葉はじゅうぶんに有効だ。それより、倒れるのはよしてくれないか」

「体が弱ってるのよ。ずいぶん血を吸いとられたものね。そう、文書になったあなたの言葉は有効でしょうよ、オーリー。もしそれが紙に書かれていて、必要な箇所に証明のサインがあればね。いますぐ、その小さい問題を解決しましょう」

「クラリー、口頭の約束だけでじゅうぶんだし、わたしが与えるのはそれだけだ。ここではっきり証言するが、わが全財産の半分はきみのものだ。クラリー、耳を持つこの部屋の壁にたのんで、わたしの言葉の証人になってもらおう。もしこの部屋の壁が証言すれば、きっと信じてもらえる。それでは、これから二、三日間、じゃまをしないでくれ。べつの用件でわたしは忙しくなる。それと、倒れるのはもうよしてくれ。迷惑だよ」

すると女性は、ぼやけた思考音声でなにかをいうか、考えるかする――

「そうね、そのときがきたら、この部屋の壁に証人になってもらうことにするわ（念のために、増幅回路をもうひとつくっつけとこうかな）。そう、壁の証言なら、みんなもきっと信じてくれるはずだわ」

すると男性も、ぼやけた思考音声でなにかをいうか、考えるかする――

「いまのわたしにはアデライン・アダムズ嬢がいる。このふざけたカリオペーなど知ったことか。この女、真っ青になって倒れるシーンをなんべんくりかえしたら気がすむんだ？　八リットル程度の出血でこんなに大騒ぎする人間は、はじめて見た。だが、いまのわたしは、もっと新しく、もっと輝かしい夜明けの道を歩きはじめている。男がひとりの女と恋に落ち、同時にべつの女との恋から醒めることが、そんなにふしぎだろうか？」

11　『オペラの亡霊』

『オペラの亡霊』は、オーレリアン・ベントリーによる一八七三年のテレビドラマの第十一作である。『オペラの亡霊』は、ヴェルディのオペラ『トロヴァトーレ』を下敷きにしているが、このベントリー作品はまったく独自のものに仕上がっている。レオノーラ役を演じるのは、ミス・アデライン・アダムズ。しかし、おなじ役がクラリンダ・カリオペーによっても演じられる。じつは最初、この役を演じるように選ばれたのはクラリンダだった。ふたりの女優がおなじ役を演じるという手法が、このドラマにある種の二重性というか、ある種の欺瞞性に近いものをもたらしている。

〝亡霊〟も、これまたダブル・キャストである。不器用でまごつきがちのクラリンダは、何度も何度もレオノーラの役を演じようとしては失敗し、舞台監督助手に鉤棒で舞台からひきずりおろされる。そして、美しく、あふれるほどの才能に恵まれたアデライン・アダムズが登場し、おなじ役をみごとに演じきる。これがふつうヴェルディには欠けた〝残酷な喜劇〟を提供する。オペラの場合、残酷さがなくては限られた成功しか望めない。しかし、舞台監督助手の鉤棒でひきよせられたクラリンダは、何度もひどい転落を重ねるだけでなく、『ヴァルーマの吸血鬼』の一人三役で大量の失血をしたため、まだ体が衰弱している。たいへんな苦しみようだ。

「なぜそんなにがんばるんだ、クラリンダ?」一度、ドラマのものとはべつの声で、ヒューバート・セント・ニコラスがそうたずねたことがある。「なぜあんなふうに虐待され、侮辱されても、がまんしてるんだ?」

「お金のためよ、ただそれだけ」とクラリンダの声が聞こえる。「一日四ドルの出演料のためだけ。あたしは一文無しで、おなかがぺこぺこ。だけど、このオペラの最後までがんばれば、今夜の分の四ドルの賃金がもらえるから」

「四ドルだと、クラリンダ? ほかのわれわれは一日二ドルしかもらってないぞ。きみは、おれの知らないほかの役を演じてるのか?」

「ええ。ウィルヘルミナの役をね。あの屋外便所の掃除婦」

「だけど、クラリンダ、きみはあの老いぼれ暴君から、もうすでに何百万ドルも巻きあげたんだろうが？」

「それがなくなったのよ、ヒュービー。いまはすっからかん。この世界のだれも知らない経費がかさむんだもの。アポロに惚れてたときは、有り金のほとんどをあいつにつぎこんだわ。きょう、その残りをあいつに渡したのよ。ある特別なたのみごとで」

「きょう、彼に金を渡しただと？　だが、あいつはきのう埋葬されたんだぜ」

「年をとると、時間の進みかたが速くなった気がするのよね、ちがう？」

このあいだに、オペラの舞台では、新しいヴェルディが生みだされている。レスリー・ホワイトマンションはマンリーコ役。ポール・マッコフィンはフェルランド役。ヒューバート・セント・ニコラスはルーナ伯爵役。アポロ・モン・ド・マルサンは亡霊役。しかし、ふたりの女性がダブル・キャストで演じる亡霊のほかに、べつの亡霊の役が台本にあったろうか？　そう、あったのだ。台本には、本物の亡霊が登場する。奇妙な〝べつの〟筆跡、じつに〝亡霊らしい〟筆跡による書きこみがあって、そこには、アポロが亡霊の役を演じる、と記されているのだ。

というわけで、このたのしいコミック・オペラは結末近くまで進行する。ちょうどマンリーコが死刑囚監房へ曳かれていき、邪悪なルーナ伯爵が勝利の笑みをうかべたとき、ついにそのドラマのなかで意外な展開が起き、だれにとってもなにかがたのしめるかたちで万事が落着する。舞台の上につきだした特別席というか、ボックス席のなかで、恐ろしい事件が発生するのだ。

オペラのボックス席で、なんとオーレリアン・ベントリーがナイフで刺殺されるのである。おお、神よ、これは殺人だ！「おまえの心はもっとましな結末を探していることだろう。もっと手際のいい殺人を」おお、すると、あれはべつの種類の亡霊の声だったのか。しかし、たった一日か二日前に死んだ男の亡霊に殺されるとは！それも何千人もの観客の前で！（なぜなら、オーレリアン・ベントリーを始末したのは、おそらくすでに〝始末された〟アポロ・モン・デ・マルサンその人だからだ）。そして、ふたたび――「この世にはうまい殺人とまずい殺人がある……。芸術のため、完全殺人のためなら、そうする価値はあるだろうが」オーレリアン・ベントリーは、オペラ劇場のボックス席で刺殺されるが、その彼でさえ、断末魔のなかで、その殺人がみごとに演じられたことを、賞賛をこめて認めざるをえない。

そして、舞台のオペラが大いなる結末に達したとき、ただちに観客のさけびが上がる。

「作者、作者、ベントリー、ベントリー！」

つぎに、瀕死の（それとも、おそらくはすでに死んだ）男が死力をふるって立ちあがり、うやうやしく一礼したあと、ボックス席から転げ落ちて、舞台の上へ仰向けに横たわる。彼は完全に死んでおり、渇いた（いまはその渇きの癒えた）短剣が、肩胛骨のあいだに突き刺さっているのが見える。

人生の舞台からこんな形で退場した人間が、ほかにいるだろうか？　これこそ演劇だ！　これこそドラマだ！

12　『ニューポートの一夜』

『ニューポートの一夜』は、ベントリーのテレビドラマの第十二作として企画された。しかし、ついに製作されなかった。その理由は、おそらくプロデューサーの死によるものだろう。いまそれは、台本として残されているだけだ。

これはミス・アデライン・アダムズの属しているような上流社会の風俗劇（ドラマ・オブ・マナーズ）である。オーレリアン・ベントリーは、回転の速い頭脳と、回転の速い模倣で、短い接触のあいだにその風俗を吸収した。しかし、風俗劇にしても、風俗喜劇にしても、警句や名言が生命なのではなかろうか？　どうして無声のテレビドラマに、それが可能なのか？

芸術の力によって、それは可能なのかもしれない。パントマイムと呼ばれる完全な芸術によって。しかも、この芸術に関するかぎり、オーレリアン・ベントリーは巨匠だった。身ぶりによって、顔面表情によって、偉大な無声の演技によって、それは可能なのかもしれない。才能に恵まれ、上流社会人らしい顔立ちに恵まれたアデライン・アダムズが表現できないほどの、機知に富んだ名文句があるだろうか？　彼女のわがままな両手が与えられないほどの、痛烈なしっぺ返しがあるだろうか？　たとえ過去に一度も試されたことがなくても、オーレリアンは彼女の力量を信じていた。

低いレベルで見れば、『ニューポートの一夜』は、ニューポートの名家の令嬢アデライン・アダムズ役を演じる、ニューポートの名家の令嬢アデライン・アダムズと、アイルランドからやってきたばかりの、下品で、乱暴で、無知で、不潔で、お行儀のわるい、第五小間使いのロザリンド・オキーフ役を演じるクラリンダ・カリオペーとの、あらかじめ勝負の決まっていた決闘である。この決闘は、アデライン＝アデラ側に有利なように、あらかじめ細工されている。

高いレベルで見れば、このドラマは、美しく、富裕で、知的で、チャーミングで、貴族的な若い淑女（アデライン＝アデラ）が、卓越した才能と、はかり知れぬ魅力を持つ男、威厳と権力と非凡な才能を備えた男、一世紀にひとり出現するかどうかという傑物に注ぐ、全面的な愛の情熱的描写である。このドラマの台本には、その男の名前が出るたびに、観客が息をひそめるほどの驚異のトーンをたもつべきだ、と指示が書かれている。台本には、だれがその傑物であるかは明記されていない。だが、私見を述べるなら、台本作者のオーレリアン・ベントリーこそ、一世紀にひとり出現するかどうかという傑物であり、彼の意図は、彼自身、つまり、オーレリアン・ベントリーを、ミス・アデライン・アダムズの燃えさかる献身的な愛の対象にすることだった。

しかし、あの最初の、そしていまなお比類を絶したテレビドラマ・シリーズで、空前絶後のクライマックスを飾るはずだった『ニューポートの一夜』は、ついに製作されずじまいとなった。

13 『フィラデルフィアの三百代言』

『フィラデルフィアの三百代言』は、〈オーレリアン・ベントリーの驚異の世界〉のなかでも、正典ではなく、典拠の疑わしい、十三番目の黙示的作品である。この作品には台本がない。正式な製作物ではなく、ベントリーのロゴもはいっていない。しかし、まさしくそれは一台の古いテレビ受像機のなかに眠っていた。しかも、オーレリアンがクラリンダ・カリオペーと、また、のちにはアデライン・アダムズと、たび重なる興奮の時間を過ごしたあの豪華な私室におかれた、オーレリアン専用の親受像機のなかに。その受像機はいまもそこに残され、視聴可能の状態にある。

これらの場面が設定され、実演されたとき、ベントリーはすでに死去していたが、それにもかかわらず、彼はその場面のなかを歩きまわり、そのなかで語りかける。さまよう死人が声として語りかける思考や言葉を聞いたり、生身のような彼を見たりする経験は衝撃的だが、また、劇的でもある。

『フィラデルフィアの三百代言』の背景をなす唯一の場面は、オーレリアン・ベントリーの豪華な私室だ。その部屋はいったん裁判所命令で封印されたが、その後、ある会議の場として封印を解かれた。ある出席者が述べたように、その会議はその私室以外ではひらけなかったからだ。遺言検認判事が出席し、何人かの当事者の代理である弁護士たちと、ふたりの当事者も出席した。オーレリアン・ベントリーが遺言書を残さずに死んだため、彼の遺産を――もし残された財産があればの話だが――どう処分するかの聴聞会だった。しかし、当事者のひとりクラリンダ・カリオペーは、こう主張した。ベントリーは遺言を残して死んだし、そしてその遺言はまさしくこの部屋にある、なぜならその遺言とは事実上まさしくこの部屋、耳と舌を持つこの部屋の壁なのだから、と。

この部屋でひらかれた数回の会議の映像は、どうやら相互に重ね焼きされたらしく、それらを選りわけるのは不可能だ。かりに選りわけが可能でも、その効果は減殺されるだろう。なぜなら、そこではいくつかの側面が統合され、現実には起きていなくても、ほかの会議のすべてをある劇的統一のなかに包みこんだ、真の会議となっているからだ。

オーレリアン・ベントリーがむかし縁を切ったまたいとこの弁護士は、故人の遺産に対する近縁者の権利を主張し、その遠縁の人物の要求を申し立てた。

ニューポートのアデライン・アダムズの弁護士は、その遺産に対するアデラインの権利を主張し、〝反駁の余地ない約束〟だ、と主張した。その弁護士によると、もちろん故人の約束には署名もなければ、証人もないが、オペラの上演後に結婚式が予定されていたし、それはあるテレビドラマに、ひとつの謎として含まれている。しかし、オーレリアン・ベントリーが、そのオペラの上演中に殺されたため、結婚式の予定は取り消されたが、約束はまだ無効になっていない。

そこには多数の債権者の代理人である弁護士たちが出席していたが、その全員がフィラデルフィアからやってきた弁護士だった。

一方、クラリンダ・カリオペーは弁護士をともなわずに出席し（彼女の言によれば、自分は『ヴェニスの商人』のポーシャとして出席したのであって、弁護士ではないという)、紙に書きしるすにはあまりにも巨大で、複雑な権利を主張した。

このプライベートな聴聞会の遺言検認判事は、一枚の銀貨を空中へはじき、《マギンティ酒場のワルツ》をハミングしながら、豪華な私室のなかを歩きまわっていた。

「ねえ、いつまでも銀貨をはじいてないで、遺言検認の仕事にとりかかってくださいな」とアデライン・アダムズ嬢が、そのうすのろ判事に文句をつけた。

「この銀貨こそ遺言検認の本質だよ」と判事は答えた。「この一ドルが重要なんだ。これこそがこの聴聞会の魂であり、肉体でもある」

部屋のテーブルの上に、書類の山が積み重なりはじめた。また、いとこや、アデライン・アダムズ、その他多数の債権者の提出した記録や証拠である。しかし、クラリンダ・カリオペーは、一枚の書類も提出しなかった。

「もういい、もういい」書類の山の奔流がようやくちょろちょろした流れになるのを見きわめて、さっきの判事がいった。「書類はストップ」しかし、本人は銀貨を指ではじくのも、《マギンティ酒場のワルツ》をハミングするのもやめなかった。「海のものはすべて海へ。ミス・カリオペー、もしこの聴聞会の出席者なら、あなたもなにかのささやかな証拠をテーブルの上に提出しなさい」

「あたしの証拠は、大きすぎる上に、まだ生きているから、あのテーブルの上にはおけません」とクラリンダはいった。「でも、聞いてください。できれば、見てください！　セレンの〝スロー反応〟の原理で、また、受像機との並列接続で配線されたこの部屋の壁を使って、みなさんの目の前に、何人かの人物の過去の言葉や、たしかな言明が再現されるかもしれませんよ」

そしてまもなく、一世紀にひとり出現するかどうかという傑物の声が聞こえてきた。最初は幻のようにおぼろだった姿が、しだいに肉づきを備えてきた。

「あら、オーレリアン！」とアデライン・アダムズが金切り声を上げた。「いまどこにいるの？」

「彼はここにいるのよ。あんなに何度もわたしとすてきな時間を過ごしたこの部屋に」とクラリンダがいった。「だいじょうぶ、オーリー・ベイビー、もうちょっとはっきりしゃべって、実体化をはじめてちょうだい」

「わたしはいまいったものをぜんぶ、きみにあげるつもりだよ、クラリー」とオーレリアン・ベントリーの声が聞こえ、影法師のようなベントリーの姿が見えた。「ほかのだれも、そこまでたくさんのものをくれはしないだろう。ほかのだれもそこまできみを大切にはしないだろう……わたしを信用しないのか、クラリー」

そこに立っているのは、いまや堅固に実体化したオーレリアン・ベントリーだった。

それは彼の立体映像か、またはその再生であり、テレビ受像機に並列接続でつながった部屋の壁、目と耳を持ち、記憶力を備えた壁から投射され、そこに焦点を結んでいるのだ。オーレリアン・ベントリーは出席者一同に囲まれ、ぜいたくな私室の中央に立っていた。

「クラリー、あとほんの一、二日で、きみを喜ばせることができると思うよ……わたしはこのレースに勝って百万ドルを稼ぐ。そして、それをきみにあげる」ああ、生きた亡霊の口から聞こえてくる言葉。なんと説得力にみちた声！

「誓っていうがね、クラリー……南海のどんな島だろうと、いや、群島だろうと、きみに買ってあげるよ……ハワイ、サモア、フィジー。名指しさえすれば、それはきみのものだ」

これまでこれほどまでに明らかな誠意をこめて、これほどまでにとほうもない約束をした男がいたろうか？

「クラリー、紙の上でもなく、空中でもない。実生活においてだよ。わたしはきみを本物の、生きたポリネシア女王にしてみせる」

死者のなかからよみがえった男の言葉に耳をかたむけないで、ほかのだれの言葉に耳をかすというのか？

「クラリー、信じてくれ！　信じてくれ！　信じてくれ！　わたしはきみのために、いまいったことをぜんぶ実行する。そう約束するよ」これを凌ぐような約束があるだろうか？

「クラリー……わたしはきみに自分の王国というか、全財産の半分を遺贈するつもりだよ。わたしの言葉はじゅうぶんに有効だ」

すべては袋のなかにはいった。あとは袋の口をひもで閉じるだけだ。

「ここではっきり証言するが……わが全財産の半分は……きみのものだ。クラリー、耳を持つこの部屋の壁にたのんで、わたしの言葉の証人になってもらおう。もしこの部屋の壁が証言すれば、きっと信じてもらえる」

ここで鋭い切断音とともに、オーレリアン・ベントリーの映像が消え、音声が断ち切られた。アデライン・アダムズがハンドバッグのなかへ鋏をもどすところだった。

「なんのためにあんな電線があそこにあるのかと、何度も首をひねったのよ」とアデラインはいった。「電線を切断したら、なにもかもが消えてしまう、そうでしょう？」

「あーら、よくもあたしの証拠を破壊してくれたわね」とクラリンダ・カリオペーがいった。「そんなことをすると刑務所行きよ！　いいえ、火あぶりの刑になるかも！」

髪をふりみだした女が手綱を握る干し草馬車が、火炎に包まれたまま、とつぜん部屋のなかへ飛びこんできて、全員があわや殺されそうになった。だれもが身をすくませたが、クラリンダと遺言検認判事だけはべつだった。燃える干し草馬車はたしかに室内の全員に衝突したが、死傷者は出なかった。それは初期のテレビドラマの一場面にすぎなかったのだ。まさかクラリンダが、その部屋にたったひとつの回路しか備えつけなかったはずはないでしょうが？　しかし、この驚異には、何人かの人間が心底ふるえあがった。

「すてきなショーだ」と遺言検認判事がいった。「あれで勝負がついたね。もし勝ちとるものが残されていればの話だが」

「だめ、だめ」とアデラインがさけんだ。「まさかこの女に財産を渡すんじゃないでしょうね？」

「もちろん渡すよ、その残りをな」と判事は銀貨を宙にはじきあげながら答えた。

「原則論はけっこう」とクラリンダはいった。「問題はこの一ドル」遺言確認判事がまだその銀貨を宙にはじきあげているうちに、彼女はそれをさらいとった。

「これが残された全財産なのね、ちがう？」クラリンダは念のためにそうたずねた。

「そのとおりだよ、カリオペー、そのとおり」と判事はいった。「残されたのはそれだけだ」

判事は目に見えないコインをまだ宙にはじきあげながら、《マギンティ酒場のワルツ》の悲しい最後の一節を口笛で吹きおわった。

「腕のいい女優が仕事にありつける先をだれか知らない？」とクラリンダはたずねた。

「いまの相場は、一日ひと役で二ドルなんだけど」クラリンダは頭を高くもたげ、意気揚揚とその部屋から出ていった。彼女は完璧な女優だった。

ほかの人びとは、古い石油動力のテレビ受像機のなかで、ややもやした音響と、ややもやした映像のなかに消えてしまった。

史上最初にして最高のテレビドラマ・シリーズ、一八七三年に記録され、製作された〈オーレリアン・ベントリーの驚異の世界〉は、重大な危険にさらされている。

このシリーズの唯一純正な完全バージョンは、唯一無二のテレビ受像機、オーレリアン・ベントリー自身が使用し、恋人たちと何度もすばらしい時間を過ごした豪華な私室で、受像機のなかに保存されている。オリジナル台本も、この受像機のなかに保管されている。それらはいわばこの受像機の一部であり、理由は説明不能だが、この受像機から分離することは不可能だ。

あの深遠で、つねに成長をつづける裏会話、それとも〝スロー音声〟は、この受像機の内部にある（ほかの受像機はすべて無声だ）。最後のドラマ『フィラデルフィアの三百代言』は、この受像機だけに記録され、ほかの受像機のどれにもはいっていない。この受像機には、テレビ黄金時代の全貌が記録されているわけだ。

その古い石油動力の宝物を、わたしはその最後の持ち主から十八ドルで買いとった（彼はその正体を知らなかった——そこで、焼き栗用の鍋ですよ、ということにしておいた）。ところが、ある迷惑千万な偶然によって、その最後の持ち主はすばらしい栗林のある四十エーカーの土地を相続したため、あの焼き栗用の鍋を返してほしい、といってきた。しかも、彼には法律の後ろ盾があるのだ。

わたしは彼からそれを買い、もちろん支払いをすませた。だが、彼に渡した小切手は、回路のショートしたセレン整流器よりもけんのんなしろものだったのだ。その十八ドルの弁償をしないと、この受像機とそのなかに貯えられた富を手放さなくてはならない。あわたしは三人の友人とひとりの敵から、なんとか十三ドル五十セントを工面した。あと必要なのは、四ドル五十セントだ。いや、待った、待った、ここに《オーレリアン・ベントリーの驚異の世界を保存するための児童基金》で集めた九十八セントがある。それでも、まだ三ドル五十二セントの不足だ。この基金に浄財を寄付したいかたは、テレビの黄金時代が永久に失われないうちに、どうかそうしてほしい。政府のしみったれな政策のおかげで、寄付金には課税控除が認められないけれども。

まだ巨人たちが地上を闊歩していたあのテレビ草創期の名残りを保存するのは、じつに価値のあることだ。そして、もしそれが保存されれば、いつの日か、古い石油動力の受像機のなかをのぞきこんだだれかが、あの偉大な詩人の言葉どおり、こんな驚きのさけびを上げることだろう――

いかなる詩人種族が星々をめざして
かかる巨石時代のアーチを築いたのか？
（G・K・チェスタートンの詩「キングスクロス駅」の一節）

浅倉さんのことその他

伊藤典夫

大きく間があいてしまったが、本書は『つぎの岩につづく』のあとを受けた浅倉久志との共訳ラファティ短篇集第二弾である。といっても、成立事情は先の本とはだいぶ異なっている。

わが国のラファティ紹介は、浅倉訳「レインバード氏の三つの生涯」（SFマガジン一九六七年七月号）からはじまる。六〇年代、ラファティはアメリカでも売り出したばかり。型破りでとぼけた、遊び心いっぱいの独創的な作品が、専門誌にひんぱんに顔を出し、ジュディス・メリル編の年刊SFベストをはじめ、アンソロジーにもすこしずつ採録されるようになっていた。浅倉さんは有望な新人の登場には敏感で、SFマガジン一九七二年八月号に早くもラファティ特集を組んでいる。

《マッドSFの作家ラファティ》なる表題で、ラインナップは「山上の蛙」「町かどの穴」「長い火曜の夜だった」（これのみ山田和子訳）の三篇。ぼくはこの特集には参加していない。ラファティはすでに読みだしていたが、このころは浅倉さんとともにSFマガジン向けに海外中短篇を選ぶ仕事をしていたので、おそらくほかの作家に気を奪われていたのだろう。この特集は雑誌になってから読み、「町かどの穴」には感心したものの、いちばん長い中篇「山上の蛙」は意味がさっぱりわからず、浅倉さんに解説を求めたおぼえがある。もちろんいつものとおり、返事はもらえなかった。

「山上の蛙」が臆面もない寓意小説であることは、数年たって明らかになる。人間の飽くなき探求心を丸ごと象徴しているようなハンターが、天界を征服しようとしてテトラモルフと闘う話。テトラモルフとは《四つのかたち》の意味で、聖書の四福音書の記者を象徴する有翼の組み合わせ形象。この小説では獅子、熊（聖書では雄牛）、鷲、人がつぎつぎとハンターの前に立ちはだかる。

ラファティにはこういう（日本人にとって）厄介な作品があるのだが、それらに出くわすより早く、その夏にはぼくも決定的な作品に出会い、彼の魅力に取りつかれていた。二カ月後のSFマガジン十月号に訳した「完全無欠な貴橄欖石」がそれで、浅倉さんも追いかけるように十一月号に「つぎの岩につづく」を訳している。この二作はデーモン・ナイト編のオリジナル・アンソロジー・シリーズ *Orbit 6, 7*（ともに1970）につづけて発表されているから、ぼくらもほぼ同じころ本を手に入れたのだろう。浅倉さんが電話口で笑いながらギャグの説明をしてくれたのを憶えている。

第二短篇集『つぎの岩につづく』がアメリカで出版されるのも、この年一九七二年。原書が届いてみると、二人がそれぞれ目をつけた作品が入り混じっており、これは共訳で出すしかないとすぐさま観念した。

『つぎの岩につづく』は紆余曲折を経て、一九九六年、ようやく陽の目を見る。その後、双方とも共訳の予定はなく、気に入った短篇をときおり訳していたが、数年まえ、ぼくが脳出血をやって生産量が落ちたうえ、勤勉な浅倉さん自身もしだいに体調を崩し、既報のとおり二〇一〇年二月、惜しくも七十九歳で亡くなられた。本書『昔には帰れない』はその意味では、二人がSFマガジンなどに訳し、それぞれ一冊にまとめるには至らなかった短篇がおさめられている。

＊

本書では収録作を大きく二つにわけた。第一部はすべてぼくが気に入って訳した作品で、ラファティとしてはシンプルな小品を集めた。ただし〝シンプル〟というのは、ぼくの個人的な見解であって、ほかの方々がこれらを読んでどんな印象をもたれるかはわからない。第二部はちょっとこじれているかなあと思う作品と、浅倉さんの長めの翻訳でかためた。もっとも「ゴールデン・トラバント」は、このなかではあまりこじれたところはなく、第一部にいれたほうがよかったかもしれない。トラバントはドイツ語で月、衛星の意。一九五七年、ソ連で人工衛星スプートニク1号が打ち上げられ、それを記念して翌年東独で売り出された自動車に、この名がつけられていたようである。

「忘れた偽足」を読みだしていきなり出てくる用語〝ドゥーク＝ドクター〟はこの医者の専門分野を明かすもので、どうやらロシア語のドゥーフ（дух＝精神、心、魂）のことらしい。また平修女モイラのあとにくる〝P・T・ド・C〟という謎の苗字というか肩書き――これはなんと、カトリックの神父で考古学者ピエール・テイヤール・ド・シャルダン Pierre Teilhard de Chardin（1881 - 1955）の頭文字なのだ。テイヤールは宗教家と自然科学者の二つの立場を融合させ、人類進化の究極点オメガ・ポイントを説いたことで、SFファンの心をくすぐる人物だが……

ここへきて、ぼくは考えこんでしまう。この二つの語の種明かしをラファティは作中でしていないのだ。ほとんどギャグのように使って、意味についてはとぼけきっている。ラファティ好きのアメリカ人にとっては、しゃれた隠し味程度のものなのだろう。しかし宗教にも文化にもかなりずれのある日本では、そうもいかない。ラファティがカトリック信仰の篤い作家だというのはよく聞くことなので、いつかはこの種の問題に出会うだろうと覚悟していたが、短篇ではとりあえずこれくらいですんでよかったというべきか。

さて、『どろぼう熊の惑星』をお読みの方には、「行間からはみだすものを読め」に出てくるいくつかの人名は見おぼえがあるのではないか。「ダマスカスの川」ではまだちょい役で、得体が知れなかったが、「キャロック、キャロック」が口癖の原人アウストロ、そして彼を取り巻く紳士たち、ここではアウストロが本格的に登場する。ラファティはこの原人がたいへん気に入ったようで、一九七〇年代にとびとびに発表されたシリーズはやがて十五篇に達し、*Through Elegant Eyes*（1983）という本にまとまった。このアウストロもの――まだきちんと読んでいないので断言はできないが、『九百人のお祖母さん』などと比べると、哲学的・形而上学的テーマへの傾斜が強まり、それとともに読後感も重くなっているようである。

＊

浅倉さん訳のラファティ作品は、本書ですべてではない。まだいくつかが未収録のまま残っている。種々の事情で外さざるをえなかったもので、個人的な好き嫌いは最小限に抑えたつもりである。

SFマガジン二〇一〇年八月号の追悼文でもふれたように、ぼくより十二歳年上で、初めて会ったころには、すでにかなりの洋書コレクションをお持ちだったこともあり、浅倉さんの好みには万全の信頼を置いてきた。ただし彼の選択基準にはぼくのSF眼の盲点をつくところがあり、これは彼を翻訳の世界に引っぱりこんで以来、折にふれて気づかされてきたものである。いちばん大きかったのはフィリップ・K・ディックで、ぼくにはディックの良さがさっぱりわからなかった。ほかにもはじめのころにはC・M・コーンブルース「わが手のわざ」、フリッツ・ライバー「マリアーナ」などピンとこなかった作品がある。新潮文庫から出した共編の『スペースマン』『スターシップ』『タイム・トラベラー』（1985～87）はおたがい好きな作品を持ち寄り、編集部をまじえたディスカッションの末、そ～れぞれ一押しの作品に解説をつけたもの。その一方、ハヤカワ文庫の《SFマガジン・ベスト》二冊『冷たい方程式』『空は船でいっぱい』（ともに1980）は、おもて向きは共編となっているけれど、じつをいうと前者は伊藤の、後者は浅倉さんの単独編集である。

当初はいっしょに編むつもりでいた。だが電話その他で打ち合わせを重ねるうち、浅倉さんがみずから訳した百五十枚の中篇、ワイマン・グイン「危険な関係」（SFマガジン一九六六年一月号）にご執心であることがわかった。ぼくはこのグインが評価できなかった。海外では評判をとった作品であったけれど、面白さがこちらに伝わってこない。人格の分裂がテーマなので、ディックと通じるところがあったのだろう。しかし一冊のうち四分の一以上をグインが占め、おまけにそれがぼくの理解にあまるとなると、共編本としては具合がわるい。ということで、編集部と相談し、見た目は共編、なかの編集作業は個別というかたちにしてもらった。やがて本ができ、のぞいてみると、わが国で名のとおっている作家や、雑誌で受けのよかった作品が途中まで並び、最後にドーンと真打ちがくるという配列になっていた。

＊

話が横道にそれてしまったが、ラファティにおいても浅倉さんの選ぶ作品は、当然のことながら、ぼくの好みとはすこし違っていた。白状すると、巻末にのっている「一八七三年のテレビドラマ」は、〝ぼくの理解にあまる〟作品に属する。しかし、こちらが煙に巻かれたからといって、本書を手にとられたあなたまでそうなるとは限らない。ラファティ自身によれば、これは「わたしがいままでに書いた二つか三つの大傑作のうちの一つ」なのだそうである。

こうした一筋縄ではいかないラファティ作品について、ひとつ、ここに興味深いことばがある。ヴァーテックスSF誌は足掛け三年の短命に終わったが、その創刊まもない一九七三年十二月号に掲載された科学者対談から拾ったものである。二人とも物理学者で、片やSF作家グレゴリイ・ベンフォード、片やSFに理解ある(というふれこみの)シドニイ・コールマン。長い発言なので、はしょって引用しよう。

月着陸がまだ新鮮だったころなので、クラーク『宇宙への序曲』、ハインライン『宇宙船ガリレオ号』などが話題にのぼるなかで、ベンフォードがつくづくという。「ひとは現実よりも夢に影響されるんだな」

司会者が口をはさむ。「しかしSFの大きな機能というのは、それなんじゃないですか。心を全開させ、五感をかなたの世界まで押し広げるという」

コールマンがいう。「それも科学とSFの相関関係のひとつだよ。……これはわたしやグレッグみたいな現役の科学者連中だけの特殊なものかもしれないけど、請け合っていいのは、わたしが科学をやっている理由——特にわたしがやっているような種類の科学(素粒子物理、高エネルギー理論)では、頭がすごく変てこになったと感じるときがある。とてつもなく不思議な気分だね。これもまたSFから得られるものとおなじだ。

(中略)

……科学をやって得られる楽しみのある部分は、いいSFから得られる楽しみと共通してる。べつに科学的というか、ハード・サイエンスSFである必要はなくて、たとえばSFを読んでいて、この種のものをいちばんちょくちょく味わわせてくれる作家――偉大な科学的発見をこちらが理解した瞬間や、自分が小さな発見をしたときに得られる喜びとおなじものを提供してくれる作家は、R・A・ラファティだね」

これにベンフォードがどう応じたかはわからない。話題が科学から離れそうだと司会者が気をきかせたか、話が長すぎると雑誌の編集者がみたかして、そのあと対談はとつぜん別方向に向かってしまうからだ。このときコールマン三十五歳。四十年近くまえの発言で、当時SFの書評などを書いていたから、彼がハーヴァード大学の教授で、SF関係の友人が多いことぐらいは知っていた。まあ、その程度。ところがパーキンソン病が悪化し、二〇〇七年、彼が七十歳で亡くなると、いろいろな逸話が噴きだしてくる。

なんと彼はファンダム用語でいうBNF（ビッグ・ネーム・ファン）であり、専門の場の量子論では世界的権威のひとりであったのだ。Sidney Coleman の名前と fandom で検索してごらんになるといい。五〇年代、まだ十代の時分、彼がシカゴ・ファンダムで鳴らし、ファン出版社アドヴェントの創設に参加して、同社の株を十四パーセント保有していたことが記されている。しかも驚くのは、たいていのファンが大人になってSF

への情熱をなくし、交友関係も遠のいてゆくのに対し、彼が終生ＳＦやファンダムとの関係を絶たなかったことだ。

また Harvard physics で検索すれば、仕事のことが出てくる。「ノーベル賞をとっていない最高の物理学者（the best physicist who never won a Nobel Prize）」と称されていたとかで、wikipedia によると、コールマン＝マンデュラの定理とか、コールマン＝ワインバーグ・ポテンシャルとか、タッドポールとか、いろいろ業績があるようだが、これらについてはご自分でお調べください。十歳年下のハーヴァードの同僚ハワード・ジョージの手になるコールマンの伝記風回想記もインターネットで読める。

五歳年上の親友に、一九七九年、ノーベル賞を受けたシェルドン・グラショウがいる。カリフォルニア工大でマレイ・ゲル＝マンの指導を受けていたころ、二人ともＳＦファンで、天文台があるウィルソン山への登山が好きだったことから親しくなったらしい。

そのグラショウがボストン・グローブ紙に寄せた追悼文で書いている。

「一般には知られていないが、彼は特異なかたちの大物だった。スティーヴン・ホーキングのようなひとではなく、その姿は外部からはまったく見えない。だが理論物理をやる学者のコミュニティのなかでは、彼はある種の巨神だった。物理学者にとっての物理学者だ（He's the physicist's physicist.）」

プロたちの理想像ということか。

またインターネットには、ゲル＝マンのこんなことばも紹介されている。「シドニイ・コールマンは量子場理論については他の誰よりも精通している――ファインマンを別にすればね」

リチャード・ファインマンこれを聞いて曰く、「コールマンは量子場理論については他の誰よりも精通している――わたしを別にすればね」

紹介に長々とページを食ってしまったが、ぼくがいいたいのは、SFにも量子場理論にも詳しいコールマンのような人物が、ラファティにいったい何を見たかということだ。たしかにラファティの作品は、独特の思考法で読者を奇妙な境地に誘いこむ。その境地がコールマンのいう「頭がすごく変てこになった感じ」だとすれば、量子場そのものは理解できなくとも、ぼくらもラファティを通じてコールマンの受けた印象に触れることができるかもしれない。望遠鏡を逆さまにのぞくようなもので、たいした収穫はないだろうが、レンズの向こうになにやら別の世界があることは納得できるはずだ。

HM=Hayakawa Mystery
SF=Science Fiction
JA=Japanese Author
NV=Novel
NF=Nonfiction
FT=Fantasy

昔には帰れない

〈SF1872〉

二〇一二年十一月二十日　印刷
二〇一二年十一月二十五日　発行
（定価はカバーに表示してあります）

著者　R・A・ラファティ
訳者　伊藤典夫・浅倉久志
発行者　早川浩
発行所　株式会社早川書房
郵便番号　一〇一 - 〇〇四六
東京都千代田区神田多町二ノ二
電話　〇三 - 三二五二 - 三一一一（大代表）
振替　〇〇一六〇 - 三 - 四七七九九
http://www.hayakawa-online.co.jp

乱丁・落丁本は小社制作部宛お送り下さい。
送料小社負担にてお取りかえいたします。

印刷・星野精版印刷株式会社　製本・株式会社フォーネット社
Printed and bound in Japan
ISBN978-4-15-011872-3 C0197

本書は活字が大きく読みやすい〈トールサイズ〉です。